Maria Stuarts dunkles Geheimnis

Im Econ & List Taschenbuch Verlag
sind von Ann Dukthas außerdem erschienen:
Das Mysterium von Mayerling (TB 27559)
Der Schwur der Marie Antoinette (TB 27593)
Der Fluch der Mary Tudor (TB 27447)

Zum Buch

Maria Stuart: eine außergewöhnliche, geheimnisumwitterte Frau, deren tragische Geschichte sie schon zu Lebzeiten zu einem Mythos gemacht hat. Nicht nur ihre Schönheit, sondern auch die rätselhaften, bis heute ungeklärten Umstände, unter denen ihr zweiter Gatte, Lord Darnley, ums Leben kam, haben sie berühmt gemacht.
In der Nacht vom 10. Februar 1567 wurde Darnley Opfer einer gewaltigen Explosion in der Probstei, in der er kurzfristig untergebracht war. Warum war Maria in dieser Nacht nicht bei ihm? War sie etwa über den Anschlag informiert? Weshalb lagen neben Darnleys Leiche ein Stuhl, ein Strick und ein Dolch? Woher stammen die skandalumwitterten Liebesbriefe, die Marias Ruf so nachhaltig zerstört haben?
Der Fall scheint unlösbar. Doch Ann Dukthas macht sich – gemeinsam mit dem mysteriösen Zeitreisenden Nicholas Segalla – auf die Suche nach dem wahren Mörder. Und sie überrascht ihre Leser mit unglaublichen und spannenden Entdeckungen.

Zur Autorin

Ann Dukthas ist das Pseudonym einer anerkannten Historikerin und Autorin historischer Kriminalromane. Die von der Kritik gefeierte Autorin lebt in London und schreibt auch unter dem Namen Celia L. Grace.

Ann Dukthas

Maria Stuarts dunkles Geheimnis

Historischer Kriminalroman

Aus dem Englischen von
Marion Balkenhol

Econ & List Taschenbuch Verlag

Econ & List Taschenbuch Verlag 1998
Der Econ & List Taschenbuch Verlag ist ein Unternehmen
der Verlagshaus Goethestraße GmbH & Co. KG, München
2. Auflage 1999

Titel des englischen Originals: A Time for the Death of a King
(St. Martin's Press, New York)
Aus dem Englischen übersetzt von Marion Balkenhol
Umschlagkonzept: Büro Meyer & Schmidt, München – Jorge Schmidt
Umschlaggestaltung: Init GmbH, Bielefeld
Titelabbildung: AKG, Berlin
Gesetzt aus der Minion, Linotype
Satz: Josefine Urban – KompetenzCenter, Düsseldorf
Druck- und Bindearbeiten: Elsnerdruck, Berlin
Printed in Germany
ISBN 3-612-25259-3

Für Charles Spicer,
Chefredakteur bei St. Martin's Press und
ebenfalls ein glühender Verehrer Marias

Notizen zur Geschichte

Im Jahre 1567

In Frankreich herrscht Katharina von Medici: Ihr erster Sohn Franz II. ist gestorben, und seine schöne Witwe Maria ist nach Schottland zurückgekehrt. Katharina läßt Maria ständig beobachten, denn sie betrachtet die junge Witwe als Trumpf, den sie entweder gegen Elisabeth von England oder Philip II. von Spanien ausspielen kann. Katharinas Berater, die mächtige Familie Guise, hofft ebenfalls, Maria möge nicht vergessen, daß ihre Mutter, die Gemahlin Jakobs V. von Schottland, eine geborene Guise war. Marias Besitztümer in Frankreich verwaltet ihr frommer, betagter Bevollmächtigter, Erzbischof Beaton.

In Schottland heiratet Maria den zügellosen Henry Darnley: Die beiden haben ein gemeinsames Kind, den kleinen Jakob. Sie müssen viele Krisen durchstehen, die im Jahre 1566 darin gipfeln, daß Darnley in einem Anfall von Eifersucht Marias Sekretär, David Riccio, ermordet. Maria ist bereit, zu vergeben und zu vergessen: Sie wünscht sich sehnlich, daß Darnley zurückkommt, damit sie ihn, der krank und dem

Tode nahe ist, pflegen kann. Auch den mächtigen Adel muß Maria im Auge behalten: die Lords der »Kongregation«, angeführt von ihrem unehelichen Halbbruder James Stuart, Graf von Murray, dazu Douglas von Morton und Maitland von Lethington. Wirklich vertrauen kann sie nur James Hepburn, dem Grafen von Bothwell.

Von England aus verfolgt Elisabeth die Ereignisse in Schottland. Sie wird unterstützt von drei Vertrauten: Robert Dudley, Graf von Leicester, William Cecil und Francis Walsingham. Elisabeth wartet gespannt auf den Ausgang der Krise zwischen Maria und Darnley. Schließlich wäre sie selbst mit Dudley verheiratet, wenn seine Frau nicht vor etwa sechs Jahren in Cumnor Place unter äußerst mysteriösen Umständen ums Leben gekommen wäre. Auch ihr Meisterspion Walsingham wird durch die Ereignisse in Schottland daran erinnert. Er heckt einen Plan aus und verschickt Briefe über Marschall Drury, den Befehlshaber der englischen Festung Berwick an der schottischen Grenze; Walsinghams wichtigster Geheimagent in Schottland, der Rabe, wird in Aktion treten...

Einleitung: Dublin 1992

Ann war unbehaglich zumute, als sie in dem eleganten Restaurant in einer Seitenstraße des Merrion Square in Dublin Platz nahm. Gewiß, Dr. Nicholas Segalla benahm sich wie der perfekte Gastgeber. In seinem dunkelblauen Anzug war er der Inbegriff von Höflichkeit und gutem Geschmack. Hemd und Krawatte waren aus reiner Seide und seine Manschettenknöpfe und die dazu passende Krawattennadel offensichtlich aus echtem Gold. Seine Hände waren sehr gepflegt, das etwas bleiche Gesicht glattrasiert; das Haar hervorragend frisiert. Trotzdem machte sie sein Blick nervös: Er betrachtete sie mit dunklen, scheinbar seelenlosen Augen, während sie sich etwas zu trinken bestellte, gleichzeitig plauderte er munter über Belanglosigkeiten und das Neueste vom Tage: das geschäftige Treiben auf den Straßen, das Verkehrschaos in Dublin, die Ausstattung des Hotels. Nur ein einziges Mal bemerkte Ann etwas Ungewöhnliches. Sie sprachen über Oxford, und Ann war sich sicher, daß Segalla murmelte: »Ach ja, Oxford hat sich sehr verändert, seit ich zuletzt dort war.« Er begleitete dies mit einem schiefen Lächeln, als amüsierte er sich insgeheim über einen Scherz. Nach dem ersten Gang hatte Ann genug. Sie legte den Löffel zur Seite und tupfte sich mit einer Serviette den Mund ab. »Dr. Segalla, warum haben Sie mich hierher eingeladen?«

»Ich habe Ihre Vorlesung in Oxford über Darnleys Ermordung in Kirk o'Field vom ersten bis zum letzten Wort genossen.«

»Sind Sie Historiker?« fragte Ann.

Segalla schob nun seinen Teller ebenfalls zur Seite. »In gewisser Weise schon.«

»Waren Sie vorher schon einmal in Oxford?« wollte Ann wissen.

»Ja.« Wieder die höfliche Antwort, allerdings diesmal zögernder.

»Und wann waren Sie das letzte Mal dort?« fragte sie.

»Wann ich tatsächlich dort war?«

Ann hob die Augenbrauen. »Ja, das wollte ich wissen.«

»Oh, im Winter 1561, als Edmund Campion bei der Beisetzung von Amy Robsart die Grabrede hielt, der Gemahlin Robert Dudleys, des Grafen von Leicester. Sie fiel in Cumnor Place die Treppe hinunter und brach sich das Genick.« Er hatte sehr schnell gesprochen.

»Sie ... Sie machen wohl Witze!« stammelte Ann.

»Aber nicht doch.« Segalla zeigte ihr den goldenen Siegelring an seiner Linken. »Ich arbeitete in der Kanzlei von Erzbischof Beaton in Paris. Da habe ich das hier bekommen.«

Ann wahrte nach außen hin die Fassung, war aber aufgeregt und nicht frei von Furcht. Die Gäste um sie herum schienen in weite Ferne zu rücken; das Geplauder der Kellner im Hintergrund und die zarten Harfenklänge schienen leiser zu werden. Da saß sie nun mit einem geheimnisvollen, sehr gut gekleideten Fremden an einem Tisch, der an der linken Hand den Siegelring einer Kanzlei trug und behauptete, er habe vor vierhundertdreißig Jahren gelebt. Sie suchte in seinen Augen nach Spuren von Belustigung.

Doch Segalla erwiderte seelenruhig ihren Blick. Ann blinzelte, faltete sorgfältig die Serviette zusammen und legte sie auf den Tisch.

»Dr. Segalla, Sie scherzen. Wollen Sie mich auf den Arm nehmen?«

»Nein.«

»Dann, mein Herr«, sagte sie und schob entschlossen ihren Stuhl zurück, »müssen Sie mich für närrisch halten.«

Segalla lächelte. »Närrisch, Ann? Es ist lange her, seit jemand dieses Wort benutzt hat.«

Ann machte erneut Anstalten aufzustehen. »Dr. Segalla, haben Sie vielen Dank, aber ich muß jetzt wirklich gehen.«

Segalla, der perfekte Gentleman, stand ebenfalls auf. »Bitte, Miss Dukthas.« Er streckte die Hände aus. »Ich werde Sie nicht lange aufhalten, dann können Sie gehen. Immerhin habe ich Ihnen einen Wagen geschickt. Ich habe das Essen bestellt. Ich will Ihnen nichts Böses; Sie sind nicht in Gefahr.« Er umfaßte ihr Handgelenk. »Ann, bitte, schenken Sie mir nur ein wenig Zeit.«

Ann nickte, und Segalla schickte den Kellner höflich wieder fort.

»Ich war in Oxford im Jahre 1561«, wiederholte Segalla. »Aber was noch wichtiger und für Sie interessanter sein dürfte: Ich war am zehnten Februar 1567 in Kirk o'Field in Edinburgh.«

Als Ann aufs neue aufstehen wollte, beugte sich Segalla über den Tisch und nahm ihre Hand. Er hatte einen festen Griff, aber seine Hände waren warm. Ann sah die Bitte in seinen Augen.

»Sie befinden sich nicht in Gefahr«, wiederholte er.

Ann erwiderte kühl seinen Blick und fragte sich, ob er die Wahrheit sagte. Beim Betreten des Restaurants hatte sie mit einem kurzen Seitenblick seinen Spazierstock aus dem achtzehnten Jahrhundert gesehen, und sie kannte sich mit Antiquitäten gut genug aus, um zu wissen, daß darin ein Schwert versteckt war.

»Dr. Segalla«, murmelte sie, »ich danke für Ihre Gastfreundschaft.« Sie entzog ihm ihre Hand. »Ich halte Sie nicht für verrückt, aber wenn meine Kollegen hier wären oder wenn ich ihnen erzählen würde, was Sie mir gesagt haben, würden sie entweder in schallendes Gelächter ausbrechen oder einen Arzt rufen.«

»Fern von dem Orte, an dem mein Herz ich ließ, ist's leicht zu urteilen, wem meine Gunst ich schenkte.«

Ann sah ihn mit offenem Mund an. Segalla hatte gerade in der Sprache des sechzehnten Jahrhunderts aus dem zweiten Kassettenbrief zitiert, einem jener Dokumente, die angeblich bewiesen, daß Maria, die Königin von Schottland, eine Ehebrecherin und Mörderin war.

»Ich bin nicht der, der ich zu sein scheine«, flüsterte Segalla. »Ich kann es nicht erklären, aber ich werde meine Behauptungen beweisen.«

Segalla schien Anns Verblüffung nicht zu genießen. Er langte in seine Jackentasche, zog einen kleinen Beutel mit Münzen heraus, die er auf dem Tisch ausbreitete. Die Münzen sahen fast neu aus; sie waren blank und funkelten im Kerzenschein. Segalla schob sie ihr hinüber: ein Schilling aus der Zeit Edwards III., ein französischer Ecu, eine spanische Dublone.

»Die könnten Sie auch gekauft haben«, stellte Ann ungerührt fest.

»Ja, mag sein«, sagte Segalla, »aber *das* habe ich nicht gekauft!«

Diesmal schob er sein Weinglas zur Seite, zog eine durchsichtige Plastikhülle aus der Jackentasche und hielt sie hoch.

Ann starrte auf die Zeichnung einer Seejungfrau, die auf einem Wappen saß, eine Krone auf den wehenden Locken.

»Woher haben Sie die?« rief Ann. »Das sieht echt aus!«

»Im Februar 1567 tauchten solche Flugblätter überall in Edinburgh auf«, antwortete Segalla. »Sie wissen, was sie darstellt?«

Ann beugte sich vor. »Im siebzehnten Jahrhundert war das Wort ›Seejungfrau‹ in der Sprache des Volkes ein Synonym für Prostituierte. Der Fuchs ist Teil des Wappens von James Hepburn, dem Grafen von Bothwell. Nach dem Mord an Darnley im Februar 1567 tauchten in Edinburgh Schmähschriften auf, die Maria und Bothwell des gemeinsamen Mordes an Darnley beschuldigten, weil die Königin angeblich ihren rauhbeinigen Lord so leidenschaftlich liebte.«

Sie riß Segalla die Plastikhülle förmlich aus der Hand.

»Es gibt nur noch wenige davon, meist in Staatsarchiven in Schottland oder England, aber diese ist echt«, sagte er.

Ann betrachtete die primitive Karikatur der Königin von Schottland. Die Seejungfrau war ganz offensichtlich Maria nachempfunden: die sinnliche Pose sollte fraglos Ekel und Abscheu bei den anständigen Bürgern von Edinburgh auslösen.

»Es ist echt«, wiederholte sie.

»Aber ja«, sagte Segalla. »Marias Gegner in Schottland hätten unsere modernen Geheimdienste lehren können, wie man den Feind zu Fall bringt.«

Ann wollte ihm die Zeichnung zurückgeben, doch Segalla schüttelte den Kopf.

»Nein, behalten Sie sie.« Er lächelte. »Ich schenke sie Ihnen. Nun haben wir aber genug geredet. Lassen Sie uns weiter essen.«

»Nein, nein«, wehrte Ann ab. »Was wäre, wenn ich alles einem Arzt berichtete? Oder an die Öffentlichkeit bräch-te?«

»Dann würde ich alles abstreiten und verschwinden«, sag-te Segalla. »Sie würden sich die Chance Ihres Lebens entgehen lassen. Zudem würde man an Ihrem Urteilsvermögen und Ihrer Bildung zweifeln. Ich vertraue darauf, daß Sie das nicht tun.«

»Warum?«

»Weil Sie Ann Dukthas sind, Verfasserin von Büchern und Dozentin, die sich mit Rätseln der Geschichte befaßt. Ich ken-ne und respektiere Ihren Ruf als untadelige Forscherin.«

»Sie behaupten also, mit Maria in Edinburgh gewesen zu sein?« fragte Ann ungläubig. »Wo waren Sie noch? Wo kom-men Sie her? Wenn Sie über solche Macht verfügen, wo ist deren Ursprung?«

»Das kann ich nicht beantworten, zumindest jetzt noch nicht; haben Sie einfach Vertrauen zu mir.« Er nippte an sei-nem Wein und beugte sich vor. »Sie haben in Oxford einen ausgezeichneten Vortrag über den Mord an Darnley gehalten, der allerdings ebenso viele Fragen aufgeworfen wie Antwor-ten gegeben hat.« Er lächelte. »Trinken Sie einen Schluck, und fassen Sie noch einmal kurz zusammen, was Sie gesagt haben.«

Ann starrte ihn an. Sollte sie aufstehen und gehen? Sie hat-te in Großbritannien und Irland Anzeigen aufgegeben und nach Historikern gesucht, die ihr Klarheit über den Mord an Henry Darnley, dem Gemahl der Königin von Schottland, verschaffen konnten und über die Ereignisse jenes Montags, des zehnten Februar 1567 vor den Toren von Edinburgh in Kirk o'Field. Segalla hatte als einziger reagiert. Er hatte sie nicht nur angerufen, sondern auch einen Tisch in diesem Restaurant reserviert und sie von einem Wagen abholen lassen. Sie lächelte; Höflichkeit war das mindeste, was sie ihm schuldig war.

»Zunächst sah alles ganz einfach aus«, begann Ann. »Wir haben das historische Ereignis, sowohl seine Ursache als auch seine Auswirkungen, aber wenn wir das Rätsel genauer untersuchen...« Sie hob die Schultern. »Offen gesagt gibt es keine zwei Historiker, die darüber einer Meinung sind. Maria, die Königin von Schottland«, fuhr sie fort und blickte vor sich auf den Tisch, »wurde 1542 geboren und 1587 hingerichtet. Ihr Vater war Jakob V. von Schottland, ihre Mutter die französische Prinzessin Maria von Guise. Jakob unterlag bei Solway Moss den Generalen Heinrichs VIII. und starb kurze Zeit später. Heinrich wollte seinen Sohn Edward mit der noch sehr jungen Maria verheiraten, doch die Schotten ließen das nicht zu. Während der Regentschaft ihrer Mutter wurde Maria als zukünftige Braut des Dauphin, Franz, nach Frankreich geschickt. Sie wuchs am französischen Hof unter der Obhut der mächtigen Verwandten ihrer Mutter auf, der Familie Guise. Im Jahre 1558 heiratete Maria den Dauphin, der ein Jahr später als Franz II. König von Frankreich wurde.« Ann trommelte mit den Fingern auf den Tisch. »Maria war also mit siebzehn Jahren bereits Königin von Frankreich und Königin von Schottland. Die Katholiken in England betrachteten sie als die rechtmäßige

Monarchin und Elisabeth, die Tochter von Anne Boleyn, als unehelich.«

Segalla füllte ihr Glas und bedeutete den Kellnern, den Hauptgang aufzutragen. »Fahren Sie fort.«

»Im Dezember 1560 starb Maria von Guise, Regentin von Schottland. Sechs Monate später erlag Franz II. einem Ohrenleiden. Im Jahr darauf kehrte die neunzehnjährige Witwe Maria nach Schottland zurück. Sie fand ein Land vor, das durch die Reformation zerrissen war, und hatte die Adligen der Kongregation gegen sich. Aber das dürfte Ihnen ja bekannt sein.«

Segalla lächelte. »Der Widerstand wurde angeführt von dem Calvinisten John Knox, einem religiösen Fanatiker. Er konnte Katholiken nicht ausstehen und Frauen nicht ertragen.«

»Ich habe in meinem Leben ein paar von dieser Sorte kennengelernt«, sagte Ann. »Und die anderen Adligen dieser Gruppe?«

»Da gab es allen voran drei schillernde Gestalten«, sagte Segalla. »James Stuart, Graf von Murray, Marias unehelicher Halbbruder, eine wahre Natter. George Douglas, Graf von Morton. In den Listen von amnesty international finden Sie viele Mortons. Grausam und rachsüchtig, wie er war, liebte er es, Frauen aufzuhängen, sogar mit dem Säugling im Arm.«

»Und wer noch?«

»Maitland von Lethington: einer von der verschlagenen Sorte, einer, der die Wahrheit selbst dann noch verleugnet, wenn sie ihn anspringt und in die Nase beißt.«

Ann spürte, wie die Anspannung von ihr abfiel – wie stets, wenn sie über Rätsel der Geschichte diskutierte. Für dieses spezielle galt das ganz besonders. Mit dieser längst verstorbenen Königin hatte sie sich schon immer verbunden gefühlt. Vom luxuriösen französischen Hof zurückgekehrt, hatte Maria Männer gegen sich gehabt, die moderne Gangster wie die reinsten Wickelkinder erscheinen ließen.

»Aber Maria konnte sich behaupten?« Das war eher eine Feststellung als eine Frage.

»O ja, sie war phantastisch«, sagte Segalla mit Wärme. »Sie führte sie geschickt – bis sie einen verhängnisvollen Fehler beging.«

»In Gestalt des Henry Stuart, Lord Darnley?«

»Genau. Als Enkel Heinrichs VIII. hatte auch Darnley einen Anspruch auf die englische Krone. Er war ein großer, exzellent aussehender, gebildeter Mann, ein Trinker, Schwächling und lasterhaft obendrein.« Segalla blickte Ann prüfend an. »Fahren Sie fort«, sagte er.

»Darnley war ein haltloser Mensch«, sagte Ann. »Maria hat bestimmt ihr Bestes getan, aber Darnley verhielt sich gemein und paranoid. Maria war sehr bald nach ihrer Heirat schwanger geworden, und als sie erkannte, was für ein Mensch ihr Mann wirklich war, vertraute sie mehr und mehr auf die Unterstützung David Riccios, ihres italienischen Sekretärs. Im Jahre 1566 verbündete sich Henry Darnley mit den mächtigen Adligen, und Riccio wurde in Marias Beisein im Palast zu Holyrood grausam ermordet. Die Rebellen flohen. Maria behielt die Nerven und einen klaren Kopf. Am Ende wurden die Lords begnadigt, einschließlich Darnley, der entweder an Pocken oder an Syphilis erkrankt war.«

»Wahrscheinlich beides«, murmelte Segalla.

»Egal. Maria bemühte sich um Versöhnung. Sie ging nach Glasgow und holte den kränkelnden Darnley in ein Haus außerhalb Edinburghs nach Kirk o'Field, wo er sich erholen sollte. Am ersten Februar 1567 kamen sie dort an. Maria blieb bei Darnley. Manchmal schlief sie in einem Zimmer unter dem seinen. Am Sonntag, den neunten Februar, kehrte sie zu einem Maskenreigen in den Palast zu Holyrood zurück und übernachtete auch dort. Um zwei Uhr am Morgen des zehnten Februar, einem Montag, weckte eine gewaltige Explosion die Einwohner der Stadt. Es klang wie der Donner von dreißig Kanonen. Kirk o'Field war gesprengt worden, und in einem Obstgarten, vierzig Meter vom Haus entfernt, fand man Darnleys Leiche und die seines Knappen Taylor – ohne Schramme oder blauen Fleck.« Ann nippte an ihrem Wein. »Aus diesem Rätsel entwickelte sich eine Flut von Tragödien. Der Mord wurde Maria zur Last gelegt. Sie verbündete sich mit einem mächtigen Adligen, einem geborenen Schurken, James Hepburn, Graf von Bothwell, der als ihr Komplize galt. Maria wurde aus Edinburgh vertrieben. Angeführt von ihrem Halbbruder Murray, rebellierten die Adligen der Kongregation. Maria flüchtete nach England, wo man sie neunzehn Jahre lang gefangen hielt, bis sie schließlich in Fotheringay Castle hingerichtet wurde.«

»Haben Sie das gesehen?« Segalla gab ihr die Fotokopie einer Zeichnung, von der Ann wußte, daß sie im Staatsarchiv in der Chancery Lane in London aufbewahrt wurde. Die junge Frau nickte und legte sie vor sich auf den Tisch.

»Ja«, flüsterte sie, »aber das hilft uns nicht weiter.«

»Wenn Sie sie gründlich betrachten«, sagte Segalla, »wird sie Ihnen die Wahrheit sagen.«

Ann schüttelte den Kopf. »Nichts ergibt einen Sinn. Darnley blieb mit fünf oder sechs Dienern in Kirk o'Field zurück. Zwei von ihnen, Nelson und Symonds, krochen aus den Ruinen; die anderen kamen ums Leben. Ich verstehe es einfach nicht. Wie hat man Darnley ins Freie gebracht? Warum hat man ihn dort getötet und anschließend das Haus in die Luft gejagt?«

»Vielleicht ist er in Panik geraten?« fragte Segalla spöttisch.

»Aber die anderen Diener, die bei ihm waren, schliefen weiter. Warum hat Darnley nicht versucht, sie zu retten? Und wie kann man jemanden umbringen, ohne auch nur die geringsten Spuren zu hinterlassen?«

»Wo war Bothwell?« fragte Segalla.

»In Holyrood.«

»Und die Adligen?«

»Murray war in Fife, Morton meilenweit entfernt in St. Andrews, Lethington ebenfalls. Das eigentliche Problem liegt darin«, fuhr Ann fort, »daß wir eine Menge Beweise haben, die für eine Täterschaft von Maria und Bothwell sprechen. Der Nachteil bei der ganzen Sache ist nur, daß alle diese Beweise auf Aussagen von Gefolterten beruhen, die später gehängt wurden, weil sie an der Ermordung von Darnley beteiligt waren.« Sie lächelte resigniert. »Der Mord von Kirk o'Field ist nicht nur ein Rätsel, sondern auch in mühevoller Kleinstarbeit von Menschen bewußt konstruiert. Man hat eine ganze Beweiskette aufgebaut: Geständnisse, Briefe, Dokumente. Vielleicht sollten einige Rätsel ungelöst bleiben, und dieses gehört dazu.«

Segalla deutete auf die Fotokopie auf dem Tisch. »Glauben Sie mir«, sagte er, »das ist das einzige Stückchen Wahrheit, das Sie haben.«

Ann betrachtete die gründlich ausgearbeitete Zeichnung vor sich – wahrscheinlich die Arbeit eines englischen Agenten in Edinburgh. Sie war offensichtlich am Morgen des zehnten

Februar entstanden und zeigte Kirk o'Field nach der Explosion. Die Alte Probstei auf der linken Seite, in der Darnley übernachtet hatte, bestand nur noch aus Ruinen, so wie Maria es Erzbischof Beaton nach Paris geschrieben hatte: »Kein Stein lag mehr auf dem anderen.« Auf der anderen Seite des Bildes war ein Obstgarten: Hier hatte der Künstler die beiden Toten, Darnley und seinen Knappen Taylor, skizziert, die, noch in ihren Nachtgewändern, unter den Bäumen lagen. Neben ihnen befanden sich ein Stuhl, eine pelzbesetzte Robe, ein Dolch und eine Art Tauwerk.

»Das zeigt uns, was geschehen ist«, sagte Ann, »aber nicht, wie es sich abgespielt hat.«

»Der Meinung war ich auch einmal«, sagte Segalla. »Und wie falsch ich damit lag!«

Ann wurde unter dem kühlen Blick Segallas so unbehaglich, daß sie sich schnell wieder dem Essen zuwandte. Doch sie war so verwirrt, daß ihr der Appetit vergangen war und sie Messer und Gabel sinken ließ.

»Ich komme mir ziemlich albern vor«, sagte sie und lachte. »Wie ein Schulmädchen.«

Segalla schüttelte den Kopf und deutete auf den Teller.

»Nein, nein«, sagte Ann, »ich habe genug gegessen. Ich möchte jetzt wirklich gehen.« Sie spielte mit der Serviette, um ihr Unbehagen zu verbergen. »Dr. Segalla, Sie haben mir ein Rätsel aufgegeben, aber wenig getan, um jenes Rätsel zu klären, das ich untersuche.«

Segalla lehnte sich zurück. »Nichts liegt mir ferner, Ann. Ich habe Ihren Vortrag bewundert. Sie haben Darnleys Ende damals und heute korrekt und wahrheitsgetreu dargestellt. Sie haben der Versuchung widerstanden, aus Stroh Ziegelsteine zu brennen.«

»Mit anderen Worten, ich habe zugegeben, daß ich nicht weiterweiß.«

»Ja, und das ist ein guter Ausgangspunkt. Jedes Buch, das über den Mord an Darnley geschrieben wurde, behauptet, eine Lösung gefunden zu haben. Doch in allen Werken werden die Tatsachen unterschlagen, die der jeweiligen Schlußfolgerung widersprechen. Sie sind da anders. Sie machen das Problem deutlich und gehen nicht weiter.« Er warf seine Serviette auf den Tisch.

»Nun sitzen Sie hier und fragen sich, ob Sie mit einem Verrückten speisen, und das kann ich Ihnen nicht einmal verübeln. Wollen Sie einen Kaffee?«

Ann schüttelte den Kopf. Sie spürte, daß der rätselhafte Fremde jetzt die Karten auf den Tisch legen würde.

»Ich werde Sie gehen lassen«, lächelte Segalla. »Aber morgen früh um zehn Uhr wird ein Bote zwei Päckchen bei Ihnen abgeben.« Er legte eine Visitenkarte auf den Tisch. »Rufen Sie bitte diese Nummer an, sobald sie da sind. Ich möchte, daß Sie den Inhalt beider Pakete genau betrachten. Das erste enthält ein paar Bilder, das zweite ein Romanmanuskript. Wenn Sie wollen, können Sie alles vernichten und unsere Begegnung als einen fürchterlichen Irrtum betrachten. Das überlasse ich Ihnen.«

»Sie vertrauen mir also?«

Segalla lächelte. »Rückhaltlos.«

Kurz darauf verließ Ann, noch immer verwirrt, das Restaurant und nahm sich ein Taxi, das sie nach Hause brachte. Sie versuchte, nicht über ihre Begegnung mit Segalla nachzudenken, und verbrachte den Rest des Abends mit einer Biographie des Lord Bothwell, um sich abzulenken. Sie schlief gut in dieser Nacht, konnte sich am nächsten Morgen jedoch kaum beherrschen, je näher der Zeiger der Uhr auf Zehn vorrückte. Segalla hielt Wort. Sein Bote kam pünktlich. Das Paket enthielt zwei Umschläge, die beide mit Segallas Siegel auf rotem Lack verschlossen waren. Sie war versucht, die Umschläge sofort aufzureißen und den Inhalt zu untersuchen, wollte sich aber an die Abmachung halten. Sie griff nach der Karte, die Segalla ihr gegeben hatte, wählte die Nummer und stellte fest, daß sie zu einem der größten Dubliner Hotels gehörte. Vom Empfang wurde sie mit Segallas Zimmer verbunden; seine Stimme klang sehr angenehm.

»Die... die Päckchen sind angekommen«, stammelte Ann.

»Gut«, sagte Segalla. »Öffnen Sie nun das dünnere.«

Ann tat es und schüttete den Inhalt auf den Tisch.

»Es sind Bildpostkarten«, erläuterte Segalla. »Sie tragen auf der Rückseite eine Nummer; bitte legen Sie sie der Reihe nach nebeneinander.«

Ann, die das Gefühl hatte, ein merkwürdiges, ausgeklügeltes Spiel zu spielen, tat, was er wollte. »Es sind Drucke berühmter Gemälde«, sagte sie.

»Insgesamt müssen es sieben sein«, sagte Segalla. »Beschreiben Sie sie mir.«

»Das erste ist ein Bild aus dem fünfzehnten Jahrhundert. Es zeigt eine Gruppe von Sängern. Das zweite ist ein Gemälde von Tizian mit dem Titel *Der junge Engländer.* Dann kommt das *Portrait von Thomas More und seiner Familie* von Holbein dem Jüngeren. Dann Boulets *Zwei Liebende. Mitglieder der Tuchmachergilde* von Rembrandt. Danach Renoirs *Opernloge* und schließlich ein Foto von Lenin und seinen Mitkämpfern vom Oktober 1918.«

Segalla mußte ihre Verwirrung herausgehört haben.

»Haben Sie ein Vergrößerungsglas zur Hand?« fragte er.

Ann bejahte und ging es holen.

»Nun sehen Sie sich alle der Reihe nach genau an«, drängte Segalla.

Ann gehorchte. Zunächst konnte sie es nicht glauben. »Gott stehe uns bei!«

»Was ist, Miss Dukthas?« flüsterte die Stimme am anderen Ende der Leitung.

»Auf jedem Bild ist derselbe Mann zu sehen«, rief sie. »Das sind Sie! Zwar ist die Frisur verändert – auf einem Bild tragen Sie einen Bart, auf dem anderen sind Sie glatt rasiert.« Ann mußte sich an der Tischkante abstützen. »Warum?« fragte sie atemlos. »Warum haben Sie mir das erzählt?«

»Ich mag Sie, Ann«, sagte Segalla. »Sie suchen nach der Wahrheit und ...«

»Und was?«

»Sie erinnern mich an jemanden, den ich einst kannte. Nun ja.« Segallas Stimme wurde barsch. »Werden Sie nun Ihren Arzt anrufen? Ihre Zeitung?«

»Nein.«

»Natürlich nicht«, sagte Segalla zufrieden. »Öffnen Sie jetzt den zweiten Umschlag. Lesen Sie das Manuskript. Finden Sie die Wahrheit heraus. Wir werden uns wiedersehen.« Dann legte er auf.

Prolog

Das rote Maskenspiel des Mordes würde demnächst beginnen. Das war von bösen Vorahnungen und Omen prophezeit worden, die sich über Schottland gelegt hatten wie gespenstischer Nebel. Propheten und Wahrsager hatten diese Vorzeichen berichtet: Vögel lagen zerschmettert am Boden; Stürme entstanden aus dem Nichts, und heftige Winde rissen Spitzen und Türme von den Kirchen. Zwei Monde standen am Himmel. Drei Sonnen gingen auf. Ein Hellseher berichtete von lebenden Leichnamen, die in langer Reihe über die Hauptstraße strömten, die Gesichter aschfahl, die Augen verwelkten Blumen gleich. Nachts glitzerten die Felder um Kirk o'Field außerhalb von Edinburgh im Mondschein, als wären sie mit Blut getränkt. Um Mitternacht, so hieß es, kreisten unzählige Teufel und Horden schwarzer Dämonen mit ausgebreiteten Flügeln über dem Palast zu Holyrood. Die Mauern von Kirk o'Field, einem Gebäudekomplex auf freiem Feld südlich von Edinburgh, glänzten im geisterhaften Winterlicht. Drinnen bereiteten sich die Diener des königlichen Hofes auf die Ankunft ihrer Königin und ihres Königs vor. Auch sie hatten die Gerüchte gehört. Mord war prophezeit, und Böses sollte geschehen. Hatte sich nicht John Irvinge aus Livingstone plötzlich vom Totenbett erhoben und, mit starrem Blick und vor Angst zitternd, einen knochigen Finger zu den mit Spinnweben behangenen Dachsparren erhoben?

»Der König wird sterben!« hatte er gekreischt. »Der König wird sterben!« – dann war er bewußtlos in die Kissen gesunken.

Ab Januar 1567 wurde Mord ein häufiger Gast in Schottland, diesem kargen, wilden Land, wo die Menschen eng verbunden waren mit der Scholle und dem Vieh, das sie nährte. Die gewöhnlichen Leute glaubten an den magischen Einfluß von Sonne und Planeten, an die Kraft ihrer heidnischen Vergangenheit, an teuflische Kobolde und Riesen ebenso wie an die Kreuzigung ihres Erlösers. Ein ursprüngliches, rauhes Land, über das oft von Küste zu Küste ein Krieg hinwegbrandete und den rotgoldenen Adlerfarn mit verwesenden Leichen bedeckt zurückließ. Jetzt hatte der Winter in Schottland Einzug gehalten mit klirrender Kälte, die eher die Seele als den Körper schmerzte. Sie verwandelte das rostbraune Heidekraut in schwarzen, sumpfigen Morast und rührte an das Böse der menschlichen Seele.

Auf den schlechten Straßen und öffentlichen Wegen Schottlands herrschte trotz des Schlamms reges Treiben. Reiter, das Antlitz unter dunklen Kapuzen versteckt, galoppierten durch helles, eiskaltes Mondlicht und brachten Botschaften von Ort zu Ort, denn Verschwörer waren am Werk.

Maria, Königin von Schottland, die Frau mit kastanienbraunem Haar, goldener Haut und verwirrendem Blick, mit ihren französischen Halskrausen und spitzenbesetzten Röcken, versuchte, sich mit ihrem Gemahl Henry Darnley auszusöhnen, der sie verlassen hatte. Er verbarg seinen körperlichen Verfall hinter den Mauern des Palastes zu Glasgow; manche behaupteten, er habe die Pocken, andere wiederum sprachen von Syphilis. Egal, was die Ärzte murmelten, eines war sicher: Darnley verfaulte bei lebendigem Leibe. Die glänzenden Haare fielen ihm aus, das hübsche Gesicht mit den weiblichen Zügen war über und über mit schwarzen, eiternden Pusteln bedeckt, und sein Körper schied übelriechende Flüssigkeiten aus. Dennoch wollte Maria – die Tochter Jakobs V., schottische Königin von Gottes Gnaden und, wie manche flüsterten, Königin von England – mit ihrem einst so hübschen Gemahl Darnley Frieden schließen. Manche sagten ihr Raffinesse nach. Verbarg sie nicht ihren katholischen Glauben, indem sie vorgab, im Zwist mit den Adligen der Kongregation einlenken zu wollen, vor jenen reformistischen Eiferern, die von ihrem unehelichen Halbbruder James Stuart, Graf von Murray, und der Natter Maitland von Lethington angeführt wurden?

Die Alten flüsterten, in Schottland habe es noch nie Frieden gegeben. Vor fünfzig Jahren waren Jakob IV., Marias Großvater, und seine Grafen und Barone, die Zierde des Landes, bei der großen Katastrophe von Flodden ausgelöscht worden. Etwa zwanzig Jahre später unterlag Jakob V., Marias Vater, seinem Onkel Graf von Herford, dem General König Heinrichs VIII. von England: Jakob stahl sich auf dem Seeweg davon und floh in sein Schloß. Als er erfuhr, daß seine Frau, Maria von Guise, einer Tochter das Leben geschenkt hatte, flüsterte er, das sei der Anfang vom Ende seiner eigenen Dynastie, der Stuarts.

»Mit einem Mädchen hat sie begonnen, mit einem Mädchen wird sie zu Ende gehen!«

Dann drehte er das Gesicht zur Wand und starb an gebrochenem Herzen. Sollte seine Prophezeiung nun in Erfüllung gehen? Maria war aus Frankreich zurückgekehrt, nachdem ihr erster Gemahl, der junge Franz II., an einer eitrigen Ohrentzündung gestorben war. Maria, die bald wieder heiraten wollte, legte die Arme um den jungen Darnley, der ihr von ihrer Kusine, Königin Elisabeth von England, zur Erbauung geschickt worden war. Doch diese Ehe, von der viele glaubten, sie sei im Himmel geplant, verwandelte sich in die reinste Hölle. Darnley, desillusioniert, ernüchtert und machtgierig, hatte Maria geschwängert und sofort eine Verschwörung gegen sie geplant. Henry Lennox Darnley, König von Schottland, der »große Junge«, langbeinig und mit einem hübschen Gesicht, das jeder Frau zur Ehre gereicht hätte, wurde Opfer seiner Eifersucht.

Am Sonnabend, dem neunten März 1566, empfing Maria in ihren Gemächern im Palast zu Holyrood einige Gäste zum Dinner. Sie war der Meinung, Darnley habe sich schmollend zurückgezogen. Neben der Königin saß ihr Lieblingssekretär, der Italiener David Riccio, der Mann, den Darnley beneidete. Er trug einen damastenen Morgenmantel über einem Wams aus Satin, dazu eine rostbraune Samthose. Plötzlich stand Darnley im Zimmer, noch warm vom Bett einer Hure, die Stimme belegt, das Gesicht vom Wein gerötet. Voller Haß starrte er seinen Rivalen Riccio an, während hinter ihm weitere Männer die Treppe heraufkamen. Lord Patrick Ruthven, ein gefürchteter Hexenmeister, trug Rüstung und einen eisernen Helm. Brennende Augen in aschfahlem Gesicht. Die

Hölle hatte diesen Mann bereits fest im Griff: Er war todkrank, und die einzige Brise, die seine Lebensflamme in Gang hielt, war sein maßloser Haß auf David Riccio.

»Möge es Eurer Majestät gefallen«, schrie Ruthven mit schriller Stimme, »daß dieser Ehrlose Eure Privatgemächer verlasse, in denen er viel zu lange weilte!«

Maria widersetzte sich, doch Ruthven und andere, Darnley unter ihnen, beachteten sie nicht. Riccio begann zu schreien. Er klammerte sich an die Röcke der Königin, bettelte um Gerechtigkeit und flehte die Königin an, ihn zu retten. Maria tat ihr Bestes, doch sie war hochschwanger, und Ruthven und die anderen bedrohten sie mit Dolch und Pistole. Riccio hatte nicht soviel Glück. Man hackte mit Messern auf ihn ein. Seine aus fünfzig Wunden blutende Leiche wurde aus dem Raum geschleift und wie ein Stück Fleisch die Treppe hinabgeworfen.

Riccio starb, aber Maria gelang die Flucht. Sie wurde krank, brachte einen Jungen zur Welt, den sie Jakob nannte, und überließ ihn dem Gemahl, der sich von ihr abgewandt hatte. Maria sann auf Rache. Riccios Mörder mußten fliehen, als die Königin erneut erkrankte. Beinahe hätte der Todesengel sie auf seinen gefiederten Schwingen davongetragen, doch Maria erholte sich, und ganz Schottland hielt den Atem an. Würde die Königin einen Krieg vom Zaun brechen? Maria schmiedete Ränke. Das tat auch Elisabeth von England in ihren Privatgemächern in Whitehall zusammen mit Francis von Walsingham, einem Mann mit schwarzem Haar und schwarzer Seele. Die Franzosen richteten ebenfalls den Blick auf England und Schottland: Katharina von Medici, die Herrscherin von Frankreich, saß angespannt in ihren Gemächern in Blois und fragte ihre Astrologen nach Marias Plänen.

Schließlich überraschte Maria sie alle. Sie war den Mördern Riccios gegenüber gnädig, und als ihr Gemahl infolge seiner Hurerei erkrankte, reiste sie quer durch Schottland, um ihn zu besuchen, und schickte ihm huldvolle Botschaften. Sie schmeichelte ihm und neckte ihn; Darnley antwortete, und Schottland atmete erleichtert auf. Die Königin würde Gnade walten lassen: nicht Auge um Auge, Zahn um Zahn. Maria mietete für Darnley eine weich gepolsterte, von Pferden getragene Sänfte, die ihn von Glasgow zur Alten Probstei bringen sollte, die neben den Ruinen der Kirche St. Mary's in the Fields außerhalb von Edinburgh lag. Er sollte beste Nahrung und Arznei bekommen. Sie versprach ihm auch, erneut Tisch und Bett sowie den Königstitel mit ihm zu teilen, sobald die Ansteckungsgefahr vorüber wäre.

Am ersten Februar 1567, einem Sonntag, als schwerer Nebel vom Meer den Firth of Forth heraufzog, brachte Maria, Königin von Schottland, ihren Gemahl Henry Darnley über gewundene Pfade zur Alten Probstei bei Kirk o'Field vor den Toren Edinburghs. Trotz des eiskalten Windes bot die Reisegesellschaft einen prachtvollen Anblick. Darnley lag in Felle gehüllt in einer Sänfte aus geschnitztem Eichenholz, die man auf die breiten Rücken eigens zu diesem Zweck gemieteter brauner Reitpferde geschnallt hatte. Der Gemahl der Königin von Schottland verbarg nur gar zu gern sein verwüstetes Gesicht hinter den goldbesetzten purpurnen Vorhängen der Sänfte. Das Gelächter und die fröhlichen Rufe der Königin und ihrer Höflinge, die das Hufgetrappel und das Klingeln des Zaumzeugs übertönten, waren ihm schier unerträglich.

Zwei königliche Herolde in prächtigen Röcken ritten dem Zug voran. Hinter ihnen und zu beiden Seiten der königlichen Kolonne schritten die schwer bewaffneten Gefolgsleute des Grafen von Bothwell, die die königlichen Bogenschützen unter Kapitän John Stewart von Traquair verstärken sollten. Maria selbst ritt neben der Sänfte her, das kastanienbraune Haar unter einem eleganten Hut versteckt, der mit einer Schwanenfeder geschmückt war. Auf ihrer silbergrauen Stute mit poliertem Harnisch, in dunkelblauem Reitkleid und dazu passendem Umhang, der an Saum und Taschen mit Goldlitze bestickt war, sah Maria aus wie eine Märchenprinzessin, die zu ihrem Zauberschloß zurückkehrt. Hin und wieder zügelte die Königin ihr Pferd und blickte auf die Sänfte hinab, ehe sie sich wieder ihren Adligen zuwandte, vor allem James Hepburn, dem Grafen von Bothwell, der unter seinem Samtbarett streng und grimmig dreinschaute. Neben ihm ritt Graf von Murray, noch recht schweigsam, denn er war erst vor kurzem von der Königin wieder gnädig aufgenommen worden. Auf der anderen Seite der Sänfte gingen die persönlichen Diener Darnleys, sein treuer Knappe Taylor und der Leisetreter Thomas Nelson, der Weinschlauch und Pokal trug, stets bereit, den quälenden Durst seines Herrn zu löschen.

Eine wahrhaft fröhliche Gruppe, doch Maria unterbrach ihr Gespräch mit Bothwell und schauderte, als sie sich umdrehte und den großen schwarzen Raben am Himmel sah, der mit langsamen Flügelschlägen gegen den stetigen Wind ankämpfte.

»Dieser unheilvolle Vogel folgt uns schon den ganzen Tag«, flüsterte sie auf französisch.

Sie zwang sich zu einem Lächeln und nahm das Gespräch wieder auf. Zufällig begegnete sie dem Blick ihres Halbbruders und fragte sich erneut, ob alles wieder gut würde oder ob die Schatten der Vergangenheit sie einholen würden. Obwohl Maria erst fünfundzwanzig Jahre alt war, gewöhnte sie sich allmählich daran, in den Abgrund menschlicher Herzen zu schauen, dorthin, wo Groll gehegt und Mord geplant wurde. Um sich abzulenken, begann die Königin die Melodie eines Madrigals zu summen, und als wolle er antworten, öffnete der Rabe über ihr seinen gelben, grausamen Schnabel und krächzte sein unheilverkündendes Lied.

Eins

Nicholas Segalla, Priester der Gesellschaft Jesu, verbrachte den Vorabend seines Geburtstags wie immer betend in der Marienkapelle der Kirche von St. Denis am Rande von Paris. Er kniete auf seinem Betschemel und schaute zum marmornen Antlitz der Jungfrau empor, das die Kerzen, die unter der Statue auf einen eisernen Ring gesteckt waren, hell beleuchteten. Segalla bekreuzigte sich, setzte sich auf den Stuhl, der hinter ihm stand, und blickte versonnen ins Dunkel des Allerheiligsten. Gerade hatte er die Abendmesse abgehalten. Die Kaufleute und Bürger von Paris, die sich noch die Mühe machten, einer Messe beizuwohnen, waren inzwischen gegangen und eilten nun durch die übelriechenden Gassen der Geborgenheit ihrer Häuser entgegen. Durch die offene Tür an der Rückfront der Kirche drang kalte Nachtluft herein. Aus der Ferne vernahm Segalla den Lärm der Herbergen und

Wirtshäuser der Stadt. Ein Schauer überlief ihn, und er bekreuzigte sich noch einmal. Segalla war auf dem Lande aufgewachsen und hatte sich trotz seines Studiums an der Sorbonne in Paris nie richtig wohlgefühlt. Kurz vor dem Einschlafen stellte er sich in seiner kleinen Kammer hoch oben im Palast des Louvre zuweilen die grünen Felder, den üppigen Wald und die murmelnden Bäche seines Geburtsortes vor.

Der Schrei einer Frau ließ ihn zusammenzucken, und er erinnerte sich an das, was ein geschwätziger Untersuchungsbeamter ihm erzählt hatte. In den Vororten von Paris habe das Böse die Oberhand; Hexenmeister vermochten die rittlings auf blutroten Krokodilen sitzenden, gekrönten Dämonen herbeizurufen. Diese Magier waren es auch, die Leichen ausgruben und in Totenschädeln einen Absud aus Würmern und Leichenstücken brauten. In einem geheimen Gewölbe irgendwo unter dem Pflaster von Paris sei ein unheimlicher Magus in einem siebeneckigen Gewölbe aufgebahrt, das von Lampen erleuchtet sei, die erst mit der Rückkehr Satans des Bösen verlöschen würden. Ein Lächeln erhellte Segallas finstere Miene, und er kratzte sich den geschorenen Kopf. Seine Vorgesetzten in der Gesellschaft Jesu warnten ihn stets vor seiner lebhaften Phantasie. Segalla fragte sich oft, von wem er sie hatte. Von seinem Vater? Diesem ungeschliffenen, mürrischen alten Soldaten? Oder von seiner elfengleichen Mutter? Segalla erinnerte sich an sie: dunkle Augen in einem blassen Gesicht, das umrahmt war von langem schwarzem Haar. Sie hatte vor langer Zeit an seinem Kinderbett gesessen und ihm flüsternd Geschichten über die Feen und bösen Geister des Waldes erzählt. Segalla blickte zu der Statue auf und lächelte.

»Mutter war es«, flüsterte er. »O Herr, sie konnte so wunderbare Geschichten erzählen!«

Er blinzelte ins Kerzenlicht. Seine Mutter war vor unendlich langer Zeit gestorben und ihrem Mann in den kalten, harten Boden unter den alten Steinplatten gefolgt. Segalla, ein rätselhafter Mann, war danach wie ein Irrlicht durch die Zeiten gewandert: mal als Sekretär eines einflußreichen Kaufmanns, dann als Kämmerer eines Adligen. Doch sein Gang durch die Jahrhunderte hatte Spuren hinterlassen. Segalla konnte sich mit dem reformierten Glauben in England nicht abfinden. Der Katholizismus hatte ihn während seines langen Aufenthaltes auf Erden zu stark geprägt. Daher war er aus England geflohen, zuerst ins Englische Seminar in Douai, dann ans Jesuitenkolleg in Rom. Nun war er Priester der Römischen Kirche, Mitglied der verhaßten Gesellschaft Jesu. Wenn er nach England zurückkehrte, würde man ihn grausam jagen, gefangennehmen, und ein furchtbarer Tod am Galgen in Tyburn wäre ihm sicher. Segalla war bereit zurückzukehren, doch seine Vorgesetzten hatten den Kopf geschüttelt: Jene Männer mit den düsteren Mienen hatten ihn als Sekretär und Kaplan zum schottischen Gesandten in Paris, Erzbischof James Beaton, geschickt. Statt maskiert unter den Katholiken von England zu leben, war er umgeben vom Hochadel Frankreichs; jenen Laffen, die in Wolken aus grellrotem und gelbem Taft einherstolzierten, in goldenen Damastanzügen, von Silberlitzen eingefaßten Wämsern und weißen Florentiner Sergestrümpfen. Beaton bestand darauf, daß Segalla sich ebenfalls verkleidete, um in dieser Umgebung nicht aufzufallen. Zuweilen trug er ein Barett aus silbern durchwirkter schwarzer Seide, ein Gewand mit Hermelinbesatz und Handschuhe aus Hunds- und Hirschleder mit silbernen Fransen. Er hatte gelernt, in Räumen zu tanzen, die von Kristallüstern erleuchtet und mit Seidengobelins geschmückt waren, oder in üppig ausgestatteten Gemächern über Politik zu diskutieren, wo messingbeschlagene Kommoden voller Perlen, Ringe und wertvoller Münzen halb offenstanden. Segalla seufzte laut und beugte sich vor. Erzbischof Beaton war trotz seines länglichen, frommen Gesichts, der tränenden Augen und des wallenden Bartes ein Mann, der in sich die List einer Schlange mit der Unschuld einer Taube vereinte. Segalla hatte ihm drei Jahre lang gedient, und Beaton hatte ständig wiederholt: »Zieht Euch nicht wie eine Krähe an, Nicholas! Kleidet Euch in Glanz und Glorie wie alle anderen auch. Hört Euch um am französischen Hofe. Ihr sprecht Englisch, Französisch, Spanisch, Italienisch und Lateinisch. Ihr versteht, was die Leute sagen.«

»Und ich soll für Euch spionieren, Herr?«

Beaton hatte sich den kahlen Schädel gekratzt und Segalla unter halb geschlossenen Lidern gemustert. »Ein Spion, Nicholas? Nun, mein Herr, Ihr seid Jesuit. Ihr habt den heiligen Eid geschworen, der Kirche mit Leib und Seele nach bestem Wissen und Gewissen zu dienen. Schreibt meine Briefe, haltet Eure Messen, betet Euren Rosenkranz, aber haltet für mich Augen und Ohren am französischen Hofe offen. Stellt fest, aus welcher Richtung der Wind weht; welche Gerüchte gestreut werden.« Beaton wurde düster. »Ich bin der Gesandte der Königin Maria von Schottland in Frankreich. Sie ist ein Rehkitz, von Wölfen umzingelt. Ungeachtet ihrer Religion habe ich geschworen, ihre Interessen zu wahren, und als mein Kaplan seid Ihr vor Gott und Euren Vorgesetzten dazu verpflichtet, die meinen zu schützen.«

Als ihm der Duft eines wohlriechenden Parfüms in die Nase stieg, kehrte Segalla plötzlich in die Gegenwart zurück.

Er fuhr herum. Eine Frau in Kapuzenmantel war auf leisen Sohlen hinter ihn getreten. Rasch erhob sich Segalla.

»Madame, ich habe Euch nicht gehört. Wollt Ihr beten?«

Ein klingendes Lachen beantwortete seine Frage. »Nein, ich will nicht beten, Vater Segalla«, erwiderte die Frau mit schleppendem englischen Akzent. »Aber ich will Euch sprechen!« Eine elegante Hand tauchte aus dem weiten Ärmel ihres Gewandes auf und zog die Kapuze zurück. Segalla verschränkte nervös die Arme und versuchte, die aufkommende Panik zu unterdrücken. In Paris wimmelte es von potentiellen Mördern: Vielleicht hatte ein Adliger etwas dagegen, daß er im Auftrag Beatons am Hofe herumflanierte. Die Frau trat in den Schein der Kerzen, und Segalla entspannte sich. Ihre Bewegungen waren anmutig, und sie schaute ihn offen und freundlich an. Segalla versuchte, etwas zu sagen, doch es hatte ihm die Sprache verschlagen – in Gegenwart einer attraktiven Frau war er immer leicht verlegen und schüchtern. Die Fremde war trotz ihres plötzlichen und geheimnisvollen Auftauchens wahrlich verblüffend reizvoll: kastanienbraunes Haar, klein, nicht schön im klassischen Sinne wie Diane de Poitiers, die Geliebte des früheren Königs, oder wie andere Damen bei Hofe. Sie war zierlich, hatte ein rundes Gesicht mit einer Stupsnase, einen Mund, der gern lachte, und fröhliche Augen unter fein gezeichneten Augenbrauen.

»Madame ... kennen mich?« stammelte er.

»Und ob Madame Euch kennt«, sagte sie. »Ihr seid Vater Nicholas Segalla, unbestimmbarer Herkunft: Mitglied der Gesellschaft Jesu, Kaplan bei Erzbischof Beaton, dazu sein Schreiber und Sekretär. Jetzt tragt Ihr die schwarze Robe Eures Ordens, aber morgen seid Ihr vielleicht schon wieder bei Hofe und stolziert in prunkvollen Gewändern herum wie die anderen Schmetterlinge.« Sie warf den Kopf in den Nakken. »Ihr seid still und fleißig, interessiert Euch für Uhren, was in meinen Augen ziemlich langweilig ist, aber...«, und hier lachte sie auf, »es heißt, daß Ihr Engländer seid, also müßt Ihr exzentrisch sein.« Sie beugte sich vor und berührte den Rosenkranz, den Segalla um den Finger gewickelt hatte. »Ihr solltet lieber nicht nach England zurückkehren. Walsinghams Spione könnten Euch in die Falle locken, und Meister Topclif, der Folterknecht der Königin, würde Euch mit Feuer und Eisen die schlimmsten Qualen zufügen.«

»Ihr wißt sehr viel über mich, Madame.«

»Natürlich.« Wieder lachte sie. »Schließlich soll ich Eure Frau werden!«

»Wer seid Ihr?« fuhr Segalla sie an. »Ist das hier eine Art Schelmenstück? Die Posse eines Höflings?«

Die Frau wurde ernst. »Es ist kein Spaß. Auch ich arbeite für Seine Gnaden, den Erzbischof Beaton. Mein Name ist Janette Lindsay. Seine Gnaden hat mir gesagt, daß Ihr hier in sicherer Entfernung vom Hofe die Abendmesse abhaltet.« Sie blickte sich um. »Ich kann auch verstehen, warum. Es ist ruhig hier, aber Ihr werdet bald stürmischere Meere befahren, mein Herr. Wir sollen nach Schottland. Ihr und ich, im Auftrage des Erzbischofs. Er will uns sofort sprechen.« Sie warf einen Blick über ihre Schulter. »Thomas!« rief sie.

Ein großer, stämmiger Mann tauchte hinter einer Säule auf und kam durch das Querschiff der Kirche auf sie zu. Er verbeugte sich vor der Frau und grinste Segalla an.

»Thomas Vartlett«, stellte er sich vor, kratzte sich verlegen das schwarze lockige Haar und versuchte, den struppigen Schnurrbart in Ordnung zu bringen.

Segalla betrachtete ihn eingehend. Vartlett hatte den herausfordernden Gang eines Kämpfers, war jedoch wie ein Höfling gekleidet: ein feines Wams, rüschenbesetzte lange Ärmel, enge grüne Hosen und hochhackige Stiefel aus rotem Cordoba-Leder. Handschuhe und Gürtel waren verziert mit kleinen Silberglöckchen und anderem Tand. An den fleischigen Fingern glitzerten Ringe. An einem Ohr hing ein Goldring mit einer silbernen Perle. Ein Schmeichler par excellence, dachte Segalla, lachende Augen und üppiger roter Mund. Ein Höfling ohne eigene Meinung, gleichwohl ein Kämpfer mit einem Dolch, der in einer Scheide über dem deutlich hervorstehenden Hosenlatz steckte, während am Gürtel ein nadelspitzer Degen baumelte. Vartlett trat einen Schritt vor, die Augen zu schmalen Schlitzen verengt.

»Mein Herr?« fragte er. »Kennt Ihr mich? Ihr schaut mich so lange an.«

Segallas Hand wanderte unter seine Robe zu dem italienischen Stilett, das er dort verborgen hielt. Er war lange genug bei Hofe gewesen, um die Streitsucht dieses Kampfhahns zu erkennen, der auf die kleinste Beleidigung zu lauern schien.

»Um Himmels willen!« Janette ergriff Vartletts Arm. »Jetzt ist keine Zeit für Eure Spielchen, Thomas.« Sie deutete auf Segalla. »Er ist Jesuit, ein Pater und kein Kämpfer.«

Vartlett grinste, zuckte mit den Schultern und verbeugte sich ironisch. »Vater, ich habe Euch nur testen wollen.« Er fuhr sich mit der Zunge über die Lippen. »Ich will keinen Streit. Schließlich werden wir uns noch sehr gut kennenlernen.«

»Was hat das alles zu bedeuten?« wollte Segalla wissen. »Da seid Ihr, Madame, die ich nicht kenne. Und Ihr, mein Herr, betretet diese Kirche mit Schwert und Dolch.«

»Ich habe Euch doch gesagt«, erwiderte die Frau, »daß

man uns nach Schottland schickt. Als Beatons Gesandte an den Hof der Königin Maria. Ihr seid Monsieur Segalla. Ich werde Eure hochwohlgeborene Gemahlin sein und Thomas unser Diener.«

»Wie immer und zu jeder Zeit«, sagte Vartlett mit beißendem Spott.

»Und warum hat Seine Gnaden das nicht mit mir besprochen?« fragte Nicholas verärgert.

Janette kam mit laszivem Hüftschwung näher. »Ach, seid doch nicht so hochtrabend und kühl, Vater. Und setzt den scharfen Verstand ein, den Gott Euch mitgegeben hat. Wieso sollten wir es nicht gut mit Euch meinen? Immerhin saßet Ihr vorhin mit dem Rücken zu uns. Und Beaton? Nun, Seine Gnaden muß nicht in jeder Sekunde sein Innerstes vor Euch ausbreiten. Die Sache ist dringend. Wir sind seine Boten. Kommt. Unsere Eskorte wartet! Um Eure Bedenken noch weiter zu zerstreuen...« Sie öffnete eine Hand, um ihm Beatons purpurnes Siegel zu zeigen. »Seine Gnaden hat mir dies als Beweis gegeben.«

Hoch oben im Kirchturm begann eine Glocke zu läuten. Segalla sah seine beiden Besucher an, zuckte die Achseln und beugte das Knie vor dem Hauptaltar, ehe er ihnen zum Ausgang folgte. Vartlett verließ die Kirche als erster. Janette blieb stehen und hielt Segalla am Arm fest.

»Ihr seid ein Mann Gottes, Nicholas«, flüsterte sie. »Aber als Vartlett Euch reizte, fuhr Eure Hand an das Stilett unter Eurem Umhang.«

Segalla nickte. Janette warf den Kopf in den Nacken und lachte. »Sehr gut!« In ihren Augen blitzte der Schalk. »Wir sind vielleicht nicht Mann und Frau, aber es könnte amüsant werden.«

Männer in dunkler Kleidung und schwarzen Masken warteten am eisigen Kai, um sie dorthin zu bringen, wo Beaton sie erwartete. Zu beiden Seiten der Seine hatte Paris sich zur Ruhe begeben. Ein silbriger Vollmond erschien hin und wieder zwischen den Wolken und glitzerte auf dem dunklen Fluß. Die Bootsleute legten ab. Segallas Begleiter hatten sich wegen der Nebelschwaden in ihre Mäntel eingehüllt und schwiegen. Nur das Knarren der Ruder und das Atmen der Männer unterbrachen die Stille. Das Boot erreichte die Flußmitte und fuhr flußabwärts, vorbei an den Galgen und den grausigen grünen Gesichtern der Leichen, die an ihnen baumelten. Im flackernden Licht der Fackeln, die an den Holzgerüsten blakten, sahen sie noch schauerlicher aus: eine deutliche Mahnung an Flußpiraten, ihre Zukunft betreffend.

Das Boot glitt an hübschen Holzhäusern vorüber, die von den brennenden Abfallhaufen der Stadt angestrahlt wurden. Über einer Brücke kreisten aasfressende Milane und kämpften um die verwesenden Köpfe der Verräter, die dort auf langen Spießen steckten. Auf den Galeeren und Bargen, die an beiden Ufern vertäut waren, herrschte geschäftiges Treiben: Obst, Fleisch, Mehl und Stoffe, lebende Affen und Pfauen, Seiden und Gewürze aus Indien wurden entladen.

Schließlich legte das Boot an, und sie stiegen aus. Vartlett führte sie auf schmalen, schmutzstarrenden Gassen um so viele Ecken, daß selbst Segalla, der sich in Paris gut auskannte, schließlich nicht mehr wußte, wo sie waren. Endlich erreichten sie einen offenen Platz, den riesige Kohlenbecken in jeder Ecke erleuchteten. Sie überquerten ihn und betraten durch einen Torbogen das Stadtschloß der Familie Guise. Auf dem hell erleuchteten Hof erklang Musik. Stallknechte, Diener und Mitglieder der königlichen Garde drängten sich.

»Beaton ist hier«, flüsterte Janette. »Königin Katharina veranstaltet einen ihrer Maskenreigen.«

Hauptmänner in königlicher Uniform versperrten ihnen den Weg. Janette legte Briefe und Urkunden vor; man führte sie durch ein Labyrinth holzgetäfelter Korridore. Sie durchquerten schwarzweiß geflieste Vorzimmer und kamen in den großen *Salle,* in dem der Hofstaat einem Maskenspiel über die Merowinger beiwohnte, jene langhaarigen, französischen Könige, die das Land beherrscht hatten, als von den Valois noch nicht die Rede war. Segalla und seine Begleiter blieben an der Tür stehen. Sie sahen zu, wie ein großes Schiff, das eigens für das Maskenspiel gebaut worden war, hereinrollte. Elfenbeinfarbene Segel blähten sich, und an Deck stand ein märchenhaftes Zelt, dessen Vorderseite entfernt worden war, um den Blick auf goldüberzogene Sofas und Tische voller Silber freizugeben. Im Bug des Schiffes saß ein grauhaariger Mann auf einem Thron aus Zobelfell; ihn umgaben wunderschöne Jungfrauen in weißer Seide und mit Goldreifen im langen roten Haar. Segalla sah fasziniert zu. Der Wohlstand und das handwerkliche Geschick solcher Schauspiele beeindruckten ihn immer wieder. Als der alte Beaton hinter ihm erschien und ihn am Arm packte, zuckte er zusammen.

»Kommt, kommt!« flüsterte Beaton. »Alle drei!«

Sie folgten ihm aus dem großen Saal hinaus über einen Korridor in ein warmes, stickiges Zimmer. Die Fensterläden waren fest verschlossen, die Vorhänge zugezogen. Im Kamin brannte ein Feuer, und überall im Raum waren Wärmepfannen mit glühender Holzkohle verteilt. Beaton ließ sich an einem ovalen Tisch nieder und bedeutete Segalla und seinen Begleitern, sich ebenfalls zu setzen. Mit einer Hand, auf der dicke Adern hervortraten, schob er Vartlett ein Silbertablett zu, auf dem Pokale und ein Weinkrug standen.

»Thomas«, sagte er, »wenn Ihr das übernehmen würdet?«

Beaton lächelte Janette an. »Und macht Euch keine Sorgen, der Wein stammt aus meinen eigenen Fässern. Er kann nicht vergiftet sein.«

Die Pokale wurden gefüllt und verteilt. Nicholas nahm Platz und nippte an seinem Wein, während er der Musik lauschte, die aus dem *Salle* zu ihnen drang: die Klänge der Trommel, der Fiedel, der Leier und Viole. Er nahm noch einen Schluck und mußte ein Lächeln unterdrücken. Beaton tat gut daran, sich vor Gift zu fürchten, denn Katharina von Medici war ebensosehr Königin der Giftmischer wie die Königinmutter von Frankreich. Unter dem Pomp, den Goldstoffen mit rotgoldenen Salamandern, den klassischen Statuen und dem Silberbrokat lauerte die verborgene Gewalttätigkeit der Königinmutter. Katharina duldete keine Opposition, und so manchen Gegner hatte beim Essen schon ein Unglück ereilt. Auch Beaton lauschte der Musik. Die Frau, Janette Lindsay, blickte unverwandt in ihren Weinpokal, während Vartlett sich mehr für die Silberglöckchen auf seinem Handschuh zu interessieren schien.

Beaton hob den Blick. »Ich wünsche Euch alles Gute zu Eurem Wiegenfeste, Nicholas.«

Segalla lächelte und zog den Rosenkranz aus der Tasche; die Perlmuttintarsien auf dem Kreuz, das daran baumelte, schimmerten im Kerzenschein.

»Euer Gnaden, ich danke Euch für das Geschenk, obwohl Ihr noch andere Überraschungen für mich habt, soweit ich verstanden habe?«

Segalla drehte sich nicht um, als Janette auflachte. Beaton schmunzelte. Er kratzte sich die hohen Wangenknochen und fuhr sich mit den Fingern durch den langen grauen Bart. Dann ergriff er das goldene Kreuz auf seiner Tunika aus scharlachrotem Brokat.

»Wie lange seid Ihr schon in meinen Diensten, Nicholas?«

»Drei Jahre, Euer Gnaden.«

Beaton wiegte sich sanft auf seinem Stuhl hin und her und schaute zur Holzdecke empor. »Wißt Ihr eigentlich«, sagte er, »daß dies das einzige Zimmer im Palast ist, das weder Gucklöcher noch Geheimgänge besitzt?« Er legte die Hände aneinander. »Nicholas, Ihr seid ein guter Priester. Ihr lest Eure Messe. Ihr betet Euren Rosenkranz. Ihr lest Euer Brevier. Ein guter Jesuit: ein Mann dieser Welt, aber nicht von dieser Welt. Ihr macht keine Politik, aber Ihr hört denen zu, die es tun. Ihr lest Eure Bücher, unternehmt ausgedehnte Spaziergänge, und in Eurer Kammer betrachtet Ihr Eure stattliche Uhrensammlung.«

Segalla blickte verlegen zur Seite.

»Habt Ihr Heimweh nach England?« fragte Beaton wie aus heiterem Himmel. »Stammt Ihr wirklich von dort, Nicholas?« Der Erzbischof sah ihn prüfend an. »Ihr seid ein guter Priester, aber ein rätselhafter Mann. Manchmal bin ich mir sicher, daß wir uns schon einmal begegnet sind, vor vielen Jahren, als ich noch studierte, aber das kann nicht sein, oder?«

»Streiche, die das Gedächtnis spielt«, antwortete Segalla bedächtig. »Ich erinnere Euch wohl an jemanden.«

»Und Eure Familie?«

Der Jesuit lächelte; so viele Fragen, stets die gleichen, und wie hätte er sie beantworten sollen? Er bemerkte, daß Janette ihn neugierig beobachtete. »Sie sind alle in England gestorben«, sagte er leichthin. »Als ich noch ein Kind war. Die Pest kam. Wenn ich dorthin zurückginge, wäre es nur um meines Glaubens willen, Euer Gnaden.«

Beaton blickte ihn prüfend an. »Seid vorsichtig, Nicholas. Seid Euch der Sünde bewußt, der wir Priester so häufig erliegen. Wir sind so sehr damit beschäftigt, alle zu lieben, daß wir für niemanden Zeit haben.«

Segalla steckte den milden Vorwurf ein, denn er wußte keine Antwort darauf.

»Ich will, daß Ihr nach Schottland geht!« fuhr Beaton in scharfem Ton fort.

»Warum?« fragte Segalla.

»Für die Kirche, für den Glauben und für eine katholische Monarchin.«

»Eure Herrin, Maria von Schottland?«

»Ja«, sagte Beaton. »Meine Herrin, Königin Maria von Schottland, der Ihr, Nicholas, keine Treue schuldet.« Ein dünnes Lächeln umspielte seine Lippen. »Aber um Eurer Frage zuvorzukommen: Euer Generaloberer in Rom ist damit einverstanden.«

»Warum gerade ich?« fragte Segalla.

»Weil ich Euch vertraue, Nicholas. Weil Ihr Euch unter Menschen bewegen könnt und dennoch nicht auffallt. Ihr könnt gut zuhören, aber Ihr könnt auch schweigen. Die Königin braucht einen guten Priester und wird ihm unbedingt vertrauen. Nur sie wird Eure wahre Identität kennen.«

»Man wird mich umbringen«, antwortete Segalla knapp. »Wenn die Adligen der Kongregation es herausbekommen, werden sie mich als einen Papisten hängen oder in Ketten auf einem Holzkarren nach Süden zu Walsinghams Männern schicken.«

Beaton lächelte und schüttelte den Kopf. »Das werden sie nicht, stimmt's, Janette?«

»Nein«, erwiderte die Frau, und diesmal war ihre Stimme ohne neckenden oder fröhlichen Unterton. »Ich werde mit Euch reisen, Vater«, fuhr sie fort. »Monsieur Nicholas Segalla, französischer Sekretär, Diplomat, Gesandter, und seine Frau Janette mit ihrem Vertrauten und Diener, Thomas Vartlett.«

»Und wer soll das glauben?« fragte Segalla.

»Wieso?« rief Janette und schaute ihn groß an. »Seine Gnaden wird Briefe verschicken, die uns als solche ankündigen. Kein römischer Priester kann eine Frau haben.« Sie lachte. »Von einem Jesuit ganz zu schweigen.«

»Warum?« gab Segalla zurück. »Warum kann ich nicht allein reisen? Wozu diese Maskerade?«

»Weil sie Verdacht schöpfen würden«, sagte Beaton streng. »Die Leute glauben das, was sie sehen. Ihr könnt die Rolle spielen, und Janette ebenso.«

»Madame«, sagte Segalla und wandte sich ihr zu. »Ich möchte Euch nicht zu nahe treten. Ihr kommt mit als meine Frau?«

»Nur dem Namen nach!« sagte sie sarkastisch. »Einzelheiten müssen noch erörtert werden, Vater.«

Segalla wurde rot. Beaton lächelte; Vartletts Gesichtsausdruck zeigte deutlich, daß er sich amüsierte.

Beaton stellte seinen Pokal auf den Tisch. »Keine Spielchen«, flüsterte er. »Welches Fest feiern wir heute? Das des heiligen Thomas von Aquin, wir haben den achtundzwanzigsten Januar. Bald werdet Ihr in Schottland sein. Nicholas, dies ist kein tolldreister Plan. Janette Lindsay ist, wie Ihr vielleicht wißt, zur Hälfte Französin. Ihr Vater war Bogenschütze in der schottischen Garde hier in Paris; ein Offizier von Rang und Namen, den ich sehr geschätzt habe.« Beaton lächelte. »Janette wurde in eine Klosterschule am Rande von Lille geschickt. Sie brannte durch und schloß sich einer Schauspielertruppe an.« Er hob eine Hand. »Schweigt, gute Frau. Fangt nicht an zu diskutieren. Ich weiß, daß Ihr gern streitet.« Er drohte ihr mit dem Finger. »Eine Tatsache, für die Euer Vater teuer bezahlt hat. Janette ist etwas Besonderes, Nicholas. Sie kennt die schottische Sprache. Sie war in Edinburgh. Königin Maria kannte ihren Vater. Sie weiß...«, Beaton schürzte die Lippen und starrte in die Dunkelheit, »sie weiß um die Intrigen, die ihre Landsleute spinnen können. Sie und Vartlett haben mir schon gute Dienste geleistet. Vor allem aber ist Janette eine Schauspielerin. Stimmt's, Janette?«

Offensichtlich hatte die Frau den ungläubigen Blick Segallas mitbekommen. Sie stand auf, zwinkerte Beaton zu und verließ den Raum.

»Was ist los?« fragte Segalla.

Beaton machte eine unbestimmte Geste. »Werden sehen, werden sehen, Nicholas. Nun zu Meister Vartlett. Auch er ist Schotte, war früher Soldat bei den königlichen Bogenschützen. Manche behaupten, Thomas habe Schottland aus Treue zum alten Glauben verlassen. Andere sagen, er sei ein Räuber, ein geschickter Dieb, ein Mann voller Tücken, ein Betrüger, Prahlhans, Gossenjunge.« Beaton griff nach seinem Pokal und fuhr leise fort: »Ich aber sage, daß Vartlett eine gute Seele ist. Er mag mein Gold und mein Silber nehmen, aber er hält die Treue, glaube ich.«

»Und wenn nicht?« sagte Segalla.

Vartletts Miene blieb unbewegt. Der alte Beaton beugte sich über den Tisch und berührte die Hand des Dieners.

»Thomas hat eine Menge Silber als Bezahlung erhalten«, flüsterte er. »Außerdem, wenn Thomas uns verrät, wohin kann er schon gehen? Zurück nach Schottland? Ist er überhaupt Schotte? Oder stammt er aus den nördlichen Ländern, wo man einen Preis auf seinen Kopf ausgesetzt hat?«

Das Lächeln verschwand aus Vartletts Gesicht. »Ich bin Euer Mann«, sagte er mit rauher Stimme. »Und ich habe genausoviel zu verlieren wie Ihr, Vater. Diejenigen, die mit katholischen Priestern unterwegs sind, pflegen dieselben Strafen zu erleiden.«

»Ich wollte Euch nicht beleidigen«, sagte Segalla. »Thomas, Ihr wißt, wie ich es meinte.« Beschwichtigend hob er die Hände. »In England und Schottland wimmelt es von Männern des Staates, von Agenten, die nach dem schnellen Geld schielen, und auf meinen Kopf dürfte eine Prämie ausgesetzt sein.«

Der Söldner hob unbekümmert die Schultern. Segalla erkannte, daß er sich diesen Mann zum Freund machen mußte: Vartlett hatte recht, auch er hatte viel zu verlieren. Segalla nippte an seinem Pokal und fluchte im stillen. Der listige alte Beaton war wieder einmal in seinem Element. Der schlaue Erzbischof hatte ihn schon fast soweit, daß er nach Schottland gehen würde, dabei war er noch nicht dazu gekommen, nach dem Grund zu fragen. Ein Geräusch an der Tür ließ ihn herumfahren. Schwer auf einen Krückstock gestützt, humpelte eine gebeugte alte Frau ins Zimmer. Segalla schob nervös seinen Stuhl zurück.

»Madame«, rief er. »Ihr habt Euch im Zimmer geirrt.«

Beaton und Vartlett rührten sich nicht. Die Alte, das graue

Haar und das Gesicht unter einer Kapuze verborgen, stolperte unbeeindruckt auf ihn zu. »Qu'est-ce que c'est?« jammerte sie in gutturalem Bauerndialekt.

Beaton lachte in sich hinein. Segallas Blick wanderte zum Erzbischof, der ruhig sitzengeblieben war und sacht auf den Tisch trommelte, dann wieder verwundert zu der alten Frau, die sich inzwischen aufgerichtet hatte. Sie warf den alten Mantel zu Boden und begann, sich den weißen Staub aus dem Haar zu schütteln.

»Ich war die Beste in unserer Schauspieltruppe«, verkündete Janette aufmüpfig.

Segalla setzte sich. Er hatte auf den Plätzen von Paris Scharlatane gesehen, die solche Tricks vorführten und Gestalt und Aussehen veränderten, aber noch nie so schnell und so überzeugend. Janette, die sich den Staub aus dem Gesicht wischte, nahm wieder Platz und blickte Segalla an. Nun tupfte sie sich die Augen mit einem kleinen *mouchoir* ab.

»Und trotzdem glaubt Ihr mir nicht!« Janette hatte Stimme und Miene, die gesamte Körperhaltung verändert und spielte jetzt eine verwöhnte vornehme Dame, die versuchte, mit Tränen ihren Willen durchzusetzen. Und sie spielte die Rolle gut.

»Ich ... ich ...«, stammelte Segalla. Er wußte nicht, ob er lachen oder sich besser entschuldigen sollte.

Das Schnupftüchlein verschwand und mit ihm die Tränen. Janette beugte sich vor, das Gesicht verhärtet, die Augen leuchtend, die Schultern zurückgezogen. »Nee, nee, das kannste nich' tun, du oller Lümmel!« Jetzt war sie eine schamlose Kneipenhure.

»Du bist 'n Kindskopf und fängst hier und da was an!«

Sie sprach mit dem schwerfälligen Akzent, den Segalla von

Soldaten der schottischen Garde in Paris kannte. Sie zog den Umhang fester um sich, ihre Züge entspannten sich und wurden weich. Nun faltete sie die Hände über dem Bauch und sah ihn unter flatternden Augenlidern an.

»Laß es dir noch einmal sagen, mein Sohn.« Janette sprach mit ernster, gedämpfter Stimme im leichten Singsang einer frömmelnden Nonne oder frommen Hofdame. »Du bist nur ein Kind und, wie der heilige Paulus sagt, denkst wie ein Kind.«

Als Janettes Augenlider noch stärker flatterten, lachte Segalla; in Gebärden und Haltung parodierte sie jene Damen von Stand, die nur dann gute Taten vollbrachten, wenn auch alle Welt davon erfuhr.

»So!« Janette lehnte sich mit einem Ruck zurück und lächelte Beaton an. »Früher habe ich auch Jungenrollen gespielt.« Sie tippte auf ihren Busen. »Einer der Vorteile, wenn man ziemlich flachbrüstig ist. Ich kann den Dandy bei Hofe, die alte Frau, die wohltätige Mutter, die schamlose Göre und, wenn Ihr mir genügend Zeit laßt, sogar den verschwiegenen Jesuiten nachahmen!«

Segalla stimmte in Beatons und Vartletts Gelächter ein.

Der Erzbischof klopfte auf den Tisch. »Genug!« sagte er. »Auf mit Euch dreien nach Schottland, nicht über England, sondern über den Hafen von Leith in Edinburgh. Ich werde Euch Urkunden und Briefe mitgeben und für eine sichere Überfahrt auf einer französischen Handelskogge sorgen. Ihr seid meine Gesandten für Ihre Hoheit, die Königin Maria von Schottland.«

»Ich habe Gerüchte gehört«, sagte Segalla. »Ist sie in Gefahr?«

Der Erzbischof betrachtete die Binsen auf dem Fußboden,

die sich bewegten, als Mäuse darunter umherhuschten. »Die wirkliche Gefahr«, sagte er, »ist Maria selbst. Sie leidet unter demselben Temperament wie ihr Vater, Jakob V.: Anfälle, hysterische Anwandlungen, die ihr den Magen umdrehen, das Herz zu Eis erstarren lassen und den Verstand trüben. Nein, für die Außenwelt ist Maria eine vollendete Königin. Sie ist gegen Rebellen geritten, mit Kettenpanzer unter dem Mantel und Pistolen am Gürtel. Trotzdem liegt die Krankheit ihres verstorbenen Vaters direkt unter dieser Härte, die dünn wie eine Eierschale ist. Maria ist eine Frau, die geliebt werden will. Ihr erster Mann, König Franz, der Herr sei seiner Seele gnädig, war eine vertrocknete Wurzel.« Der Erzbischof senkte die Stimme. »Es heißt, er habe Hodenhochstand gehabt. Ich bezweifle, ob ihre Ehe je vollzogen wurde.«

»Darnley ist ein schöner Jüngling«, warf Janette ein.

»Außen hui«, erwiderte Beaton, »und innen pfui. Er steckt hinter dem Mord an Riccio. Darnley ist ein Lüstling, vor dem keine Frau sicher ist, egal ob Hure oder Jungfrau. Nun liegt er krank darnieder, hat schwarze Eiterpocken, und da er sich vor dem Tod fürchtet, versucht er, wieder um die Königin zu werben.«

»Und worin besteht die Gefahr?« fragte Segalla.

»Der französische Botschafter in Schottland, Monsieur Claude Nau«, sagte Beaton, »ist gerade nicht dort. Aber Spione berichten, daß ein Komplott ausgeheckt werde.«

»Gegen wen?« fragte Janette.

»Ich weiß es nicht.«

»Von wem?« fragte Segalla.

Beaton schüttelte den Kopf. »Auch das ist mir nicht bekannt.« Er spreizte die Finger und schob eine Münze auf dem Tisch hin und her. »Hier haben wir Maria, die die Versöhnung mit Darnley betreibt. Aber ist das echt? Schmieden die beiden Ränke gegeneinander?« Er hob die Schultern. »Ich habe keinerlei Beweise.« Er schob eine zweite Münze herüber. »Dann sind da die Adligen der Kongregation, angeführt von Marias Halbbruder James Stuart, dem Grafen von Murray, einem Mann, der selbst gern König wäre, aber den Makel der Unehelichkeit mit sich herumträgt. Hinter Murray lauern noch üblere Gestalten: Douglas, Graf von Morton, und der Sekretär, Maitland von Lethington.«

»Und die Gefahr?« beharrte Segalla.

»Sagt Euch der Name Chastelard etwas?« fragte Beaton plötzlich.

»Wenig«, sagte Segalla. »Ein Dichter, der von Marias Schönheit bezaubert war.«

Beaton nickte. »Ja, er folgte ihr von Frankreich nach Schottland. Der Dummkopf versteckte sich in ihrem Schlafgemach. Ein paar Leute behaupteten, er habe versucht, sie zu vergewaltigen: Chastelard büßte seine Majestätsbeleidigung am Galgen in St. Andrews.«

Segalla blickte Beaton prüfend an. »Was hat das zum jetzigen Zeitpunkt mit der Königin zu tun?«

»Was wäre«, sagte Beaton bedächtig, »wenn es einen zweiten Chastelard gäbe? Allerdings diesmal einen Mann, den Maria respektiert, vielleicht sogar mag?«

»Zum Beispiel wer?« fragte Segalla.

»Nun, gerüchteweise ist von James Hepburn die Rede, dem Grafen von Bothwell, einem Berufssoldaten, einem Abenteurer.« Beaton stapelte die Münzen. »Er hat früher als Offizier der schottischen Garde in Paris gedient. Ein mächtiger, brutaler Mann, der jetzt das Ohr der Königin hat.« Er seufzte. »Die Königin kann sich keinen Skandal leisten.«

»Aber wenn die Königin die Versöhnung mit Darnley sucht, wo liegt dann die Gefahr?« fragte Segalla. »Warum diese Dringlichkeit?«

»Ach!« seufzte Beaton. »Ich habe einen Späher am englischen Hof. Nicht viel, nur Klatsch und Tratsch: Er behauptet, Walsingham habe einen Mann nahe an die schottische Königin herangebracht, einen *agent provocateur.* Niemand kennt seinen richtigen Namen, er wird nur ›der Rabe‹ genannt – der Himmel weiß, warum! Wenn sich jedoch Cecil und Walsingham von England aus direkt in schottische Angelegenheiten einmischen, ist Maria in großer Gefahr. Ihr sollt sie davor warnen und dringend zur Vorsicht raten.«

»Und der Rabe?« fragte Segalla.

»Versucht, seine Pläne aufzudecken. Versucht, festzustellen, wer es ist. Wenn Ihr Erfolg habt...« Beaton senkte die Stimme zum Flüsterton und bedeutete Janette und Vartlett, sich zurückzuziehen. Der Erzbischof hielt inne. »Laßt Vartlett die Schwingen des Raben kappen!« sagte er schließlich. »Aber, Nicholas.« Beatons geäderte Hand packte Segallas Handgelenk. »Wie heißt es doch im Psalm: Ich schicke Euch als Lamm unter die Wölfe. Traut niemandem: Am Ende werdet Ihr wissen, was ich meine.«

Zwei

Während Segalla und seine Begleiter sich im Hafen von Saint-Omer auf ihre Abreise aus Frankreich vorbereiteten, glitt auf der Themse eine schwarz verhüllte Barge, von maskierten Männern gerudert, auf den Tower zu. Die Wachen um den Mann in der Mitte der Barge sprachen kein Wort und schauten weder rechts noch links; ihr Hauptmann stand wie ein Adler am Bug hinter dem wehenden rotblaugoldenen Banner der Königin von England. Als er die Türme und Befestigungsanlagen des Tower hoch über dem wabernden Nebel erblickte, befahl er schließlich: »Bereitmachen zum Einholen!«

Die Ruderer gehorchten, und die Barge schwenkte nach links an einen Anleger. Von dort führten Stufen zum Kai, der unterhalb der unheimlichen grauen Masse des Tower lag. Fackeltragende Wachsoldaten erschienen; flüsternd wurden ein paar Worte gewechselt und Geheimpapiere vorgezeigt. Gestützt von zwei Bogenschützen, erhob sich der Mann in der Mitte der Barge, stieg die Stufen hinauf und schritt durch das Tor des Tower. Sie gingen schmale Gänge entlang, überquerten den mit Rauhreif bedeckten Rasen im Hof und erreichten die Kapelle St. Peter ad Vincula, die im Mondschein vor ihnen lag. Der Wachhauptmann öffnete die Tür, und sein Herr, Sir Francis Walsingham, Gelehrter am King's College, Graduierter der Advokateninnung, Mitglied des Parlaments, zukünftiger Gemahl Ursula Wolseys und geschicktester Spion der Königin von England, schlüpfte hinein und huschte durch das Kirchenschiff. Seine unter schwarzen Kapuzen verhüllten Schergen und Wachen folgten ihm. Die Stiefelsporen klirrten auf den kalten Bodenfliesen. Walsingham erlaubte sich ein grimmiges Lächeln, als er daran dachte, daß sie über das Grab so manches englischen Adligen schritten, der als Verräter hingerichtet worden war. In der Kirche war es eiskalt, doch Walsingham schien das nicht zu spüren; die tiefen Furchen um Mund und Augen verrieten nichts. Seine Gefolgsleute hüteten sich, miteinander zu sprechen. Oh, Sir Francis konnte durchaus charmant sein und schöne Reden halten, aber sie fanden ihn so furchterregend wie den Tod persönlich. Manchmal konnte er lächeln wie der liebste aller Onkel, doch dann wieder wandte er sich ab und fletschte die Zähne wie ein bissiger Hund. Sir Francis strebte auf das Allerheiligste der Kirche zu und nahm auf dem hohen, thronähnlichen Stuhl Platz, der vor dem Altar für ihn bereitgestellt worden war. Sein Gefolge umringte ihn.

»Bringt sie herein«, befahl Walsingham.

Der Hauptmann der Wache hob die Hand und schnippte mit den Fingern. Zwei Gestalten betraten zögernd die Kirche, die eine stieß die andere vor sich her. Sie erreichten das Allerheiligste, und der Gefangene, John Bowler, vor kurzem vom Königlichen Gerichtshof wegen Verrats verurteilt, fiel auf die Knie und rang die Hände, Tränen der Furcht in den Augen.

»Sir Francis, Erbarmen!« bettelte er.

»Sir Francis gewährt keine Gnade«, antwortete Walsingham langsam. »Nur Ihre Majestät, der Herr segne sie, kann begnadigen.« Er streckte ein Bein aus und tippte den Mann leicht mit der Fußspitze vor die Brust. »John, Ihr habt Uns enttäuscht. Ich habe Euch eine Aufgabe übertragen, der Ihr nicht gerecht geworden seid.«

»Es war nicht meine Schuld«, heulte der Mann, kratzte sich den Kopf und versuchte, die verfilzten Haarsträhnen auf dem fast kahlen Kopf zu glätten. Walsinghams Stirn umwölkte sich. »Nicht Eure Schuld, Master Bowler? Wollt Ihr im Hause Gottes lügen?« Er pochte mit seinem silberbeschlagenen Stock auf den Boden. »Hier unter unseren Füßen, Master Bowler, liegen Verräter; ihre Seelen sind bei Gott, ihre Körper verrotten hier. Gott allein weiß, wo ihre Häupter sind.« Walsingham kräuselte die Lippen, als belustige ihn diese Vorstellung. Er warf dem Mann neben Bowler einen Blick zu. »Master Topclif, habt Ihr mit unserem guten Freund geredet?«

»Selbstverständlich, Euer Gnaden«, lispelte der Erste Folterknecht der Königin. Sein schmales, hageres Gesicht verzog sich zu einem schiefen Lächeln. »Und wenn Euer Gnaden erlauben: Ich glaube, daß Master Bowler die Wahrheit spricht. Es war nicht seine Schuld. Die Botschaft, die Ihr nach Schottland geschickt habt, ist nicht angekommen. Den von mir gesammelten Beweisen nach wurde Master Bowler auf einer Straße außerhalb von Berwick überfallen, und die Botschaft wurde gestohlen.«

»Von wem?« fragte Walsingham scharf.

»Von Wegelagerern«, sagte Topclif. »Auch Bowlers Geld und alle Waffen, die er bei sich trug, wurden stibitzt.«

»Warum seid Ihr dessen so sicher?« wollte Walsingham wissen. »Können es nicht Gefolgsleute der Königin von Schottland gewesen sein? Vielleicht ihr guter Freund, der Graf von Bothwell?« Walsingham strich sich über den kurzgeschorenen Bart. »Er hat berittene Straßenräuber entlang der gesamten Grenze postiert.«

»Unmöglich!« erwiderte Topclif. »Die hätten Bowler umgebracht.«

Walsingham nickte. Er wiegte sich leicht auf dem Stuhl, um seine Wut über die Dummheit des Boten zu verbergen, der vor ihm im Staub kroch.

Bei allem, was der Königin heilig ist, dachte er, was soll ich tun? Die Nachrichten aus Schottland klangen ernst: Man sprach von einer Versöhnung zwischen Maria Stuart und jener hirnlosen Memme von Ehemann. Sir Francis starrte ins Dunkel. Darnley war Marias Schwachstelle. Walsingham hatte Ränke geschmiedet und gehofft, daß Maria ihn zerstören und damit Schottland in einen Bürgerkrieg stoßen möge.

»Sind die Nachrichten so schlimm?« fragte Topclif, biß sich aber auf die Lippen, als er die Wut in Walsinghams Augen aufblitzen sah.

»Tut nicht so, als könntet Ihr meine Gedanken lesen, Master Topclif.« Walsingham blickte über die Schulter zu seinem Ersten Sekretär Culpepper, der hinter ihm stand.

»Was meint Ihr, Master Culpepper?«

Der kleine, graugesichtige Mann hob die Schultern. »Euer Gnaden, die Botschaften, die Bowler bei sich hatte, verrotten jetzt wahrscheinlich in irgendeinem Torfmoor. Selbst wenn sie der Königin von Schottland vorgelegt worden wären, hätte sie die Geheimschrift nicht entschlüsseln können. Und wenn doch, dann wäre sie immer noch nicht in der Lage, die kodierte Botschaft zu verstehen.«

»Welche Möglichkeiten bleiben uns also noch?« fragte Walsingham.

»Nicht sehr viele, Sir Francis. Wenn die schottische Königin und Henry Darnley, ihr Gemahl, wieder zu Turteltauben werden, was dann? Sie haben bereits einen Sohn. Maria wird die Herzen ihrer Untertanen auch weiterhin für sich gewinnen. Sie hat die Unterstützung aller mächtigen Adligen, außer natürlich die ihres Halbbruders James Stuart, des Grafen von Murray. Douglas von Morton ist wankelmütig, aber der Rest, Argyll, Huntly und vor allem Bothwell, stehen auf ihrer Seite.« Culpepper beugte sich vor und flüsterte Walsingham etwas ins Ohr. »Maria und Darnley sind Papisten. Die beiden sind nicht nur in Schottland und Frankreich beliebt, sondern auch in unserem Parlament, das kürzlich in Westminster tagte. Sie werden immer eine Gefahr für unsere Königin darstellen. Sir Francis, Ihr müßt dem Raben befehlen zu handeln!«

Walsingham betrachtete seine Handschuhe aus schwarzem Leder. Culpepper wiederholte nur den Rat, den er bereits Cecil und der Königin erteilt hatte: Der Edelmut Marias hatte sie alle gleichermaßen überrascht.

»Aber Darnley steckte hinter dem Mord an Riccio«, hatte William Cecil, Mitglied des Staatsrates, ausgerufen. »Da wird sie doch bestimmt seinen Tod wollen?«

»Nein«, hatte Walsingham erwidert. »Maria schickt Darnley neuerdings Geschenke und Liebesbriefe.«

»Sir Francis?« unterbrach Culpepper die Tagträume seines Herrn.

»Wie ist derzeit die Lage in Schottland?« fragte Walsingham.

»Die Königin hat Darnley mit einer Sänfte nach Kirk o'Field gebracht, das südlich von Edinburgh vor den Stadtmauern liegt.«

»Warum dorthin?« fragte Walsingham. Er machte eine abwehrende Handbewegung. »Ich weiß, ich weiß, Ihr habt es mir gesagt. Helft mir nur, mich wieder zu erinnern.«

»Es liegt in der Nähe von Holyrood, aber die Luft ist dort frei vom Gestank und den üblen Gerüchen der Stadt. Die Gebäude sind im Viereck errichtet und haben eigene Felder und Gärten.«

»Wer hat es empfohlen?« unterbrach Walsingham seinen Sekretär.

»Die Königin persönlich.« Culpepper lächelte. »Auf Anraten ihres Halbbruders, des Grafen von Murray.«

Walsingham schmunzelte. »Natürlich, jetzt erinnere ich mich. Das Haus liegt in der Nähe der Klosterruine Blackfriars. Es wurde früher einmal als Krankenhaus für ansteckende Krankheiten genutzt, richtig?«

»Jawohl, Sir Francis.«

»Und Darnley war damit einverstanden?«

»Die Königin wollte ihn nach Craigmillar Castle bringen, aber Darnley, der um sein Leben und seine Sicherheit bangt, weigerte sich.«

»Ach ja«, sagte Walsingham wie zu sich selbst, »und als die Königin nach Kirk o'Field kam, zog sie ins Haus des Herzogs von Hamilton gleich nebenan. Da der Herzog in Frankreich ist, steht das Anwesen leer.«

Walsingham hielt inne, als lausche er den Geräuschen des Tower. Er war froh, diesen übersichtlichen, kleinen Ort gewählt zu haben, an dem es weder Gucklöcher in den Mauern noch Geheimgänge gab und niemand hinter Gobelins oder Wandverkleidungen lauern konnte. Er schenkte Bowler einen wütenden Blick. Der Dummkopf konnte immer noch seinen Zweck erfüllen. Walsingham strich sich mit einem Finger über den Schnurrbart.

»Bowler, Ihr werdet meinem Mann in Edinburgh einen Brief bringen«, sagte er. »Hinterlaßt ihn in der Schänke Kirkall, in einer Gasse gleich hinter dem Kanonentor. Dort mietet Ihr Euch ein. Behaltet den Brief nicht bei Euch. Gebt ihn dem Wirt. Der Rabe wird erst dann ein Treffen mit Euch arrangieren, wenn er den Brief bekommen hat.« Walsingham schnippte mit den Fingern. »Und nun, Master Topclif, bringt Euren Gast zu den Unterkünften der Soldaten. Gebt ihm gut zu essen und zu trinken und neue Kleidung. Morgen, Master Bowler, werdet Ihr Eure Urkunden und Briefe bekommen. Ihr werdet auf einer Kogge die Themse abwärts fahren und in zehn Tagen Edinburgh erreichen.«

Bowler sprang auf und verbeugte sich unterwürfig. Topclif führte ihn aus der Kapelle. Walsingham wartete, bis die Tür hinter ihnen ins Schloß gefallen war, ehe er langsam durch das Kirchenschiff schritt und Culpepper ein Zeichen gab, ihm zu folgen. Er ging an ein schmales Fenster und warf einen Blick auf den Hinrichtungsblock im Innenhof des Tower. Im Mondschein sah er noch gespenstischer aus, und Walsingham unterdrückte einen Schauder.

»Sir Francis?« Wie ein Schatten glitt Culpepper an seine Seite.

»Entwerft einen Brief an den Raben«, flüsterte Walsingham. »Noch heute nacht. Bringt ihn in meine Privatgemächer. Befehlt dem Raben zu handeln. Er soll sich keine

Sorgen machen. Wenn er den richtigen Augenblick gekommen sieht, wird er die nötigen Mittel finden. Königin Maria soll nicht verwundet werden, aber es ist an der Zeit, daß Darnley sich zu seinen Vorfahren gesellt.«

»Und was ist mit Segalla, Euer Gnaden?«

»Ach ja, dieser Segalla.« Walsingham blickte hinaus auf den Weißen Turm. Wer war dieser Mann? Woher kam er? Walsingham kratzte sich das Kinn. Seine Kundschafter in Paris hatten nur einige wenige Informationen über Master Segalla zusammengekratzt, die jedoch keinen Sinn ergaben. Eine Quelle behauptete, er sei als Sohn eines englischen Vaters und einer französischen Mutter in Yorkshire geboren.

»Wir haben in York Nachforschungen anstellen lassen«, ließ sich Culpepper vernehmen, als könnte er die Gedanken seines Herrn lesen. »Segalla hat dort keine Familie.«

»Was weiß man denn noch über ihn?«

»Segalla hat ein paar Jahre in England verbracht, hat hier studiert und gearbeitet, ist dann aber wieder nach Europa zurückgekehrt. Er ist viel gereist und inzwischen in den Kreis um Beaton in Paris aufgenommen worden.«

»Was ist daran so geheimnisvoll?«

»Da gibt es kein Geheimnis, Herr, außer der Tatsache, daß Monsieur Segalla niemals zu altern scheint.«

Walsingham drehte sich überrascht um. »Aber das ist doch unmöglich!«

»Sir Francis, ich gebe nur weiter, was man mir berichtet hat.«

Walsingham verzog das Gesicht. »Sagt dem Raben, er soll Segalla im Auge behalten. Schickt die Beschreibung des Mannes an Drury in Berwick und an die anderen englischen Garnisonen entlang der schottischen Grenze. Wenn Segalla es wagen sollte, nach England zu kommen, versichere ich Euch, Master Culpepper, daß er hier im Tower unser Gast sein wird.«

Culpepper schickte sich an zu gehen.

»Ich bin noch nicht fertig, Kerl!« zischte Walsingham. Dann lächelte er, packte Culpepper an der Schulter und zog ihn so nah zu sich heran, daß der Schreiber seinen schlechten Atem riechen konnte. »Wem gehört das Haus in Kirk o'Field?«

»Sir James Balfour.«

»Ist das einer von Murrays Leuten?«

Culpepper nickte.

»Schickt Murray einen Brief«, flüsterte Walsingham. »Seine guten Freunde mögen Pulver in Kirk o'Field verstecken, ein großes Faß, zündfertig.«

»Noch etwas, Euer Gnaden?«

Walsingham zuckte mit den Schultern. »Nichts. Der Rabe wird wissen, was zu tun ist. Ach ...« Walsingham drehte sich wieder um und schaute aus dem Fenster. »Sagt dem Raben, daß Bowler nicht mehr gebraucht wird!«

Segalla träumte von Rosencrantz, dem Träger des Rosenkreuzes, der nun in seinem geheimen, von nie erlöschenden Fackeln beleuchteten Gewölbe begraben lag. Rosencrantz, der Anführer der Kabbala, der ihn, Segalla, unentwegt wegen seiner Geheimnisse gejagt hatte. Segalla stand in diesem merkwürdigen Raum und betrachtete die Bilder an den Wänden, auf denen Herrscher der Finsternis dargestellt waren, gekrönte Dämonen, die auf Krokodilen ritten und auf Lederstulpen blutrote Turmfalken trugen. Segalla war unruhig. Ekelhafter Gestank erfüllte das Gewölbe. Es roch nach einem scheußlichen Absud aus Würmern und Leichenstükken, gebraut in einem Totenschädel.

»Monsieur Segalla.«

Nicholas schlug die Augen auf. Vartlett stand über ihn gebeugt und grinste. Segalla blinzelte und blickte sich um. Er war in keiner Grabkammer, sondern im übelriechenden Laderaum eines Schiffes. Die Pfützen, die sich auf den schmutzigen Planken gebildet hatten, verbreiteten den Gestank. Segalla setzte sich auf.

»Was gibt's?« Er zitterte vor Kälte und zog den Umhang fester um sich.

»Wir sind im Fourth. Nähern uns pfeilschnell dem Hafen von Leith. Gegen Mittag werden wir in Edinburgh sein«, sagte Vartlett.

Segalla lächelte, seine Alpträume waren vergessen. »Da bin ich aber froh«, flüsterte er. »Endlich von diesem stinkenden, fauligen Schiff hinunter.«

Vartlett half seinem »Herrn« auf die Beine. »Wie geht's Eurem Magen?« erkundigte sich der Diener.

»Sauer und ausgedörrt wie ein alter Lumpen!« fuhr Segalla ihn an. »Der Herr möge mir verzeihen, aber ich hasse das Meer. Wie lange waren wir unterwegs?«

Vartlett blinzelte ins Dunkel des Laderaums und hielt sich an einem Balken fest, um nicht das Gleichgewicht zu verlieren. Über ihren Köpfen hörte Segalla das Tappen bloßer Füße auf den Decksplanken und die lauten Rufe der Seeleute, die die Segel refften. Schon wieder krängte das Schiff.

»Welches Datum ist heute?« fragte Vartlett.

»Der siebte Februar.«

»Dann waren es neun Tage, in denen wir Euch kaum zu Gesicht bekommen haben.«

Segalla folgte ihm durch die Finsternis über glitschige Treppen und Leitern an Deck. Oben angekommen, mußte er sich gegen den kalten, beißenden Wind stemmen. Trotzdem war er erleichtert, nachdem das Wetter ihn wie einen Spielball hin und her geworfen hatte und er von verdorbenem, von Maden durchsetztem Fleisch und essigsaurem Wein hatte leben müssen.

»Geht's Euch besser, Master Segalla?« rief ihm der kugelrunde Kapitän zu, der sich an einem Fall festhielt. Segalla zwang sich zu einem Lächeln.

»Kapitän Revignon, bitte nehmt es mir nicht übel«, sagte er und wanderte mit weichen Knien über Deck. »Ihr mögt Euer Schiff bestimmt, aber ich bete darum, wieder festen Boden unter den Füßen zu haben.«

»Eurer Gemahlin hat die Reise gefallen«, sagte der Kapitän und zeigte auf Janette, die an der Reling stand.

Segalla verbarg seine Überraschung hinter einem Fluch. Er mußte unbedingt daran denken, daß er und Janette Mann und Frau waren. Deshalb dankte er dem Kapitän und stakste über das schwankende, glitschige Deck zu Janette, die sich festhielt und in die Nebelschwaden hinausblickte.

»Guten Morgen, mein lieber Gemahl.« Janettes kastanienbraunes Haar wehte offen im scharfen Wind. Sie drehte sich um und sah ihn mit geröteten Wangen und funkelnden Augen an. »Ihr seid wirklich kein Seemann«, fuhr sie scherzend fort. »Ohne den guten Kapitän, seine Mannschaft und Vartlett wäre ich so einsam gewesen.«

Segalla zwickte sie in den Arm. »Ihr seid eine wilde Hummel und ein Frechdachs«, flüsterte er. »Ich wette, Ihr habt ihre Aufmerksamkeit von Anfang bis Ende genossen.«

Janette schaute über die graue, eintönige See. Segalla betrachtete die niedrig hängenden Wolken und wünschte sich zurück nach Frankreich. Nicht nach Paris, sondern in den sonnigen Süden, zu duftenden Zypressen, grünen Weinbergen und blühenden Weiden, über die der Wind strich.

»Wenn ich nur Sonne auf dem Rücken hätte«, sagte er.

»Ihr werdet bald in Schottland sein«, sagte Janette und versetzte ihm einen freundlichen Rippenstoß. Und wie als Reaktion auf ihre Ungeduld hob sich der Nebel. Segalla erhaschte einen Blick auf die Dächer und Türme von Leith.

»Wann seid Ihr das letzte Mal hiergewesen?« fragte er.

»Vor Jahren.«

»Seid nicht enttäuscht«, sagte er. »Schottland ist immer ein mörderisches Land gewesen, und das ist heute nicht anders.« Tief atmete er die würzige Salzluft ein. »Die Engländer strömen zwar nicht mehr in Scharen über die Grenze, um die Heide in Brand zu setzen und Ortschaften auszuplündern. Es gibt auch keine norwegischen Piraten mehr, die mit Schwert und Streitaxt an den Strand waten. Und jene erbitterten Clanfehden, die mit abgetrennten Gliedmaßen und verwesenden Häuptern endeten, gehören ebenfalls der Vergangenheit an.« Er klammerte sich an die Reling. »Diesmal ist der Kampf heimtückischer.« Er warf Janette einen Blick zu. »Wer wird dieses Königreich beherrschen?«

»Ihr redet, als wärt Ihr schon einmal hiergewesen.« Janette trat näher, und Segalla stieg der Duft ihres Moschusparfüms in die Nase. Er sah ihren sinnlichen Mund, die makellosen weißen Zähne, den leichten Glanz auf ihrem zarten Gesicht.

»Weib«, neckte er sie, »ich war schon an vielen Orten.«

Janette lächelte. »Ja, das habe ich gehört.«

»Was?« fragte Segalla abrupt und sah Vartlett näherkommen.

Janette wendete den Blick ab und schaute zum Hafen hinüber. »Ich habe Geschichten gehört. Über einen Monsieur Segalla, der hier und da gesehen wurde.«

»Das liegt in der Natur eines Jesuitenpaters.«

»O ja. Aber liegt es auch in der Natur eines Jesuitenpaters, Hunderte von Jahren zu leben?«

Segalla lächelte. »Was ist das für ein Unsinn?«

»Kein Unsinn. Nur Geschichten. Selbst Beaton fängt an, sich darüber zu wundern. In den über fünfzig Jahre alten Tagebüchern König Ludwigs XII. von Frankreich entdeckte Beaton Bemerkungen über einen Monsieur Segalla.«

Nicholas blickte zur Seite. »Ein Vorfahr«, sagte er kurz angebunden.

Janette zeigte auf die Küste. »Außerhalb dieser Stadt«, sagte sie, »stehen uralte Steine. Mein Vater hat mir einmal einen gezeigt. Rätselhafte Dinge waren dort eingemeißelt: Eine Gans, deren Hals nach hinten gedreht ist. Riesige Hirsche mit gesenkten Köpfen und herrlichen Lenden. Sich windende Schlangen, Stäbe, aus denen Blitze schießen, Wölfe im Sprung und Bären mit scharfen Zähnen. Wart Ihr dort, als diese Steine gemeißelt wurden, Nicholas?«

»O ja«, antwortete er, ohne ihrem Blick auszuweichen, »ich und die Königin der Feen.«

Janette lachte. Das Gespräch fand ein Ende, als das Schiff plötzlich wendete und die Mannschaft umhereilte und das Anlegemanöver vorbereitete.

Eine Stunde später gingen Segalla und seine Begleitung von Bord. Ihr Gepäck stapelte sich am Kai. Segalla setzte sich eine Weile in ein schmuddeliges Wirtshaus mit geschwärzten

Deckenbalken, aß Brot und trank gewässerten Wein dazu. Seine beiden Begleiter schenkten ihm weiter keine Beachtung. Janette freute sich, wieder in Schottland zu sein, lauschte eifrig den rauhen Dialekten und betrachtete die anderen Gäste. Auch Vartlett war froh: Er war begierig nach neuen Eindrücken und offensichtlich erleichtert, den beengten Verhältnissen ihrer Reise entronnen zu sein. Als Segalla schließlich verkündete, jetzt sei er soweit, mieteten sie einen Fuhrmann, der sie über die holprige Landstraße nach Edinburgh bringen sollte. Vor ihrer Abreise aus Saint-Omer hatte Beaton ihnen genaue Instruktionen erteilt, und so brachte der Fuhrmann sie durch enge Straßen zum Wirtshaus »Zur Feuerprobe«, einer geräumigen Herberge in einer Gasse nicht weit vom Gerichtshaus, dem Tolbooth. Knechte übernahmen ihr Gepäck, und der Wirt kam heraus, wischte sich die schmutzigen Hände an der Schürze ab und musterte sie von Kopf bis Fuß. Als er feststellte, daß ihre Kleidung vornehm war, lächelte er schmeichlerisch und führte sie eine Holztreppe hinauf zu den geräumigsten Zimmern der Herberge. Janette spielte die Rolle der verwöhnten Dame. Immer wieder ins Französische fallend, bestand sie auf einem eigenen Zimmer. Der Wirt beeilte sich, ihren Wunsch zu erfüllen, und bat sie in einen niedrigen Raum mit Flügelfenstern und einer messingbeschlagenen Kommode am Fußende des Himmelbettes. Der Wirt versicherte, die Matratze sei mit Daunen gefüllt und die Laken würden mindestens einmal im Monat gewechselt. Nicholas bekam das Zimmer nebenan, und am Ende des Korridors, drei oder vier Stufen höher, war eine kleine Bodenkammer für Vartlett vorgesehen.

Sowie Nicholas allein war, warf er sich auf das Bett und blickte zum grasgrünen Baldachin empor. Nach der holprigen Fahrt vom Hafen hierher fühlte er sich noch immer unwohl und kränklich. Es klopfte an der Tür, er aber verhielt sich still und sank in einen tiefen Schlaf. Im Traum stand er wieder in einer siebeneckigen Kammer, die diesmal jedoch ein Fenster hatte. Von dort schaute man auf eine Insel, wo die Flammen eines gewaltigen Scheiterhaufens zum sternenklaren Himmel hinaufloderten.

Stunden später, es war bereits dunkel geworden, wurde er durch heftiges Hämmern an der Tür geweckt. Er packte seinen Dolch und wankte schlaftrunken durch das Zimmer. »Wer ist da?« krächzte er, Lippen und Mund trocken wie Zunder.

»*Ta femme*«, ertönte die lispelnde Antwort. »*Oh, mon cher, ouvre la porte, s'il te plaît.*«

Segalla schmunzelte und riß die Tür auf. Janette, frisch wie der junge Morgen, stand auf dem dunklen Gang; hinter ihr Vartlett, von einem Ohr zum anderen grinsend. Ein Kellner trug ein Tablett mit einem Weinkrug, drei Bechern und einem Teller voll Brot und verschiedenen Käsesorten herein. Segalla nahm es ihm ab, als er seine »Frau« und den Diener hereinbat.

»Habt geratzt wie ein Säugling«, verkündete Vartlett. »Habe mindestens zweimal versucht, Euch zu wecken.«

Segalla setzte sich auf die Bettkante und rieb sein Gesicht.

»Besser als meine Kammer«, kommentierte Vartlett und bohrte mit dem Fuß in den Binsen auf dem Boden. »Diese hier sind offenbar seit Weihnachten schon mal gewechselt worden; die in meinem Zimmer waren schon alt, als ich noch ein Junge war, und die Laken in meinem Bett sind voller Flöhe.«

Segalla warf ihm einen Blick zu. »Master Vartlett, ich bin müde, hungrig, unrasiert und ungewaschen.«

»Ja.« Janette lächelte und setzte sich neben ihn. »Aber heute ist Sonnabend, der achte Februar, geliebter Gatte, und wir haben etwas zu erledigen.«

Vartlett schenkte ihnen Wein ein und stellte den Teller mit Brot und Käse auf das Bett. Dann zog er den einzigen Hocker heran und setzte sich ihnen gegenüber. »Ich war draußen und habe mich umgehört«, sagte er. »Die Stadt brummt vor Intrigen wie ein Bienenstock vor dem Ausschwärmen. Alle mächtigen Adligen sind hier mitsamt ihrem Gefolge. Es herrscht eine düstere Stimmung, wie vor einem Gewitter. Die Leute sagen, irgend etwas stehe bevor, aber keiner weiß, was.«

»Und der Hof?«

»Wie schon gesagt, aufgeteilt zwischen Kirk o'Field und Holyrood. Morgen ist Karneval. Der letzte Sonntag vor der Fastenzeit. Überall in der Stadt wird es Feiern und Freudenfeuer geben. Gerüchte behaupten, daß die Königin an der Hochzeit einer ihrer Kammerzofen in Holyrood teilnehmen wird.«

»Und Darnley?«

»Es heißt, er sei schon fast wieder gesund. Wenn er sich erholt hat, zieht er zur Königin nach Holyrood, wo ihr Sohn Jakob aufwächst.«

»Und wie steht es mit den Gefühlen der Königin für ihren Gatten?«

Vartlett warf Janette einen fragenden Blick zu.

»Manchmal«, sagte sie nachdenklich, »manchmal vergesse ich, daß mein Vater Schotte war, aber heute nachmittag, als ich durch die Stadt ging, fühlte ich mich wie zu Hause. Ich konnte den Dialekt verstehen.« Sie lächelte und schüttelte den Kopf, um ihre Tagträume zu verscheuchen. »Der Klatsch in den Schenken behauptet, daß zwischen der Königin und Darnley alles wieder gut wird: Sie werden wieder Tisch und Bett teilen. Ob das zugelassen wird, steht auf einem anderen Blatt.«

»Wieso?« fragte Vartlett.

»Was meint Ihr, Monsieur Segalla?«

Segalla starrte in seinen Weinbecher und dachte an seine Begegnung mit Beaton. »Der schottische Adel ist es nicht gewöhnt, von einer Königin regiert zu werden«, sagte er. »Vor fünfundzwanzig Jahren starb Marias Vater. Die großen Adligen wollen sich keine Zügel anlegen lassen und lieber frei und ungehindert galoppieren, ohne königlichen Herrscher auf dem Rücken.«

Er stellte seinen Becher auf den Boden und stand auf. »Aber was können sie tun?« sagte er. »Gegen Darnley zu rebellieren käme einem Aufstand gegen die Königin gleich, und das ist Verrat. Sie würden Leib und Leben aufs Spiel setzen.« Er blickte auf Janette herab. »Da ist noch etwas«, fügte er langsam hinzu.

»Der Rabe?«

»Ja, der Rabe; weiß der Himmel, wer das ist. Sind viele Engländer in Edinburgh?«

»Reichlich«, sagte Janette und lächelte zurück. »Kaufleute, Händler, Seeleute, Staatsdiener. Ihr dürft nicht vergessen, daß zumindest an der Oberfläche beide Königreiche freundschaftlich miteinander umgehen.«

Segalla durchquerte das Zimmer und blickte in die Nacht hinaus. »Also könnte jeder von denen da der Rabe sein?«

»Ja«, sagte Janette, »oder jemand im engsten Umfeld von Maria. Die meisten der schottischen Adligen erhalten insgeheim englisches Gold, nur James Hepburn, der Graf von Bothwell, nicht. Ich frage mich nur ...«

»Was?« fragte Segalla.

»Woher kommt der Titel ›Rabe‹?«

Segalla lächelte stillvergnügt. »Sir Francis Walsingham geht oft in den Tower. Da sitzt er und plant Verschwörungen, ungestört von allen Spionen des Hofes oder Geheimagenten fremder Mächte. Er sitzt gern in einer der Kammern, die auf den Hinrichtungsplatz schauen. Nun gibt es im Tower Raben mit schwarzen glänzenden Federn, Raubvögel, die sich von den abgeschlagenen Häuptern der Verräter ernähren.« Segalla spielte mit dem alten Ring an seinem Finger. »Walsingham hat eine Privatkasse, aus der er seine Späher sowohl in England als auch anderswo bezahlt. Eine Menge Silber wird für den Meister der Raben ausgegeben, dessen Aufgabe theoretisch darin besteht, für die Raben im Tower zu sorgen.« Segalla wandte sich um und lächelte seine Begleiter grimmig an. »Praktisch jedoch geht das Geld an Walsinghams besten Agenten. Der Posten des Rabenmeisters ist sehr einträglich, daher der Titel. Einer Überlieferung zufolge wird, sollten die Raben jemals verschwinden, der Tower erobert werden und das Königreich fallen. Solange es einen Rabenmeister gibt, ist das Reich sicher. Walsingham hat mindestens zwei oder drei Rabenmeister gehabt. Weiß der Himmel, wer dieser ist.« Segalla hielt inne. »Wie spät ist es?« fragte er.

»Zwischen sieben und acht Uhr«, sagte Vartlett.

Der Jesuit lächelte. »Ich muß meine Messe lesen.«

»Hier?« fragte Janette.

»Ja, hier. Das kanonische Recht sagt, daß ich die Messe zelebrieren kann, solange ich Brot und Wein habe.«

»Dann müßt Ihr sie allein lesen«, sagte Vartlett entschuldigend. »Faßt es nicht als Beleidigung auf, Herr, aber ich glaube an nichts.« Er tippte an seinen Dolch. »Außer an den hier und an meinen Verstand.«

Auch Janette entschuldigte sich. Nachdem die beiden den Raum verlassen hatten, ging Segalla nach unten und bestellte einen Becher vom feinsten Wein und etwas Weißbrot. Der Kellner warf ihm einen merkwürdigen Blick zu, doch Segalla lächelte.

»Ich muß mich immer noch von der Seereise erholen«, erklärte er.

Der Mann zuckte mit den Schultern und brummte etwas von den seltsamen Allüren von Ausländern.

Segalla kehrte in sein Zimmer zurück und nahm ein Meßbuch und ein kleines Kruzifix aus seiner Satteltasche. Er legte beides auf den Tisch und zelebrierte, begleitet von den Geräuschen aus dem Schankraum, seine merkwürdige, einsame Messe. Danach ging er in die Gaststube hinunter und nahm herzhaftere Kost zu sich. Anschließend kehrte er in sein Zimmer zurück. Er hatte nicht bemerkt, daß in einer dunklen Ecke des Schankraumes eine Gestalt mit Umhang und Kapuze gesessen und ihn genau beobachtet hatte.

Drei

Am nächsten Morgen weckte Segalla Janette und Vartlett.

»Welchen Eindruck habt Ihr von der Stadt?« fragte er, als sie sich im Schankraum zum Frühstück trafen.

Janette lächelte, obwohl sie recht blaß aussah. Segalla warf Vartlett einen prüfenden Blick zu und fragte sich mit einem Anflug von Eifersucht, ob die beiden wohl ein Liebespaar waren. Er, der Priester, war ja zur Enthaltsamkeit verpflichtet.

Vartlett deutete auf Segallas dunkelblaues Steppwams: Es hatte geschlitzte Puffärmel, die mit malvenfarbener Seide unterlegt waren. Den Hals umgab ein weißer Leinenkragen. »Ganz der elegante Höfling.«

Segalla wischte Krümel von seiner rotbraunen Hose und streckte einen Fuß aus, damit Vartlett seine hochhackigen Reitstiefel aus feinstem Leder begutachten konnte. »Man muß mit den Wölfen heulen, Vartlett.«

Segalla bewunderte Janette Lindsays Kleid aus golddurchwirkter Seide mit eleganter weißer Halskrause. Auf ihrem kastanienbraunen Haar saß eine Leinenhaube, die mit wertvollen Steinen besetzt war. Segalla beugte sich vor.

»Wir sehen genauso aus, wie es unserer Rolle entspricht«, flüsterte er. »Der elegante Franzose und seine Gemahlin machen ihren Antrittsbesuch bei Hofe!«

»Aber wohin gehen wir?« fragte Vartlett. »Nach Holyrood oder nach Kirk o'Field?«

»Zuerst zum Palast«, sagte Janette.

Sie beendeten ihr Mahl, holten die Pferde, die Vartlett in einem Stall in der Nähe gemietet hatte, und ritten hinaus auf die geschäftigen Straßen und winkligen Gassen von Edinburgh. Segalla zügelte sein Pferd: Nach dem ständigen Schwanken des Schiffes, mit dem sie aus Frankreich gekommen waren, empfand er den Lärm, die Gerüche und selbst die frostige Kälte an diesem Morgen als angenehme Veränderung. Einige Passanten blieben stehen, um mit offenem Mund die wohlhabenden, gut gekleideten Fremden anzustarren: den eleganten Mann im langen wollenen Umhang und Janette, frisch und strahlend, in ihrem farbenfrohen Kleid und dem pelzverbrämten Cape.

»Der Palast wird wissen, daß wir kommen, noch ehe wir dort sind«, flüsterte sie.

»Dann spielt Eure Rolle, teure Gattin«, lächelte Segalla. »Laßt uns durch die Stadt reiten. Unser Leben hängt womöglich davon ab, daß wir Straßen und Stadttore kennen.«

»Immer auf der Hut, was, Monsieur?« rief Vartlett.

»Kommt, kommt, Vartlett«, erwiderte Segalla auf französisch und trieb sein Pferd an. »Habt Ihr nicht dasselbe gemacht, wenn Ihr in einer fremden Stadt wart? Euch sorgfältig umgesehen, damit Ihr wißt, wo Ein- und Ausgänge sind?«

Segalla ritt voran. Manchmal bereute er seine Entscheidung, denn an diesem Sonnabendmorgen war alles auf den Beinen, und da das Wetter zwar kalt, aber sonnig war, glich Edinburgh einem Ameisenhaufen. Die Luft war voller Lärm von den Marktständen, und der Gestank der Misthaufen erfüllte die Stadt. Streunende Hunde jagten hinter Katzen her, und jeder nahm sich vor den fetten Schweinen in acht, die die Straßen und Gassen nach Abfällen absuchten. Segalla fiel es zunächst nicht leicht, sich zu orientieren: Beaton hatte ihm gesagt, daß an die vierzigtausend Seelen innerhalb der Stadtmauern von Edinburgh wohnten.

»Sie müssen auf engstem Raum leben«, sagte Segalla und betrachtete aufmerksam die viereckigen Häuser mit ihren Holzgalerien und Dächern aus grauem Schiefer oder roten Ziegeln.

Janette beugte sich zu ihm herüber. »Strohdächer sind hier nicht erlaubt«, erklärte sie. »Anders als in Paris oder London haben die vernünftigen Bürger eine Heidenangst vor Feuer.«

Sie ritten weiter und erreichten die High Street, die die Stadt der Länge nach durchschnitt und von der Burg hoch oben auf dem Fels zu den Stadttoren führte. Die Straße war vollkommen gepflastert, und man kam trotz der umherlaufenden Tiere und des Mülls gut vorwärts. Segalla führte seine Gruppe zwischen den Marktbuden hindurch, wo Fisch, Stoffe und andere Waren feilgeboten wurden. Die drei ritten an den Häusern der Adligen vorbei, deren weißer Putz in der Sonne leuchtete. Die Straßenfronten zierten geschwärzte Balken, verglaste Fenster und merkwürdige Ornamente an Giebeln und Simsen. Neugierig bog Segalla von der High Street ab und kämpfte sich durch schmale Gassen. Er zügelte sein Pferd und schaute sich nach Janette um. »Sollten wir je um unser Leben rennen müssen, dann ist diese Stadt eine tödliche Falle.«

Segalla betrachtete die Misthaufen, die Teerfässer und aufgestapelte, mit Lederriemen verbundene Torfballen, die, wie ihm Janette erklärte, von den Schotten als Brennstoff benutzt wurden. Elend und Schmutz waren unbeschreiblich; Segalla, der den Dreck so mancher Stadt gesehen hatte, mußte sich die Nase zuhalten. Er betrachtete die vielen schmalen Bögen aus Stein oder Holz, die die Häuser auf beiden Seiten miteinander verbanden. Dann wendete er sein Pferd und ritt wieder zurück auf die High Street. Hier waren die Häuser von niedrigen, zerbröckelnden Dämmen geschützt, hinter denen kleine Gärten lagen, in denen ein wenig Getreide oder Kohl wuchs. Unter den ausladenden Ästen von Apfel- und Birnbäumen standen Bienenkörbe. Langsam prägte sich Segalla die Stadt ein. Ihm fiel auf, daß jedes Gewerbe sein eigenes Stadtviertel hatte: Die Häuser der Metzger mit ihren blutigen Fleischermessern standen rings um das Schlachthaus; die Goldschmiede wohnten bei der Münze; die Leinenhändler um den Bleichmarkt; die lärmenden Glaser und Blechschmiede am Kanonentor. Die Marktbuden waren untereinander nicht verbunden, und Janette erklärte ihm, daß jeder Händler vom Gesetz ermächtigt war, für den Fall von Unruhen Speer und Laterne zu tragen.

Segalla konnte kaum verstehen, was sie sagte: Das Geschrei und der Straßenlärm dröhnten in seinen Ohren. Unruhig beobachtete er die schwankenden Soldaten in abgeschabten Lederjacken, verbeulten Rüstungen oder im Tartan ihres jeweiligen Clans oder Hauses. Hin und wieder tauchte ein königlicher Bogenschütze in schäbiger Goldlivree mit dem schottischen Emblem des auf den Hinterbeinen stehenden roten Löwen auf. Segalla fielen die Worte Vartletts ein: In der Stadt herrschte eine Spannung wie vor einem Sommergewitter. Als sie den Trond, den zentralen Marktplatz unter den hoch aufragenden Türmen der St.-Giles-Kathedrale, erreichten, zügelte Segalla sein Pferd und winkte Janette und Vartlett heran.

»Wenn etwas schiefgeht«, sagte er auf französisch, »müssen wir die Stadt zu Fuß verlassen: Pferde wären zwecklos. Master Vartlett, ich wäre dankbar, wenn Ihr bei nächster Gelegenheit zurück in die Leith Road ginget und dort drei Pferde bereithieltet.«

»Ist das der sicherste Weg?« fragte Janette. Unruhe malte sich auf ihrem hübschen Gesicht.

»Monsieur Segalla hat recht«, sagte Vartlett. »In der Stadt säßen wir in der Falle. Im wilden Moor außerhalb würden wir uns bald verlaufen, und in weiß der Himmel was geraten. Ritten wir nach Süden, würden die Engländer auf uns warten. Der beste Fluchtweg ist übers Meer.«

»Könnte es denn dazu kommen?« fragte Janette.

»Ja«, erwiderte Segalla. »Maria ist seit fünf Jahren wieder in Schottland. In der Zeit hat es mindestens drei bewaffnete Aufstände gegeben, und wenn so etwas passiert, dann heißt es *chacun pour soi.*«

Er blickte sich auf dem überfüllten Marktplatz um, auf dem Büttel und Herolde der Gerechtigkeit der Königin Geltung verschafften: Der große Pranger war voll, jeder Missetäter trug eine gelbe Kappe; auf der gegenüberliegenden Seite des Platzes ragte ein hoher, dreiarmiger Galgen in den bleigrauen Himmel. Auf einer Plattform unter dem Blutgerüst verkündete ein Ausrufer, nachdem er in ein riesiges Messinghorn geblasen hatte, daß Peter Turnball, bekannt unter dem Namen »der Mönch«, als vogelfrei zu betrachten sei. Daneben warfen die Scharfrichter die abgetrennten Gliedmaßen eines Verräters in ein großes, eisenbeschlagenes Faß, um sie zu pökeln und zu salzen, ehe man sie auf den Abfallhalden außerhalb der Stadt verscharren würde. In einem schäbigen Kasten vor der Plattform lag die nackte Leiche eines Mannes und auf dessen Brust eine gekritzelte Notiz. Der kahlgeschorene Kopf war nach hinten gebogen, an seiner Kehle klaffte eine blutige, tiefe Wunde von einem Ohr zum anderen. DIE LEICHE VON JOHN BOWLER, ENGLÄNDER, hieß es auf dem Zettel. HINTERRÜCKS VON EINEM ODER MEHREREN UNBEKANNTEN ERMORDET.

Segalla fragte sich, wer dieser Bowler wohl gewesen sein mochte, wurde aber abgelenkt, als die Pferde scheuten. Er führte seine Gefährten den gelb geklinkerten Mauern des Palastes zu Holyrood entgegen. Vor den Toren wurden sie von Hellebardenträgern angehalten, die nach Urkunden und Pässen fragten und lüsterne Blicke auf Janette warfen. Segalla zeigte die Dokumente vor, die Beaton ihm in Paris gegeben hatte. Ein Hauptmann der Wache, das Gesicht hinter einem eisernen Visier verborgen, führte sie über Kiespfade zum königlichen Wohntrakt in der nordwestlichen Ecke des Palastes. Segalla blieb kaum genug Zeit, die mit Zinnen bewehrten Mauern, die kegelförmigen Türme und die großen, hervorspringenden Erkerfenster aus Glas zu betrachten.

»Ist die Königin da?« fragte Segalla.

»Nein«, sagte der Hauptmann. »Ihre Majestät die Königin ist nach Kirk o'Field gefahren, aber Ihr könnt hier warten.«

Segalla wollte schon protestieren, da traten zwei Männer aus einer Nebenpforte, ganz so, als hätten sie auf die Besucher gewartet. Der erste hatte schmale Augen, blondes Haar und ein freundliches Gesicht. Als er nun bedächtig auf Segalla und seine Begleiter zuschlenderte, sah er aus wie ein echter Bauernjunge.

»Ich hörte eine englische Stimme«, sagte er und verzog das Gesicht zu einem breiten Lächeln, während er sein Bündel absetzte. »Ich bin Thomas Nelson aus Pontefract in Südyorkshire und Diener.« Dann fügte er mit anzüglichem Grinsen hinzu: »Manchmal aber auch Vertrauter von Henry Darnley, dem Gemahl der Königin von Schottland.«

Segalla beugte sich herab, schüttelte dem Mann die Hand und stellte sich vor. Der Engländer deutete über die Schulter auf seinen Kollegen. »Der Stallknecht meines Herrn, Symonds.«

Der Mann schlurfte heran. Er hatte ein schmales, bleiches Gesicht und schwarze Haare, die an den Schläfen ergrauten. Symonds war klein, hatte freudlose Augen und einen schlaffen Mund. Der Kopf paßte nicht zu seinem Körper: kräftiger Brustkorb und lange, baumelnde Arme, die ihm ein affenähnliches Aussehen verliehen. Der Hauptmann der Wache, der die Fremden gern loswerden wollte, machte sich stillschweigend aus dem Staub. Nelson hob sein Bündel auf.

»Ich weiß, wir sehen nicht so aus«, erklärte er, und seine Miene wurde ernst, »aber ich sage die Wahrheit. Wir sind Gefolgsleute des Königs.« Er wandte sich um und flüsterte Symonds etwas zu, dann sah er Segalla wieder an. Auf seine weiße Halskrause, sein langärmeliges, dunkelrotes Wams und die schwarze Hose deutend, sagte er: »Eigentlich sollten wir die Uniform des Königs tragen, aber wir kommen kaum zum Schlafen, geschweige denn dazu, unsere Kleider zu wechseln!« Er drückte den Stiefel in den Kies, daß es knirschte. »Wenn Ihr wollt«, sagte er leichthin, »gehen wir nach Kirk o'Field. Ihr seid vom französischen Hof, Abgesandte des Erzbischofs . . .?«

»Erzbischof Beaton«, sagte Segalla.

Nelsons Miene hellte sich auf. Lebhaft sagte er: »Dann wird Ihre Majestät die Königin Euch sicher sprechen wollen.«

Symonds brachte die Pferde. Nelson hängte sein Bündel an den Sattelknauf und sprang auf. Symonds indes hatte große Mühe, in den Sattel zu kommen. »Alle Adligen sind in Edinburgh, außer Morton, der ist in St. Andrews.« Er führte sie aus dem Palast, dann über Seitenstraßen durch die Tore der Stadt hinaus in die frostkalte Landschaft.

»Was gibt es Neues von der Königin?« fragte Segalla.

»Die Sache steht gut«, antwortete Nelson. »Ihre Majestät hat meinem Herrn Geschenke gemacht: ein neues Bett aus veilchenblauem Samt, verziert mit golddurchwirkter Decke, Damastvorhängen und purpurnen Samtkissen. Mein Herr liegt auf Laken aus feinstem holländischem Leinen.«

Segalla entging der sarkastische Unterton keineswegs.

»Und woran ist der König erkrankt?« fragte Janette.

Nelson warf ihr einen verstohlenen Blick zu. »Manche sagen, es seien die Pocken.« Er ließ die Worte in der Luft hängen.

»Wahrscheinlich ist es Syphilis«, hatte der alte Erzbischof geflüstert. »Darnley würde mit einer Bergziege schlafen, wenn sie nur Röcke trüge.«

»Warum sind alle in Kirk o'Field? Ich meine«, fügte Segalla eilig hinzu, »da ist zwar der König, aber . . .«

»Nun ja, morgen ist Karnevalssonntag«, erläuterte Nelson. »Bankett und Ball vor der Fastenzeit: Die Königin verabschiedet Moretta, den Botschafter von Savoyen, und nimmt dann am Hochzeitsfest einer ihrer Kammerzofen teil. Eine Zeit des Feierns. Tanz und Gelage bis in die frühen Morgenstunden.«

»Wird der König auch dabei sein?« fragte Segalla.

Nelsons Miene verdüsterte sich. »Das bezweifle ich. Die Ärzte haben ihn behandelt; er hat gebadet und sich gereinigt, und am Montag wird er mit der Königin nach Seton reisen. Wir, die Diener des Königs, werden auf die Feste verzichten müssen. Aber schaut her.« Sie erreichten den Kamm eines kleinen Hügels, und Nelson deutete auf die Gebäude im Tal. »Das ist Kirk o'Field. Ihr könnt Seine Hoheit persönlich fragen.«

Segalla schaute hinunter auf die im Viereck errichteten Gebäude am Fuß des Hügels. Man hatte die Stadt durch eine der kleinen Nebenpforten in den südöstlichen Stadtmauern verlassen und Kirk o'Field über einen Umweg erreicht. Unter einem eisigblauen Himmel war die Anlage gut zu erkennen. Der Rauhreif der vergangenen Nacht lag noch auf den Dächern, Giebeln und Fenstersimsen, als wollte er der Residenz des Königs einen leichten Silberglanz verleihen.

»Ein böser Ort«, murmelte Segalla und verfluchte sich dann leise ob dieses Satzes.

»Warum, wart Ihr schon einmal hier?«

Segalla warf Janette, die ihn neugierig anschaute, einen Blick zu. »Nein, aber ich habe von diesem Ort gehört. War nicht Heinrich VI. dort, bevor er dann im Tower ermordet wurde? Und auch andere lancastertreue Adlige, die vor Edward IV. flohen? Und der Kronprätendent, der Flame Perkin Warbeck, der behauptete, einer der Prinzen im Tower zu sein? Hat nicht auch er eine Zeitlang in Kirk o'Field Zuflucht gesucht?« Segalla schüttelte den Kopf. »Nein, ich bin zum ersten Mal hier.« Er zeigte nach links. »Was sind das für Ruinen?«

»St. Mary in the Fields«, antwortete Nelson. »Zerstört von den Reformierten.«

Segalla betrachtete die schauerlichen Überreste von St. Mary. Mauern und Türme standen noch, aber nur als schwarze Hülle; Fenster, Balken, Bleirohre und Dachziegel waren längst verschwunden. Um die Kirche verstreut lagen die zerschlagenen Grabsteine längst verstorbener Gemeindemitglieder.

»Und das große Gebäude dahinter?«

»Das Haus des Herzogs von Hamilton; es war früher einmal das Krankenhaus«, sagte Nelson. »Vor dem Bruch mit Rom war das gesamte Gebiet hier ein Zufluchtsort für Menschen mit ansteckenden Krankheiten oder Pest.« Er deutete nach Osten. »Das sind die Ruinen des Klosters Blackfriars. Der Wohntrakt des Königs ist in jenem Gebäudekomplex.« Er trieb sein müdes Pferd an. »Laßt mich erklären: Die Mauer um Kirk o'Field ist erst nach der großen Niederlage bei Flodden errichtet worden. Die kleine Gasse dahinter trägt den Spitznamen Diebsweg.« Er lächelte, als er Segallas fragenden Blick sah. »Nein, Herr, dort lauern keine Wegelagerer.« Nelson schien es Spaß zu machen, Höherstehende an seinem Wissen teilhaben zu lassen. »Sie heißt Diebsweg, weil die Kirche früher das Recht hatte, Asyl zu gewähren: Vogelfreie sind dorthin gerannt, um sich in Sicherheit zu bringen.«

»Du sprachst von den Räumen des Königs«, sagte Vartlett ärgerlich.

»Ja, das langgestreckte Gebäude an der Floddenmauer nennt sich *Salle* oder Langhalle. In dem Haus ganz am Ende, dessen Galerie über die Floddenmauer ragt, hält mein Herr sich zur Zeit auf.«

»Und die anderen Gebäude?« erkundigte sich Janette.

»Auf der anderen Seite der Langhalle steht die Neue Probstei, im Unterschied zur Alten Probstei, in der mein Herr wohnt. Der Rest, sowohl zur Nordseite als auch nach Osten hin, sind einfache Katen.«

»Warum wohnt der ehrenwerte Darnley nicht dort?« wollte Vartlett wissen.

Nelson hob die Schultern. »Warum sollte er sich ausgerechnet da ausruhen und erholen? Nein, in der Alten Probstei stehen dem ehrenwerten Darnley königliche Gemächer mit Blick über Felder und Gärten zur Verfügung.«

Segalla nickte seufzend. Sein Atem hing schwer wie Rauch in der eiskalten Luft. Auf ihrem Ritt hügelabwärts betrachtete Segalla die Alte Probstei eingehend. Es war ein stattliches Anwesen: zwei Stockwerke hoch mit einer auf Balken ruhenden Galerie; das große Fenster, das zum Diebsweg und dem angrenzenden Obstgarten ging, war verglast.

Im Sommer war die Aussicht gewiß angenehm, aber jetzt war das Gras gefroren, und die Obstbäume standen schwarz und starr, vom grausamen Winter aller Blätter und Früchte beraubt. Die Gruppe ritt in den Innenhof, in dem es von lärmenden Gefolgsleuten, Stallknechten und Helfern nur so wimmelte. Neugierig ob der gut gekleideten Besucher, kamen einige auf sie zu. Segalla zwinkerte Janette zu. »Denkt daran, meine Liebe«, flüsterte er auf französisch, »in den Augen des Erzbischofs Beaton, wenn schon nicht vor Gott, sind wir Mann und Frau.«

Janette nahm seine Hand und himmelte ihn an. »*Mon cher, toujours, toujours.*«

»Immer?« neckte Segalla, aber Janette zwinkerte ihm nur zu.

Nelson sorgte dafür, daß ihre Pferde in den Stall kamen, und kehrte zurück, sein Bündel noch in der Hand. »Folgt mir«, drängte er. »Wir wollen uns nicht mit müßigen Förmlichkeiten aufhalten.«

Durch eine Hintertür betraten sie die Langhalle: Die Wände waren weiß getüncht, die niedrige Decke bestand aus geschwärzten Balken. Nelson geleitete sie eine Wendeltreppe hinauf: Im ersten Stock führte ein schmaler Gang zu einem Zimmer, das von einer schweren, eisenbewehrten Tür verschlossen war.

»Hier lebt die Königin«, flüsterte Nelson. »Manchmal kommt sie zurück und verbringt die Nacht bei Seiner Hoheit, ihrem Gemahl.«

»Aber nicht im selben Zimmer?« fragte Janette und blieb kurz stehen, um Luft zu holen – die Treppe war steil.

»Morgen ist der letzte Tag seiner Isolation«, sagte Nelson und drückte sein Bündel dem schweigsamen Symonds in die Hand. »Wie gesagt, am Montag werden der König und die Königin als Mann und Frau nach Seton reiten.«

Er führte sie ins zweite Stockwerk und öffnete eine an Haken hängende angelehnte Tür. Sie betraten ein kleines Vorzimmer, in dem königliche Bogenschützen hockten, die ihre kalten Hände über kleinen, abgedeckten Kohlenbecken rieben oder würfelten. Ein untersetzter blonder Mann, der seine Rüstung halb ausgezogen hatte, trat auf sie zu. Sein Schnäuzer über dem Spitzbart war sauber gestutzt. Er hatte kalte blaue Augen und ein zerfurchtes Gesicht, das sich aufhellte, als er Janettes reizende Gestalt erblickte. »Ich bin John Stewart von Traquair«, stellte er sich vor. »Hauptmann der Leibgarde Ihrer Majestät.« Er warf einen Blick auf die Urkunden, die Segalla ihm reichte. Traquair betrachtete die französische Schrift und die Siegel und gab sie rasch zurück. »Ihr kommt am besten mit mir.«

Er führte sie in das eigentliche Gemach, in dem es stickig und heiß war. Zur Rechten hatte das Zimmer eine Art Erker; die Galerie war hier mit Schnitzwerk und einem großen Glasfenster versehen worden. Das also war die Galerie, erinnerte sich Segalla, die auf Stützen über der alten Floddenmauer stand. Auf der gegenüberliegenden Seite des Raumes befand sich ein zweites Fenster, das wohl den Blick auf den Garten und die Ruinen von Blackfriars freigab. Segalla schaute sich um, während der Hauptmann der Wache zwischen den vielen Menschen hindurchging, die ihr Gespräch unterbrachen, um die Neuankömmlinge aufmerksam zu mustern. Segalla betrachtete verblüfft den kleinen Raum: höchstens vierundzwanzig Quadratmeter, die allerdings üppig möbliert waren. Bettvorhänge aus schwarzem Samt, Wandbehang mit goldenen Fransen, kleine Tische, Stühle und Hocker mit grünem oder veilchenblauem Samt bezogen und ein Doppelthron mit gelbrot gestreiftem Taftüberwurf. Segalla sah die Männer und Frauen an. Einige kannte er aus Gerüchten am französischen Hof sowie aus Beatons Beschreibungen. Die Vier Marien, die Hofdamen der Königin, trugen hochgeschlossene, mit Satin paspelierte Kleider und dazu passende Hauben. Neben dem Kamin stand Lord Murray mit seinem roten Bart und den Gesichtszügen eines Fuchses. Der Graf betrachtete ihn, Segalla, mit einem kühlen Blick, ehe er sich wieder seinem Gesprächspartner zuwandte, einem großen, schwerfälligen

Mann, der von seinem Äußeren und seiner Haltung her Berufssoldat sein mußte.

Segalla erkannte auch die Farben der Lords Argyll und Huntly: Traquair kam nun zurück und bat Segalla und seine Gefährten nach vorn. Der Bereich vor dem großen Himmelbett war freigehalten worden. Das Bett hatte man von der Wand abgerückt, und Segalla erhaschte einen kurzen Seitenblick auf eine schlanke Frau mit kastanienbraunem Haar, die zwischen Bett und Wand saß, ein Päckchen silbern umrandeter Karten in der Hand. Der Mann, der auf dem Bett lag, drehte sich zu den Neuankömmlingen um. Segalla und seine Gefährten knieten nieder.

»Besuch aus Frankreich?« fragte er mit schleppender, hoher Stimme. Segalla blickte unter halb geschlossenen Lidern hoch und versuchte, unbeteiligt zu wirken. Darnley trug ein Batisthemd, schwarze Hose und weiche, pelzgefütterte Hausschuhe. Ein roter, hermelingefaßter Umhang lag um seine Schultern; auf dem schütteren Haar saß ein juwelenbesetztes Barett, und das schmale Gesicht war hinter einer Samtmaske verborgen. Selbst aus der Entfernung konnte Segalla die eitrigen Pusteln auf Darnleys Wangen erkennen. Seine verdrießliche Miene und die langen Finger, die über die Leinentücher fuhren, prägten sich ein.

»Ihr seid schockiert, Euren König so zu sehen?«

»Hoheit«, sagte Segalla taktvoll, »wir kommen von weither, um Euch und Ihrer Majestät der Königin die besten Grüße des Erzbischofs Beaton in Frankreich zu übermitteln sowie seine Glückwünsche zu Eurer Genesung.«

Darnley richtete sich auf und schob das Stundenbuch, den silbernen Becher und die Elfenbeinwürfel von seinem Schoß.

»Ja, mir geht es wieder besser, und Montag werde ich nach Seton reiten. Das stimmt doch, oder?« Darnley wandte sich der Frau zu, die noch immer im Schatten auf der anderen Seite des Bettes saß.

Im stillen verfluchte Segalla Darnleys Arroganz. Flüchtig bemerkte er das höhnische Lächeln auf den Lippen des Prinzen, als dieser über ihre Köpfe hinweg Nelson anblickte. Alle anderen schwiegen und beobachteten die Szene. Daß Darnley offiziell akkreditierten Gesandten für seine Gemahlin, die Königin, das Wort abschnitt, verstieß gegen jede Regel der höfischen Etikette. Immerhin verdankte er die Krone nur der Tatsache, daß er eine Königin geheiratet hatte. Segalla spürte die Spannung und beobachtete die Frau am Kopfende des Bettes. Er wagte nicht, sich ihr zu nähern. Darnley würde das als Beleidigung auffassen, denn kein Gesandter durfte ohne Aufforderung das Wort an einen Monarchen richten. Darnley setzte sich auf die Bettkante und ließ die Beine baumeln. Er streckte eine Hand im schwarzen Handschuh aus und berührte Janette sanft unter dem Kinn.

»Eine ausnehmend hübsche Frau, Monsieur.«

»Ich danke Euch, Euer Gnaden.« Segalla packte seine Briefe und Urkunden fester. Er war entschlossen, sie nicht auszuhändigen.

»Monsieur Segalla, bitte, erhebt Euch.«

Segalla blickte zur Königin auf. Sie stand jetzt mit dem Rükken zum Fenster; das Licht schimmerte auf ihrem Haar unter der frischen Batisthaube und glitzerte in den Juwelen auf ihrem herrlichen Gewand aus karmesinrotem Taft. Sie trat näher. Segalla erhaschte einen Blick auf den silbernen Gürtel um ihre schlanke Taille, an dem ein goldener, parfümierter Apfel und ein juwelenbesetztes winziges Stundenbuch hingen.

»Monsieur Segalla«, die Stimme der Königin klang belustigt. »Ich heiße Euch willkommen.«

Segalla erhob sich und hoffte inständig, nicht irgendwo hängenzubleiben oder gegen den König zu stolpern. Die Königin spielte mit dem diamant- und rubinbesetzten Kreuz vor ihrer Brust und lächelte ihn an. Segalla war so verblüfft, daß er stumm blieb. Erstaunt registrierte er, wie groß Maria war; ihr Gesicht indes faszinierte ihn am meisten: helle Haut, ein üppiger Mund und große, lächelnde Augen, die von kastanie zu haselnuß changierten. Segalla erinnerte sich daran, daß Beaton Maria als Rehkitz beschrieben hatte. Als er ihren scheuen Blick unter schweren Lidern sah, wußte er, warum. Mit ihren nachgezogenen Augenbrauen, der leicht gewölbten Stirn und den schlanken, wunderschönen Händen, die immer in Bewegung waren, erinnerte sie Segalla an ein Gemälde von einer Märchenprinzessin.

»Monsieur«, flüsterte sie, »Ihr starrt!«

»Majestät«, sagte Segalla und verbeugte sich. »Ich dachte gerade, wie sehr der Dichter Ronsard gelogen hat, als er Eure Schönheit beschrieb.«

Maria wurde ernst, obwohl der Schalk in ihrem Blick Segalla nicht entging. »Was beliebt Ihr zu sagen?« Sie flüsterte in einer Art und Weise, um die Janette, die hinter Segalla stand, sie nur beneiden konnte.

»Majestät«, murmelte Segalla, »er ist Euch nicht gerecht geworden.«

Maria warf den Kopf zurück und lachte kehlig und warm. Sie bot Segalla die Hand zum Kuß. Er nahm sie – sie war weich wie Seide – und erhaschte einen flüchtigen Blick auf Smaragde und Diamanten. Ein Ring trug das Bild einer wunderschönen Meerjungfrau. Kaum berührte er die Fingerspitzen mit den Lippen und wollte schon, wie es die Höflichkeit verlangte, die Hand freigeben, als die Königin plötzlich die Haut eines seiner Finger mit ihren Fingernägeln kniff. Segalla schaute auf: Im Blick der Königin lag äußerste Wachsamkeit. Sie deutete auf den Boden. Segalla hatte verstanden. Maria wünschte nicht, daß er in aller Öffentlichkeit sprach oder seine Briefe übergab; er sollte warten, bis sie den anderen befahl, sich zurückzuziehen.

Deshalb stellte Segalla seine Gefährten vor. Maria blieb nicht, wie die Zeremonie es vorschrieb, stehen, sondern trat auf Jeanette zu, ergriff ihre Hand, zog sie zu sich heran, nannte sie »Blutsverwandte« und küßte sie sanft auf beide Wangen. Vartlett kniete vor ihr nieder; Maria strich ihm leicht über den Hinterkopf, zog ihn in die Höhe und drückte ihm Silbermünzen in die Hand.

»Ihr habt einen weiten Weg zurückgelegt«, sagte sie leise, »aber hier ist nicht die Zeit und der Ort.«

Erneut begegnete sie Segallas Blick und schaute rasch zu ihrem Gemahl hinüber, der wie ein verwöhnter Junge auf der Bettkante saß. Sie beugte sich vor und küßte ihn auf die Stirn.

»Geliebter, ich will sehen, was der gute Erzbischof mir geschickt hat.«

»Kann ich nicht mitkommen?« fragte Darnley mürrisch. »Madame, ich habe mich schon so lange nicht mehr mit Staatsangelegenheiten befaßt.«

»Bald«, flüsterte Maria ihm zu, »bald werdet Ihr Euch diesen Dingen wieder zuwenden.« Sie klatschte leise in die Hände.

Ein junger Mann in schwarzem Samtwams, weitem weißem Hemd und der engsten Hose, die Segalla je gesehen hatte, schien aus dem Nichts aufzutauchen. Er zählte etwa achtzehn oder neunzehn Lenze. Sein schmales, pockennarbiges Gesicht unter einer langen Mähne aus pechschwarzem Haar war merkwürdig sinnlich. Die Königin lächelte ihn an.

»Monsieur Segalla, darf ich Euch meinen Kammerdiener vorstellen? Hubert oder French Paris, wie wir ihn zu nennen pflegen.«

»Bothwells französischer Jüngling!« zischte Darnley gehässig.

Die Königin zog es vor, seine Bemerkung zu ignorieren, aber Segalla sah die Verachtung in Paris' Mundwinkeln wohl. Er übersah den König und verbeugte sich sehr elegant vor der Königin.

»Majestät wünschen zu gehen?«

»Ja, Paris.«

Der Page stellte sich in die Mitte des Raumes.

»Mylords, meine Damen!« rief er mit erstaunlich lauter Stimme. »Ihre Majestät die Königin zieht sich in ihre Gemächer zurück, um den Gesandten Seiner Eminenz des Erzbischofs Beaton zu empfangen!«

Sofort erstarben die Gespräche. Segalla spürte aller Augen auf sich. Maria raffte ihre Röcke ein wenig. Traquair erschien, zu beiden Seiten von einem Hellebardenträger begleitet.

»Monsieur Segalla, Ihr begleitet uns«, flüsterte die Königin. »Paris wird Eure Gemahlin«, die Königin betonte das Wort, »und Euren Diener aufs vorzüglichste betreuen. Wir werden unter vier Augen miteinander reden!«

Vier

Maria verließ den Raum. Ihr voran schritten Traquair und die beiden Hellebardenträger. Segalla entschuldigte sich flüsternd bei Janette und folgte ihnen die Wendeltreppe wieder hinunter. Der Hauptmann geleitete ihn in das Gemach der Königin und schloß dann die Tür. Eine Weile blieb Segalla wie benommen stehen und betrachtete den Raum, während Maria, befreit von der bedrückenden Atmosphäre des anderen Zimmers, sich sichtlich entspannte. Mit einer eleganten Handbewegung deutete sie auf die dicken Wandbehänge und die karge Einrichtung.

»Nicht gerade ein königliches Gemach, was, Monsieur Segalla?«

Sie nahm auf einem Stuhl mit hoher Rückenlehne Platz, der neben einem recht niedrigen Feldbett mit grüngelb gemustertem Überwurf stand. Segalla sah, daß Maria sich die rechte Seite hielt und offensichtlich Schmerzen hatte.

»Majestät fühlen sich nicht wohl?« fragte er.

Hochmut und Strenge fielen mit einemmal von Maria ab. Sie sank in sich zusammen und wirkte besorgt. Sie biß sich auf die Unterlippe, legte die Arme über den Leib, und ihre Hände krallten sich in das Brokatmieder ihres Kleides. Tief einatmend blickte sie Segalla an.

»Ihrer Majestät geht es ausgezeichnet«, sagte sie. »Ein leichtes Stechen in der Seite.« Sie hob die Hand und rieb sich die Schläfe. »Und hier schmerzt es wie ein Feuerreif.«

»Majestät sollten sich ausruhen.«

Segalla, der sich mit Heilkunde und der Wirkung von Heilmitteln gut auskannte, sah, daß Schultern und Hals der Königin stark verkrampft waren; sie litt offensichtlich heftige Schmerzen.

»Majestät, bewegt ganz leicht Eure Schultern und den Hals«, riet er.

Maria seufzte, befolgte jedoch seine Anweisungen, hob und senkte die Schultern und drehte den Kopf vorsichtig von links nach rechts. Sie hielt inne und sah Segalla an.

»Jemand sollte meinen Nacken massieren«, sagte sie.

Trotz der Bewegungen ihres Kopfes ließ sie Segalla nicht aus den Augen. Nun wußte er, warum Maria so viele Herzen gebrochen hatte. Sie war kokett, aber auf eine natürliche, schlichte Art. Sie bewahrte Würde und Anmut, gab ihm aber zugleich das Gefühl, ebenbürtig und ihr Vertrauter zu sein.

»Seid Ihr nicht nur Priester, sondern auch noch Arzt, Monsieur Segalla?« Sie lachte, als sie seine Überraschung bemerkte. »O ja, ich weiß. Erzbischof Beaton hat Euch bereits angekündigt.«

Sie stand auf, ging zu einem kleinen Tisch, füllte zwei juwelenbesetzte Becher und reichte einen davon Segalla.

»Ein Burgunder«, sagte sie. »Vollmundig. Wenn Ihr ihn langsam trinkt, Monsieur Segalla, und an die Sonne denkt«, sagte sie, und in ihrem Blick lag Sehnsucht, »dann seid Ihr wieder in Frankreich. Die Trauben werden reif. Blütenduft hängt noch schwer in der Luft. Bald wird die Sonne aufgehen. Ihr werdet in einer Gartenlaube sitzen und dem Summen der honigsammelnden Bienen lauschen können.«

Segalla beobachtete, wie sich ihre Augen veränderten. Maria zwinkerte ihm zu und tätschelte ihm leicht die Hand.

»Ich danke Euch für Eure Nachsicht, Monsieur.« Sie hob den Kopf und deutete zur Zimmerdecke. »Der König ist in schlechter Verfassung, und man muß ihn gewähren lassen. Nein, das geht so nicht.« Sie stellte den Becher auf den Tisch, und noch ehe Segalla sie daran hindern konnte, kniete sie vor ihm.

»Segnet mich, Vater«, flüsterte Maria. »Wenn ich genug Zeit hätte, würde ich Euch bitten, eine Messe zu lesen, aber Euer Segen tut es auch.«

Überrascht stellte Segalla ebenfalls seinen Weinbecher ab. Er hob eine Hand, schlug das Kreuz über ihr und murmelte leise den Segen. Dann streckte er Maria die Hand hin und half ihr beim Aufstehen. Sie kam anmutig auf die Füße, hielt aber seine Hand fest.

»Kennt Ihr, Monsieur Segalla...« Ihr Gesicht war nur noch wenige Zentimeter von seinem entfernt, ihre Augen musterten ihn aufmerksam, als würde sie sich an jedes Haar auf seinem Kopf, an die Farbe seiner Haut, die Beschaffenheit seines Bartes und Schnäuzers erinnern. Dies war nicht mehr das Gesicht einer zurückhaltenden Frau, sondern das eines Kindes, unschuldig und offen.

»Wie meinen Majestät?«

Maria schüttelte den Kopf. »Sagt Madame, das reicht«, sagte sie. »Monsieur, ich habe Euch schon einmal gesehen. Da bin ich mir ganz sicher. Standet Ihr nicht im Dienste meiner Mutter?«

Segalla versuchte, seine Nervosität zu verbergen.

»Wart Ihr schon einmal in Schottland?« fragte Maria.

Segalla schaute zur Seite. »Madame, ich stand nicht im Dienste Eurer Mutter.«

»Nein, nein, nicht hier«, sagte die Königin. »Als sie noch ein junges Mädchen war, in Frankreich, bevor sie mit meinem Vater vermählt wurde. Sie kam in dieses wunderschöne, aber gottverlassene Land, um hier zu leben, und später versuchte sie, es zu beherrschen.« Die Königin hob erneut ihren Weinbecher und umfaßte ihn mit beiden Händen wie eine Zauberkugel, die die Vergangenheit heraufbeschwören konnte. »Monsieur, ich bin mir dessen ganz sicher! Meine Mutter besaß Portraits, die der Franzose Corneille de Lyons gemalt hatte. Er hat viele Gemälde dieser Art am französischen Hof geschaffen. Als meine Mutter nach Schottland ging, wurden die Bilder hoch oben im Palast des Louvre in eine Bodenkammer geschlossen, wo sie in Vergessenheit gerieten.« Maria tauchte einen Finger in den Wein und fuhr sich damit über die ausgetrockneten Lippen. »Als ich mit dem Dauphin vermählt wurde, ging ich gern dort hinauf und saß stundenlang vor Mamas Portrait. Hinter diesem stand ein anderes, viel kleineres, auf dem ein Mann wie Ihr zu sehen ist, mit demselben Kopf, demselben Gesicht und Schnurrbart. Aber vor allen Dingen mit denselben Augen, mit jenem verlorenen, gehetzten Blick. Genau so schaut Ihr jetzt, Monsieur Segalla.«

Verwirrt zuckte er die Schultern. »Madame, das kann unmöglich sein. Ich habe gerade erst zweiunddreißig Lenze hinter mir.«

Die Königin kehrte zu ihrem Stuhl zurück. »Alles verläuft in Kreisbewegungen.« Ihr Blick ließ Segalla nicht los. »Meine Mutter wuchs in Frankreich auf, starb aber in Schottland, Leib und Beine aufgedunsen von Ödemen. Nun ergeht es mir wie ihr: Bin ich, nachdem ich in Frankreich aufwuchs, jetzt nach Schottland zurückgekehrt, um hier zu sterben? Ist mein Ende wie mein Anfang? Mein Anfang wie das Ende? Ist alles ein ewiger Kreis?« Maria hielt inne, als lausche sie den Gesprächsfetzen, die gedämpft aus dem oberen Zimmer herunterdrangen. »Ich heirate einen Mann, und er stirbt. Ich heirate einen anderen, und auch er stirbt, jedenfalls sein Verstand.« Plötzlich schüttelte die Königin den Kopf. »Monsieur Segalla, für eine Königin habe ich entsetzliche Manieren.« Sie deutete auf einen Stuhl hinter ihm. »Zieht Euch den näher heran. Laßt mich den Brief unseres guten Erzbischofs sehen.«

Er gehorchte. Während Maria das Siegel erbrach und die Dokumente öffnete, hatte Segalla Zeit, sie ausgiebig zu betrachten. Er entdeckte eine kleine graue Strähne im Kastanienbraun ihrer Haare, Sorgenfalten um den Mund, die Haut sah nicht mehr golden, sondern fahl aus. Immer wieder veränderte Maria mit schmerzverzerrter Miene ihre Haltung. Unentwegt waren ihre langen, schlanken Hände in Bewegung, trommelten leicht auf den Brief, zupften am Kleid oder fuhren über die polierten Armlehnen ihres Stuhls. Segalla ließ den Blick durch das Zimmer schweifen. Eine Stickerei in prächtigen Farben lag auf einem Hocker am Kopfende des Bettes, in einer Ecke standen ein Rebec und eine Viole. Segalla fiel ein, daß viele die Königin für eine Künstlerin hielten, egal, ob sie nun auf dem Spinett spielte, ein Gedicht verfaßte oder eine feine Stickerei anfertigte. Er schaute über die Schulter zu dem kleinen Schreibtisch mit Perlmuttintarsien, der voller Pergamentrollen, Tintenfässer, Schreibfedern und Bimssteine war. Siegelwachstropfen bedeckten den Wollteppich und die Dielen. Er schaute erneut die Königin an, aber sie war in die Briefe vertieft, die Stirn in Sorgenfalten gelegt. Abrupt blickte sie auf, und Segalla zuckte unwillkürlich zusammen, als er ihren versteinerten Ausdruck wahrnahm.

»Wißt Ihr, was in diesem Brief steht, Monsieur Segalla?«

»Madame, er ist in der Geheimschrift des Erzbischofs verfaßt.«

Maria lächelte, obwohl der freudlose Ausdruck nicht aus ihren Augen wich. »Ich habe schon so viele Briefe des Erzbischofs gelesen. Die Schrift ist kein Geheimnis mehr.«

Sie erhob sich, bedeutete Segalla, sitzen zu bleiben, und nahm den Brief, ging zum Kamin und warf ihn ins Feuer. Erst als die Flammen das Papier zu weißer Asche verbrannt hatten, setzte sie sich wieder. Sie lehnte sich zurück und starrte auf einen Punkt über Segallas Kopf.

»Monsieur, ich wußte nicht, ob ich dieses Land lieben oder hassen soll. Die wilden Moore, die Heide, die golden in der Sonne liegt. Frische Bäche, saftige Weiden und ausgedehnte Wälder. Der kleine Mann will in Frieden leben und Haus und Hof bestellen. Nicht so die Adligen. Sie lieben den Krieg: Sie wollen Stroh anzünden, die Heide verbrennen oder die Pflastersteine auf den Marktplätzen der Städte mit Blut besudeln. Wart Ihr schon außerhalb von Edinburgh?«

Segalla schüttelte den Kopf.

»Folgt den Landstraßen«, sagte die Königin heiser. »An jeder Kreuzung steht ein Galgen, und daran baumelt ein Toter:

Hängen und Auspeitschen sind an der Tagesordnung. Welch grausamer, barbarischer Hexenzirkel. Einer der aufständischen Lords fiel vor Angst tot um, als man ihn gefangennahm. Und wißt Ihr, was sie mit ihm machten, Monsieur Segalla?«

Er schaute sie fragend an.

»Sie bestanden darauf, daß er trotzdem von Gleichrangigen verurteilt werden müsse. Also öffneten sie die Leiche und nahmen sie aus wie ein Schwein. Dann wurde sie mit Kräutern ausgestopft, einbalsamiert und anschließend zur Gerichtsverhandlung in den Süden geschafft. Könnt Ihr Euch das vorstellen, Monsieur? Eine einbalsamierte Leiche sitzt vor meinen Richtern?« Maria rieb sich die Augen und rutschte auf ihrem Stuhl herum. »Beaton spricht von großer Gefahr«, sagte sie ironisch, beugte sich vor und spielte mit dem Kreuz vor ihrer Brust, drehte dann an ihren Ringen. »Aber welche Gefahr meint er, Monsieur?«

Segalla stellte seinen Weinbecher auf den Boden. »Madame, Gefahren lauern überall. Euer Gemahl wird bald schon wieder gesund sein, aber wird er treu bleiben? Das ist es, was Beaton Sorge bereitet.«

Maria wich seinem Blick aus. »Ich weiß es nicht«, sagte sie leise. Dann schaute sie ihn wieder an. »Darnley ist ein Kind. Er hat den Körper und die Beine eines schönen Mannes, aber den Verstand und die Seele eines verwöhnten Knaben.« Sie deutete auf den Schreibtisch. »Er schickt seinem grausamen Vater, dem Grafen von Lennox, Briefe, in denen er beteuert, wie liebreizend ich sei. Aber ...«

»Aber was, Madame?«

»Er schickt auch Briefe an Philip von Spanien, in denen er bittet, die Spanier mögen Truppen in Flandern zusammenziehen.«

Segalla hielt den Atem an. Maria bemerkte die Veränderung in seiner Haltung sofort.

»Nun ja, Vater«, sagte sie scherzhaft, »Ihr als Jesuit würdet das sicher begrüßen? Katholische Truppen, die in Leith landen? Und mit ihnen die Inquisition, die die Häresie ausrottet und Schottland seinen alten Glauben zurückbringt.«

»Das hätte einen blutigen Bürgerkrieg zur Folge.«

»Natürlich!« Marias Augen funkelten. »Natürlich hätte es das! Vater, keine Frau dient der heiligen Mutter Kirche treuer und ergebener als ich. Dennoch ist mir klar, daß man niemandem eine Religion aufzwingen oder ein Fenster in die Seele schlagen kann.«

»Und das hat Euer Gemahl vor?«

»Zumindest behaupten das die Gerüchte. Wahnwitzige Pläne, die Burg von Edinburgh einzunehmen! Getuschel über ein Schiff, das im Clyde vor Glasgow auf ihn wartet! Kein Wunder, daß die Adligen sich gegen ihn verschwören.«

»Haben sie das gesagt, Madame?«

»O ja, zuerst baten sie mich, ich möge mich scheiden lassen, aber wie kann ich das? Wie, Monsieur Segalla? Fragt Erzbischof Beaton, ob die heilige Mutter Kirche meine Ehe annullieren würde. Und selbst wenn, was wäre mit meinem Sohn? Würde er dann nicht als unehelich gelten und den Anspruch auf die Krone verlieren?« Sie trat mit dem eleganten, in Silber gefaßten Schuh nach den Binsen vor ihrem Stuhl. »Das würde Darnley gefallen.« Plötzlich funkelten ihre Augen vor Zorn. »Noch immer zieht er meine Ehre in den Schmutz. Er ist der Vater meines Kindes, aber er hat auch das Gerücht in die Welt gesetzt, sein eigener Sohn Jakob sei die Frucht einer widernatürlichen Begierde zwischen mir und David Riccio.«

Fasziniert verfolgte Segalla die Stimmungsumschwünge der Königin: Sie war die Königliche, die Kokette, die Liebende, die tolerante Gemahlin und nun die Mutter, erbost über einen Mann, der ihre Ehre und die ihres kleinen Kindes besudelte.

»Gibt es denn keinen Ausweg, Madame?« fragte Segalla.

Maria schaute auf den Ring an ihrem Finger. »Im vergangenen Herbst trafen sich die großen Lords Murray, Argyll, Bothwell und die übrigen unter einer Eibe bei Whittingham. Sie schworen einen heiligen Eid, meinen Gemahl zu beseitigen, und besaßen sogar die Tollkühnheit, einen Boten zu schicken und um mein Einverständnis zu bitten.« Maria schaute Segalla unverwandt an. »Bei der Heiligen Messe, Vater, ich schwöre, ich habe ihnen gesagt, daß ich mich daran nicht beteiligen würde. Und daß ich die Täter als Verräter betrachte.«

»Aber sie verfolgen den Plan noch immer?«

»Ja«, sagte sie bekümmert. »Sie hassen Darnley, weil er sie verraten hat. Gemeinsam haben sie Riccios Tod herbeigeführt, und nun kehrt er ihnen den Rücken zu. Sie behaupten, er will nicht nur die Krone als Gemahl, sondern die Alleinherrschaft.«

»Wäre er bei seinen Verwandten nicht sicherer gewesen?« fragte Segalla.

Maria schüttelte den Kopf. »Nein, nein. Darnley wurde krank. Weil ich ihm Gift geschickt hätte, hieß es.« Sie lachte bitter. »Darnley hat sich selbst vergiftet. Jedes Flittchen hat er ins Bett gezerrt.« Sie rieb sich die Schläfe. »Er soll sogar mit dem Bischof von Orkney ins Bett gegangen sein!« flüsterte sie. »Mein Lord Darnley hat Moral und Manieren eines Straßenköters!« Trotzig blickte sie auf. »Aber er ist immer noch mein Gemahl, der Vater meines Kindes. Und solange er sich in meiner Obhut befindet, wird kein Lord Hand an ihn legen.«

»Aber Madame, Erzbischof Beaton warnte vor einem großen Komplott gegen ihn.«

Maria schüttelte den Kopf. »Monsieur Segalla, Ihr seid hier, um mich über eine solche Gefahr zu unterrichten. Wo könnte sie liegen?«

»Es gibt englische Spione: einen Mann, den man den Raben nennt. Beaton sagt, er halte sich in Eurer nächsten Nähe auf.«

Maria blickte Segalla feierlich an, dann brach sie in lautes Gelächter aus, beugte sich vor und ergriff seine Hand. »Monsieur, ich mache mich nicht über Euch lustig.« Sie zeigte an die Zimmerdecke. »Die meisten Adligen« – sie schaute zur Seite – »außer James Hepburn, dem Grafen von Bothwell« – Segalla bemerkte einen Hauch von Röte auf ihrem Gesicht –, »werden von Elisabeths Meisterspionen bezahlt. Also, wie schon die Bibel sagt, ›es gibt nichts Neues unter der Sonne‹. Welche Gefahr soll das sein? Wenn auch nur einer die Hand gegen meinen Gemahl erhebt, macht er sich des Verrats schuldig.«

»Es gibt Gift, Madame.«

Die Königin schüttelte den Kopf. »Henry Darnley«, sagte sie entschieden, »ist sehr vorsichtig mit dem, was er ißt und trinkt.«

»Madame, was geschieht, wenn der Anschlag Euch beiden gilt?«

Maria biß sich auf die Unterlippe. »Tja«, sagte sie nachdenklich, als wäre ihr der Gedanke willkommen, »das würde allerdings all unseren Sorgen ein Ende bereiten.«

»Es kann sein, daß Ihr und Euer Gemahl, der Herr möge es verhüten, einem furchtbaren Anschlag zum Opfer fallen sollt«, sagte Segalla eindringlich.

»Ihr sprecht von meinem geliebten Halbbruder, James Stuart, dem Grafen von Murray?«

»Vielleicht.« Die Offenheit der Königin überraschte Segalla.

Maria lächelte. »Beaton mag mich als Rehkitz betrachten, das von Wölfen umzingelt ist. O ja! Der Erzbischof glaubt, ich sei nichtsahnend, aber ich weiß, was er denkt: Daß Murray mich und Darnley beseitigen und das Reich durch meinen Sohn beherrschen will, und dann ... wer weiß, Monsieur Segalla, was alles geschehen kann? Wie viele Jungen erreichen schon das Mannesalter?« Sie schüttelte den Kopf. »Ich glaube nicht, daß mein lieber Graf von Murray so herzlos sein könnte. Außerdem würden ihn die anderen großen Lords nicht in Frieden regieren lassen. Und schließlich wäre er dann in ganz Europa ein Verfemter; nicht einmal meine liebe Kusine Elisabeth würde den Mord an einer anderen Königin ungesühnt lassen.«

Segalla blickte sie unverwandt an: Trotz ihrer Jugend und Naivität war Maria gerissen. Ihre Berechnung war richtig. Sie war mit Darnley verheiratet: Eine Versöhnung würde nicht nur ihr Ansehen erhöhen, sie könnte Darnley auch besser im Auge behalten. Niemand würde es wagen, gegen ihn, den guten Gemahl der Königin, vorzugehen, und wer würde sich mit dem Mord an einem Herrscher von Gottes Gnaden die Hände blutig machen?

»Aber – es gibt eine Gefahr«, stammelte Segalla. Er zeigte auf die Viole, die auf einem Hocker in der Ecke stand. »Ein Musiker, Madame, sagte mir einmal, Musik sei unendlich, und man könne eine Note beliebig variieren.«

»Kommt zur Sache, Monsieur.«

Segalla blickte die Königin an und erinnerte sich an Beatons Warnungen. »Was geschieht, Eure Majestät, wenn ein noch tückischerer Anschlag geplant ist, um Euren guten Ruf zu ruinieren?«

Maria errötete und senkte den Blick.

»Madame«, sagte Segalla, stand auf und kniete vor ihr nieder. »Madame, vor sechs Jahren hatte der Günstling Elisabeths, Robert Dudley, Graf von Leicester, eine Frau. Kennt Ihr die Geschichte?«

Maria hielt seinem Blick stand und nickte.

»Gerüchten zufolge«, fuhr Segalla fort, »liebte Dudley die Königin von England, und sie empfand große Leidenschaft für ihn. Es heißt aber auch« – Segalla zwang sich weiterzusprechen –, »daß Dudley sich von seiner Frau scheiden lassen und Elisabeth heiraten wollte.«

»Die ganze Welt kennt diese Geschichte, also auch ich.« Maria beugte sich vor und berührte Segallas Wange. »Monsieur, sprecht frei heraus; laßt mich Euren Rat hören.«

»Dudleys Frau«, fuhr Segalla fort, »fiel in ihrem Haus in Cumnor Place in Oxfordshire die Treppe herunter: Sie brach sich das Genick, ihre Haartracht indes war kaum verrutscht. Manche glauben, Dudley habe sie umgebracht, um für die Königin frei zu sein. Andere behaupten, sie sei von jemand drittem ermordet worden, damit der anschließende Skandal die Heirat verhinderte.«

Maria neigte den Kopf zur Seite. »Was wollt Ihr damit sagen, Monsieur?«

»Wenn Elisabeth Dudley nach dem mysteriösen Tod seiner Frau geheiratet hätte, wären beide als Mörder gebrandmarkt worden. Weiß der Himmel, was dann geschehen wäre.«

Maria stand abrupt auf und faltete nervös die Hände. Sie trat hinter Segalla, als müsse sie ihre Gefühle verbergen und ihre Gesichtszüge beherrschen.

»Ich war ehrlich«, sagte Segalla über die Schulter hinweg.

»Und wer ist mein Dudley?« fragte Maria.

»James Hepburn, der Graf von Bothwell, heißt es.«

Er hörte, wie die Königin vor ihn trat. Sie streichelte ihm über das Haar, berührte sanft seine Wange und streckte ihm die Hand entgegen, um ihm aufzuhelfen. Segalla war überrascht, als er sah, daß sie sich amüsierte und offensichtlich versuchte, nicht in lautes Gelächter auszubrechen.

»James Hepburn, der Graf von Bothwell, ist ein hübscher Schelm, aber nicht mein Gefährte. Und schon gar nicht mein Liebhaber. Sagt Mutter Beaton, wenn Ihr nach Paris zurückkehrt, daß ich Bothwell brauche. Er ist wild, leidenschaftlich, aber er läßt sich nicht bestechen und genießt hohes Ansehen bei den Truppen, die zu uns halten, und bei den Kapitänen der wenigen Schiffe, die ich besitze.« Maria hielt inne, denn es hatte an der Tür geklopft. »Herein.«

Die Tür öffnete sich, und James Stuart, Graf von Murray, trat ein. Er begegnete Segallas Blick, verbeugte sich und stand dann mit dem Rücken zur Tür, das Barett in der Hand.

»Liebe Schwester«, sagte Murray und zwang sich zu einem Lächeln. »Ihr haltet Euch lange hier auf.«

»Die liebe Schwester ist äußerst beschäftigt!« entgegnete Maria. »Staatsgeschäfte, mein lieber Bruder.«

Murray verbeugte sich. »Madame, ich bitte um Erlaubnis, den Hof verlassen zu dürfen.«

Maria trat einen Schritt vor. »Lieber Bruder, warum denn? Morgen ist Karnevalssonntag. Wir müssen den Botschafter von Savoyen verabschieden. Dann die Hochzeitsfeierlichkeiten in Holyrood. Wollt Ihr Uns nicht begleiten?«

»Tanzen und Singen, Madame, während meine Frau krank in Fife liegt?«

Maria ging auf ihn zu und nahm sein Handgelenk.

»Oh, lieber Bruder, das tut mir leid. Richtet ihr meine besten Wünsche aus. Braucht Ihr irgend etwas?«

Murray hob die Hand. »Madame, ich komme so bald wie möglich wieder.« Er trat einen Schritt zurück, verbeugte sich äußerst elegant und verließ wortlos und ohne einen weiteren Blick den Raum.

»Der Graf von Murray verläßt Euch also.«

Maria zuckte mit den Schultern. »Der liebe Bruder hat seine Anfälle. Er mag Henry Darnley nicht.«

»Ja, Madame, und Euch auch nicht!«

»Ihr seid sehr offen.« Maria trat an ihren Schreibtisch. »Monsieur Segalla, bedenkt, Murray ist unehelich, das Kind der Mätresse meines Vaters, Margaret Erskine: von königlichem Geblüt und doch niemals König.« Sie klopfte auf das Schreibpult. »Doch genug der Geschäfte, Monsieur Segalla; Ihr müßt Uns in Holyrood Gesellschaft leisten. Wollt Ihr dort wohnen?«

»Madame, wir haben bereits Zimmer in der Stadt gefunden.«

Maria antwortete nicht: Sie durchquerte bereits mit langen Schritten das Zimmer, weil es erneut geklopft hatte. Segalla vernahm Gemurmel, dann Marias entzückten Ausruf.

»James, Ihr verlaßt Uns nicht.«

Graf von Bothwell trat ein. Er lächelte Maria an, schlenderte zu Segalla und reichte ihm die Hand. Murrays Kleidung war schlicht gewesen, nach einem Blick auf Bothwell dagegen mußte sich Segalla ein Lächeln verkneifen; ein Spaßvogel hatte den Grafen einmal als Affen in Purpur beschrieben, und er hatte nicht ganz unrecht gehabt. Bothwell trug ein goldenes Wams aus gerippter Seide mit gepolsterten Schultern: kleine Goldknöpfchen verschlossen es, eine schmale Spitzenkrause umschloß einen sehnigen, muskulösen Hals. Bothwell hatte kurzes, zerzaustes kastanienbraunes Haar und dunkle, tiefliegende Augen, die ständig in Bewegung waren. Der scherzhafte Vergleich mit einem Affen schien noch passender, als Segalla Bothwells dicke, hervorstehende Oberlippe und den quadratischen, massiven Unterkiefer betrachtete, den auch der wilde Bart nicht zu verbergen vermochte.

»Ihr schaut mich an, Herr?«

»Monsieur le Comte«, sorgsam wählte Segalla den französischen Titel, »Eure Heldentaten sind sogar in Frankreich bekannt.«

Maria, die hinter Bothwell stand, lachte hell und fröhlich auf. Der Graf sah sie mißtrauisch an.

»Madame, was wird hier gespielt? Wollt Ihr Euch den lieben langen Tag mit diesem Franzosen aufhalten?« Bothwell schaute wütend. Seine langen Arme hingen herab, die muskulösen Beine in der dünnen, eng anliegenden Hose standen weit auseinander, und er erinnerte Segalla an einen Kapitän an Deck seines Schiffes.

»Jamie, Ihr seid nie zufrieden, wenn Ihr nichts unternehmen könnt.« Maria tippte den Grafen auf die breite Brust.

»Ich kann's nicht mehr ertragen«, sagte Bothwell und zeigte nach oben.

»Der König ist bald wieder gesund«, sagte Maria. Sie

reichte Segalla die Hand zum Kuß. »Und ich wollte gerade gehen. Jamie, Ihr begleitet mich doch?«

Segalla gab der Königin einen Handkuß. Sie drückte sanft seine Schulter und warf ihm einen raschen Blick zu. Bothwell eilte voraus, um die Tür zu öffnen, und Segalla verließ hinter ihnen den Raum.

Mit Majestäten kannte er sich aus. Maria hatte ihn empfangen. Sie hatte sich seine Warnungen angehört, aber damit war die Sache auch schon erledigt. Man hatte ihn nicht gebeten zu bleiben; daher ging er, als Archibald Bethon, der Zeremonienmeister der Königin, die Tür hinter ihm zuriegelte, wieder hinunter in die Langhalle. Dort waren Janette und Vartlett in ein Gespräch mit French Paris vertieft; neben ihnen stand ein sommersprossiger junger Mann mit rotbraunem Haar, den Vartlett als Alexander oder »Sandy« Durham vorstellte, den Wachposten vor den Privatgemächern des Königs.

»Das Leben ist hektisch«, sagte Segalla. »Ihre Majestät ist sehr beschäftigt.«

»Jo«, sagte Sandy Durham in melodischem Dialekt. »Und sie wird noch mehr zu tun kriegen, wenn der König erst wieder gesund ist.«

Janette überhörte die obszöne Bemerkung; Vartlett lachte in sich hinein. Durham, Paris und er hatten sich bereits angefreundet. Als Segalla, Janette und Vartlett sich verabschiedeten und in den Hof gingen, um die Pferde zu holen, tauchte Thomas Nelson wieder auf. Segalla versicherte ihm, daß sie an den Festlichkeiten des nächsten Tages teilnehmen wollten.

Nelson klopfte ihm auf die Schulter und verschwand nach oben.

Als sie die Pferde bestiegen hatten und Richtung Netherbow Gate ritten, machte Janette aus ihrer Erleichterung keinen Hehl. »Gott sei Dank, endlich weg von dort!«

»Warum?« fragte Segalla und schloß zu ihr auf.

»Oh, obenhin ist alles Friede und Freude.« Sie seufzte und tupfte sich den Mund mit einem Taschentuch ab. »Doch darunter brodeln dunkle Leidenschaften. Die Lords reden miteinander, schauen sich aber nicht in die Augen. Man hat das Gefühl von...«, sie zügelte ihr Pferd und warf einen Blick zurück auf die Türme von Kirk o'Field, »... Unterdrückung, Haß, Spannung.«

»Vergeßt nicht«, sagte Segalla, »daß der Mord an Riccio erst ein Jahr her ist. Meister Vartlett, wie fandet Ihr die Diener?«

»Alles Gefolgsleute«, sagte Vartlett langsam. »Keine gewöhnlichen Diener oder Knechte, eher Schergen, die Vertrauen genießen.« Er streichelte den Hals seines Pferdes. »Bethon, Paris und Durham sind Männer der Königin, aber Darnley ist gut geschützt. Er hat Nelson, Symonds, einen Knappen namens Taylor, der gerade Vorräte besorgt, und drei Stallknechte. Zwei von ihnen habe ich kennengelernt, Glen und MacCaig. Lauter junge Männer und handverlesen. Sie sind Darnleys Leibwache.«

»Ist er denn nicht verletzbar?« fragte Janette.

Vartlett zuckte die Achseln. »Das sind beide, er ebenso wie die Königin, obwohl Maria ihre Bogenschützen, Hellebardenträger und den Hauptmann der Wache hat. Bothwell hat dazu noch seine berittenen Straßenräuber, und die Straßen und Gassen der Stadt werden von einer zehn- bis fünfzehnköpfigen Mannschaft bewacht. Solange sie in Edinburgh bleiben, sind die Königin und ihr Gemahl sicher. Aber wenn sie die Stadt verlassen?« Vartlett zuckte die Schultern. »Weiß der Himmel, was dann passiert.«

»Und der Rabe?« fragte Segalla. »Ist er vielleicht dort?«

»Ich weiß es nicht. Vermutlich hat Walsingham einen der großen Lords bestochen. Könnte sein, daß es Murray ist, und das sage ich mit aller Vorsicht, aber auch Bothwell kommt in Frage.«

»Warum muß es unbedingt ein Lord sein?« fragte Segalla.

»Wenn dem König oder der Königin etwas zustoßen soll, dann muß es jemand tun, der auch Macht besitzt, der die Schlüssel zu Festungen hat und Truppen zusammenziehen kann.«

»Und was noch?« Segalla bemerkte, daß Vartlett zögerte.

»Da ist noch die Familie Douglas. Graf von Morton mag zwar in St. Andrews schmollen, trotzdem ist die Stadt voll von seinen Gefolgsleuten. Sie mögen die Königin nicht, und wenn Darnley ihnen im einsamen Moor begegnete, würde er im Handumdrehen mit den Engeln singen!«

Segalla dankte ihm und trieb sein Pferd an, in Gedanken versunken.

»Nicholas, mein lieber Gemahl?«

Segalla schrak zusammen. Janette sah ihn merkwürdig an und lächelte. Sie hatten den Hof einer Schenke erreicht.

»Nicholas, was ist los mit Euch?« flüsterte Janette. Sie kniff die Augen zusammen. »Ihr habt Euch doch nicht etwa in die Königin verliebt?«

Segalla lächelte und stieg ab. Dann half er ihr vom Pferd. Er wollte sie gerade in die Schenke führen, als der Wirt ihnen geschäftig entgegenkam.

»Monsieur Segalla, ich habe eine Botschaft für Euch. Ein armer Bettler brachte sie vorbei.«

»Nun, Mann, wo ist sie?«

»Nein, nein, es war eine mündliche. Der Bettler sagte nur: ›Sag Monsieur Segalla: Der Rabe, der hoch oben fliegt, sieht alles‹.«

Fünf

Am Sonntag, dem neunten Februar 1567, wurde es in Edinburgh früh dunkel. Nachmittags hatte die Königin am Abschiedsbankett für den Botschafter von Savoyen teilgenommen, das in ausgelassener Stimmung verlaufen war. Die Königin und ihre Gäste waren prächtig anzuschauen: üppiger Taft, goldene Damastanzüge, silbern eingefaßte Wämser und kostbar bestickte Barette aus schwarzer Seide. Man hatte in festlich erleuchteten Sälen getanzt und gespeist, und Kristallspiegel hatten das Kerzenlicht reflektiert. Die Wände waren mit Gobelins aus Samt und Seide geschmückt. Nach dem Fest hatte die Königin beschlossen, nach Kirk o'Field zurückzukehren. Sie wollte sich zu ihrem Gatten setzen und mit ihm plaudern, bevor sie zu dem Bankett in Holyrood aufbrach, das sie eigens für Christiana Hogg, eine ihrer Kammerzofen, ausgerichtet hatte. Diese heiratete Bastian Pages, der sich oft, Maria zur Freude, gewitzte Maskeraden und höfische Spiele ausgedacht hatte. Außerdem – und das war noch wichtiger – hatten er und Christiana der Königin geholfen, nach dem Mord an Riccio aus Holyrood zu fliehen. Nun wollte die Königin sie im selben Palast mit einem Festessen, Tanz und vielen Geschenken belohnen.

Gegen neun Uhr war an diesem Sonntagabend der Empfang für den Botschafter von Savoyen beendet. Die Königin wusch sich die Hände in duftendem Rosenwasser. French Paris stand bereit, um jeden ihrer Wünsche zu erfüllen. Dann gab Maria das Zeichen, zur Alten Probstei in Kirk o'Field zurückzukehren. Angeführt von Dienern mit blakenden Fackeln, zog sie mit ihrem kleinen Gefolge durch die Straßen von Edinburgh. Musikanten folgten und spielten sanfte Weisen, die die Königin ankündigten. Die Höflinge murrten wegen der dünnen Schneeschicht, die inzwischen die Straßen bedeckte, aber der Himmel war wieder klar, und der Neumond lugte zwischen den Wolken hervor. Im schmutziggelben Licht der Pechfackeln verwandelte sich der Schnee in rostbraunen Matsch, als Maria mit ihren Begleitern lachend und plaudernd Edinburgh verließ und die Alte Probstei betrat.

Das Empfangszimmer, in dem absolute Stille herrschte, war eigens für Darnley mit Wandbehängen aus schwarz befranstem Samt hergerichtet worden. Nur die Königin und ihre Lords Bothwell, Huntly, Argyll und die übrigen betraten das Schlafgemach des Königs durch das Vorzimmer, wo der königliche Nachtstuhl in majestätischer Einsamkeit unter seinem Baldachin aus gelb durchwirkter Seide mit roten und grünen Fransen thronte. Die hohen Gäste drängten sich in den Raum: Darnley lag bereits im Nachtgewand, auf Kissen gestützt, und begrüßte seine Frau schmollend wie ein verzogenes Kind, das er ja auch war. Hin und wieder warf er einen Blick auf die großen Lords, die auf roten Samtkissen hockten und ein Würfelspiel begonnen hatten. Darnley biß sich verärgert auf die Unterlippe. Sie hatten die Masken auf die Stirn geschoben; es war Karneval, der Abend, an dem die Menschen ihre Identität verbargen und verstohlene Küsse und lustvolle Berührungen im Schutz der Dunkelheit erlaubt waren. Morgen würde er den Platz an der Seite seiner Gemahlin wieder einnehmen und bekommen, was ihm zustand. Er spähte in die Dunkelheit der kleinen Galerie, die über die Floddenmauer ragte. Maria spürte die Stimmung ihres Gemahls und schenkte ihm Wein ein. Seine Laune besserte sich. Die Adligen wurden allmählich unruhig, sie wollten dieses Krankenzimmer so schnell wie möglich verlassen und in die geräumigen Gänge und Säle des Palastes von Holyrood zurückkehren. Bald erhob sich Maria.

»Mein lieber Mann, ich muß gehen.«

Darnley murrte hinter seiner schwarzen Samtmaske.

»Mein Lieber«, wiederholte Maria. »Ich habe Christiana versprochen, daß ich kommen werde, um mein ganz persönliches Geschenk zu überreichen.«

Darnley blickte zu seiner Königin auf, die in ihrem weißen, goldbestickten Satinkleid wundervoll aussah; ihre zarten Wangen schimmerten vom Wein und der Vorfreude auf den Abend.

»Madame, Ihr habt versprochen hierzubleiben.« Er grollte.

»Henry.« Maria beugte sich zu ihm hinunter, drückte ihm einen Kuß aufs Haar und flüsterte ihm ins Ohr: »Ich muß gehen, aber morgen komme ich wieder, und wir beide reiten nach Seton.« Sie zog einen Ring vom kleinen Finger und drückte ihn Darnley in die Hand. »Mein Pfand.« Sie lächelte. »Ich komme wieder.«

»Ja, tut das, aber früh.« Darnley schaute zu seinen Dienern hinüber, die sich in der kleinen Galerie auf die Nacht vorbereiteten. »Morgen um fünf!« rief er ihnen zu. »Meine großen Pferde!« Seine Leute verbeugten sich.

Maria küßte Darnley noch einmal und folgte ihren großen Lords die Wendeltreppe hinunter zu den Pferden im Hof. Der Hauptmann der Wache verließ als letzter das Haus. In seinem Gemach sank Darnley in die Seidenkissen und warf finstere Blicke zur Tür.

»Taylor!« rief er.

Sein Knappe war ein blonder, glattrasierter Jüngling, der viele Heldentaten sowie das Bett mit Darnley geteilt hatte: Schließlich war er der persönliche Diener des Königs und konnte sich gegen die fordernden Hände seines Herrn nicht wehren.

»Euer Gnaden?« Taylor stand bereits am Bett.

Hinter ihm konnte Darnley Nelson, Symonds, Glen, MacCaig und den Pagen erkennen, die ebenfalls schlafen gehen wollten. Sie saßen im Kreis, teilten sich den letzten Becher Wein und versuchten, ihre Enttäuschung darüber zu verbergen, daß sie bei ihrem Herrn bleiben mußten, während die anderen sich auf dem Fest in Holyrood amüsierten.

»Ja, Herr?« wiederholte Taylor.

Noch immer ließ Darnley den Türrahmen nicht aus den Augen. »Warum ist die Tür ausgehängt?« fragte er.

»Euer Gnaden erinnern sich vielleicht: Sie wurde ausgehängt, um Euer Bad abzudecken und das Wasser warm zu halten.«

»Sieh nach, ob das Haus gesichert ist«, beharrte Darnley

und dachte an die finsteren Blicke einiger Lords. »Wer ist noch da?«

Taylor lächelte, immer bereit, die Ängste seines Herrn zu zerstreuen.

»Euer Gnaden sind hier absolut sicher. Als die Königin ging, hat Bethon, der Zeremonienmeister, die Türen hinter ihr abgeschlossen. Bonkle, der Koch, und die anderen Diener sind inzwischen auch fort. Euer Gnaden, es ist Karnevalssonntag. Ein paar Stallknechte und Diener sind noch in den Katen und Hütten.«

Darnley nickte und lächelte Taylor verschwörerisch zu. »Und keiner weiß etwas?« fragte er. »Keiner«, flüsterte Taylor.

Darnley wartete zufrieden, während Taylor im Parterre nach dem Rechten sah. Die übrigen Männer traten an sein Bett. Darnley deutete auf das Gebetbuch, das Nelson in der Hand hielt.

»Thomas, du hast eine schöne Stimme. Ein Psalm vielleicht?«

»Wollen Euer Gnaden mich auf der Laute begleiten?«

Der König schüttelte den Kopf. »Mir ist heute nicht danach, Mann! Laßt andere tanzen und feiern«, verkündete er selbstgerecht, nahm Nelson das Buch aus der Hand und wählte, nachdem er darin herumgeblättert hatte, den fünften Psalm. Nelson gab den Ton an, und sie begannen zu singen.

Herr, leite mich in deiner Gerechtigkeit um meiner Feinde willen; richte deinen Weg vor mir her.
Sprich sie schuldig, Gott, daß sie fallen von ihrem Vornehmen.

Taylor kehrte zurück, und als sie den Psalm beendet hatten, klatschte Darnley in die Hände. »Einen Gute-Nacht-Trunk«, befahl er.

Nelson beeilte sich, die Weinpokale zu füllen, und räumte das Zimmer auf, nachdem die Adligen nun gegangen waren. Darnley nippte an dem Wein und erinnerte seine Leute daran, daß man morgen frühzeitig aufbrechen werde. Dann wurden die meisten Kerzen gelöscht. Taylor schlüpfte zu seinem Herrn zwischen die seidenen Laken. Die anderen machten es sich, nachdem sie ihre Kleider zusammengelegt hatten, auf Strohsäcken auf der Galerie bequem.

Darnley lag noch einige Zeit wach und blickte durch die Fenster ins Mondlicht hinaus. Irgendwo auf dem angrenzenden Friedhof ging eine Eule, die in den Ruinen von St. Mary nistete, unter dem klaren Frosthimmel zwischen Grabsteinen auf Jagd. Darnley lauschte angestrengt. Hin und wieder hörte er in der Ferne Geräusche von Fröhlichkeit und dem einen oder anderen Nachtschwärmer, der in sein Haus am Rande der Stadt zurückkehrte. Er dachte an Maria und lächelte. Morgen würde alles anders werden. Morgen würde er bekommen, was ihm zustand. Jetzt würde er ein wenig schlafen. Seine Lider wurden schwer. Er befeuchtete die Finger mit der Zunge und löschte die Bienenwachskerzen, die auf dem Tisch neben seinem Bett standen.

Das Hochzeitsbankett im Schloß zu Holyrood ging zu Ende. Es folgte ein herrlicher Maskenreigen, ganze Heerscharen von Kentauren, Mohren, Morisken, Highlandern und Dämonen nahmen Gestalt an; sie besiegten oder verteidigten eine Festung, die eigens zu diesem Zweck errichtet worden war. Draußen bohrten sich Feuerbälle in den dunklen Himmel, während die königlichen Musikanten auf den Galerien fröhliche Weisen spielten. Höflinge, prächtig anzusehen in ihren Gewändern, versammelten sich um die Königin, den Ehrengast von Christiana Hogg und Bastian Pages. Musik, ausgelassenes Gelächter und Rufen füllten den Palast. Als sich Braut und Bräutigam in ein besonders hergerichtetes Gemach zurückzogen, verließ die Königin sogleich die Feierlichkeiten, um sich zu einer geheimen Besprechung mit dem Grafen von Bothwell und Hauptmann John Stewart von Traquair zurückzuziehen, aber nur wenige vermuteten einen ernsten Grund dahinter. Unten in der Stadt schaute das einfache Volk zu den hell erleuchteten Fenstern des Schlosses empor und lauschte neidisch auf den gedämpften Festlärm. Ansonsten war es ruhig in Edinburgh; gegen Mitternacht machten sich die letzten Zecher auf den Heimweg, um nicht von den Wachen festgenommen zu werden, die pflichtgemäß durch die Stadt patrouillierten.

Auf freiem Feld, östlich von Kirk o'Field, ritt, angeführt von Andrew Ker von Fawdonside, ein Trupp schweigend über die Landstraßen. Ker war ein Rebell, ein Mann, den die Königin zutiefst verachtete, ein lebenslanger Gegner des Grafen von Bothwell und geborener Mörder. War er nicht ein Jahr zuvor am Mord an Riccio beteiligt gewesen? War er es nicht, der seine Pistole der schwangeren Königin auf den Bauch gedrückt hatte? Wenn ihn jemand so spät in der Nähe von Edinburgh gesehen hätte – sein Auftauchen wäre Anlaß zu manch besorgtem Stirnrunzeln gewesen. Für seinen abscheulichen Verrat war Ker für vogelfrei erklärt worden und geflohen; doch nun kam er auf leisen Sohlen zurück und bezog nur eine Meile von Kirk o'Field entfernt im Unterholz Stellung.

James Stuart, Graf von Murray, dachte ebenfalls an Edinburgh, während er auf die Fähre wartete, die ihn über den Forth zu seinen Ländereien in Fife bringen sollte. Murray machte sich Sorgen. Er hatte Maria in gutem Einvernehmen mit Darnley gesehen und fragte sich, wie es wohl weitergehen würde. Warum war Walsingham so sicher, daß sich das Blatt wenden könnte? Murray hatte Walsinghams Anweisungen ausgeführt, sich allerdings gewundert, weil sie so einfach waren. Ein Faß voll Schießpulver war in Kirk o'Field vorbereitet und gut versteckt worden, aber was nun? Murray schüttelte den Kopf. Wenn sich die Dinge nicht änderten und Darnley die Gunst der Königin wieder erlangte, was hätte dann die Zukunft einem Grafen von Murray noch zu bieten? Ihm, dem illegitimen Königssohn, der schon einmal erfolglos gegen seine Schwester, die Königin, intrigiert hatte? Sein erstes Vergehen war mit Nachsicht behandelt worden, doch was würde geschehen, wenn er es noch einmal versuchte und wieder keinen Erfolg hatte? Murray zog den Umhang fester um sich und starrte auf das eisige, dunkle Wasser. Stumm schwor er sich, entweder zu Hause zu bleiben oder die Grenze zu überschreiten und sein Schwert der englischen Königin zu Füßen zu legen, falls die nächsten Tage nicht das gewünschte Ergebnis bringen sollten.

In London hatte sich Walsingham, der Berater der Königin, in seine Privatgemächer zurückgezogen. Er saß, eine Wolldecke um die Schultern gelegt, vor dem Kamin, trank mit vorsichtigen, kleinen Schlucken einen warmen Würztrank und beobachtete den Sand, der langsam durch das Stundenglas auf dem Tisch rann. Draußen war alles still. Nur ab und an hörte Walsingham Stiefel auf Kies knirschen, ein Zeichen, daß seine Privatwache ihre Pflicht erfüllte und ihren Herrn gegen jeden Angriff ausländischer Agenten schützte. Walsingham sah zu, wie die Zeit verrann. Draußen läuteten die Kirchenglocken zur Mitternacht. Er drehte das Stundenglas um. Wieder sickerten die Sandkörnchen allmählich nach unten. Was wohl gerade in Edinburgh geschah? Maria feierte, und Darnley würde düster brütend in Kirk o'Field Ränke schmieden. Walsingham empfand einen Anflug von Nervosität. Er hatte sämtliche Figuren mit Bedacht auf dem Brett plaziert. Wenn alles nach Plan lief, war Elisabeth von England gerettet, und Maria von Schottland saß hübsch in der Falle. Walsingham schloß die Augen und betete zu Gott, er möge seine Sache segnen und seine ausgeklügelten Pläne in Erfüllung gehen lassen. Als er die Augen wieder aufschlug, war das letzte Sandkorn gefallen. Walsingham schürzte die Lippen und lächelte. Sorgfältig löschte er das Feuer, blies die Kerzen aus und ging zu Bett. Er war glücklich. In Schottland hatte der Rabe seine schwarzen, todbringenden Flügel ausgebreitet. Der Würfel war gefallen, die Tat vollbracht.

Segalla war an jenem neunten Februar, einem Sonntag, von innerer Unruhe erfüllt. Die unverblümte Botschaft des Raben hatte ihn beunruhigt. Wie gut, daß er nicht zu den Feierlichkeiten in Holyrood gefahren war. Statt dessen hatte er allein im Schankraum des Wirtshauses zu Abend gegessen: Janette und Vartlett verschwanden, offenbar um einen geheimen Auftrag zu erledigen. Segalla kehrte in sein Zimmer zurück. Er las eine kurze Messe und betete ein Brevier. Im flackernden Kerzenlicht las er aufmerksam die Worte eines Psalms, danach das Benedictus des Zacharias. Dann ging er auf den Korridor und fragte einen Diener, ob seine »liebe Gemahlin«

und ihr Diener schon zurückgekehrt seien. Der Mann grinste dümmlich und schüttelte den Kopf. Verlegen und leise vor sich hinfluchend, ging Segalla wieder in sein Zimmer und sank bald in einen unruhigen Schlaf.

Die Explosion katapultierte ihn förmlich aus dem Bett. Zwanzig oder dreißig Kanonen schienen auf einmal abgefeuert worden zu sein. Er kannte sich mit Feuerwaffen gut genug aus, um den Klang von Schießpulver wiederzuerkennen. Hastig zog er sich an und fragte sich, ob feindliche Truppen die Stadt angriffen oder Holyrood belagerten. Auf dem Gang vor seinem Zimmer und unten im Hof liefen Diener und Gäste laut schreiend durcheinander. Er griff nach seinem Umhang und riß die Zimmertür auf. Schlaftrunken, blaß und aufgeschreckt kam Janette in einem pelzbesetzten Damenmantel auf ihn zugelaufen.

»Was ist los?«

Segalla bemerkte den kleinen Knutschfleck an ihrem Hals und fragte sich, was seine »Gemahlin« wohl getrieben hatte. Vartlett, ähnlich leicht bekleidet, trat zu ihnen: Ein Blick auf sein zerzaustes Haar und die verschlafenen Augen reichten Segalla als Antwort.

»Ihr beiden Turteltauben!« fauchte er sie an. »Zieht Euch an!«

Er hielt inne und lauschte, ob er außer dem aufgeregten Lärm im Wirtshaus noch andere Geräusche vernahm.

»Was ist los?« wiederholte Janette.

»Im ersten Augenblick dachte ich, es wäre Kanonendonner, aber es muß eine Explosion gewesen sein. Zieht Euch an und kommt mit. Ich will wissen, wo es ist.«

Segalla stürzte die Treppe hinunter. In der Schenke hielt er an, um Atem zu schöpfen und seinen klopfenden Herzschlag zu beruhigen. Das Gefühl drohender Gefahr, das seit seiner Ankunft in Edinburgh auf ihm lastete, hatte nun konkrete Form angenommen. Er packte einen Diener, der vom Hof hereinrannte, beim Arm.

»Was ist los?«

»Der Herr stehe uns bei!« stotterte der Mann. »Das ist dem König seine Wohnung in Kirk o'Field.«

Segalla lief auf den Hof und sah sich hastig um, hielt einen verschlafenen Pferdeknecht fest. »Mein Pferd!« bellte er ihn an. Der Mann schaute verständnislos.

»Irgendein verdammtes Pferd!« brüllte Segalla und drückte ihm eine Münze in die Hand.

Der Mann verschwand. Segalla folgte ihm in die Stallungen. Ein zotteliger Klepper wurde herausgeführt und gesattelt. Segalla sprang förmlich auf und galoppierte so vom Hof, daß alle zur Seite springen mußten. Die Gassen lagen im Dunkeln, das Pflaster unter den Hufen war eisglatt und mit Schnee bedeckt. Der kalte Wind zerrte an seinen Haaren, schlug ihm ins Gesicht, und der Schweiß begann auf der bloßen Haut zu prickeln. Die Zügel in einer Hand haltend, wikkelte Segalla mit der anderen den Umhang fester um sich. Seine eigene Rücksichtslosigkeit verfluchend, schrie er allen, die aus ihrem Haus traten, von weitem schon zu, sie sollten Platz machen. Er galoppierte durch das Netherbow-Tor und kam auf die Landstraße, die direkt nach Kirk o'Field führte. Immer wieder traf Segalla auf andere, die in dieselbe Richtung rannten. Er bog um eine Ecke und sah die alte Stadtmauer und die Ruinen von St. Mary im Mondschein liegen. Menschen liefen umher, ihre Pechfackeln bildeten kleine Lichtpunkte in der Finsternis.

Segalla sah außerdem eine große weiße Wolke. Im fahlen

Mondlicht wirkte sie wie Schnee oder weißer Rauch – bis er näher gekommen war.

»Es ist Staub!« sagte er. »Um Gottes willen, was ist nur passiert?«

Die weiße Wolke stieg auf und verteilte sich. Ein Mann packte Segallas Pferd am Zaumzeug.

»Das sind die Räume des Königs!« schrie er. »Nur noch Schutt und Asche: Kein Stein ist auf dem anderen geblieben!«

Segalla nickte, stieg ab, band seinem Pferd die Vorderbeine zusammen und ging auf die Staubwolke zu. Jemand huschte an der alten Stadtmauer entlang und steckte Fackeln in die Ritzen und Spalten; von der Stelle, wo die Wohngebäude einst gestanden hatten, ertönten Geschrei und Rufe. Segalla ging durch eine kleine Hinterpforte, die vom Diebsweg direkt zur Alten Probstei führte. Mit offenem Mund blieb er am Eingang stehen: Der Staub, der ihm in Augen und Hals brannte, war fast undurchdringlich. Er hatte geglaubt, daß der Mann, der sein Pferd festgehalten hatte, maßlos übertrieben hätte, aber das Gegenteil war richtig. Die Wohngebäude des Königs waren einfach nicht mehr da; nur ein Haufen Schutt war übriggeblieben, bedeckt vom weißen Staub des jahrhundertealten Putzes. Segalla schaute sich suchend um, der scharfe Geruch von Schießpulver stieg ihm in die Nase; das Haus war mitsamt den Grundfesten in die Luft gejagt worden. Im Fackelschein sah er das Mauerwerk, sogar dicke Quadersteine aus den Grundmauern, wie Samenkörner verstreut umherliegen.

»Wollt Ihr da stehenbleiben und den ganzen Tag gaffen?« schrie jemand. »Um der Liebe Christi willen, wir brauchen Hilfe! Schließlich könnte der König hier begraben sein!«

Segalla hustete, zog seinen Umhang höher und wickelte ihn fest um Mund und Nase. Dann kletterte er behende über den Schutthaufen. Der Mann, der gerufen hatte, wartete nun an der Ecke der Alten Probstei, dort, wo die Galerie gestanden hatte.

»Da sind Leute drin.« Er winkte Segalla mit einer Fackel zu sich. »Schnell, Mann!«

Rutschend und stolpernd hastete Segalla über die Trümmer und half dem Büttel der Stadt, einen schweren Balken zur Seite zu räumen. Darunter kauerten Nelson und Symonds, zwei von Darnleys Dienern, Haare und Gesicht dick mit Staub bedeckt, und schauten flehentlich zu ihm empor. Mit Segallas Hilfe zog der Büttel die beiden heraus. Nelson und Symonds bewegten sich wie Traumwandler. Der Büttel packte Segalla am Arm und zeigte auf eine Hand, die unter einem riesigen Steinblock hervorschaute. »Die haben Glück gehabt!« sagte er mit belegter Stimme. »Die anderen armen Schweine sind sicher alle tot!«

Segalla nickte und eilte hinter Nelson und Symonds her. Die beiden hockten an der Stadtmauer und hatten die Arme verschränkt. Symonds wimmerte vor sich hin; Nelson starrte auf die Trümmer, die Lippen formten lautlose Worte. Beide trugen nur dünne Leinenhemden und Hosen. Die weiße Staubschicht verlieh ihnen etwas Gespenstisches, nur die Augen waren riesengroß vor Angst, und Hände, Knie und Füße hatten blutige Schrammen davongetragen. Nelsons Unterlippe war rissig; unter dem rechten Augen hatte er eine Prellung und kleine Platzwunden auf Stirn und Wangen.

Segalla nahm ihn an den Armen.

»Nelson, was ist geschehen?«

»Ich weiß nicht«, flüsterte Nelson. »Ich lag in meinem Bett und schlief. Dann gab es einen Krach, als würde der Himmel auf uns herniederfallen.« Er warf Segalla einen kurzen Blick zu. »Ich dachte, es wäre ein Alptraum. Dann wachte ich auf; das Haus brach über mir zusammen. Symonds schrie.« Er schaute auf seinen Kameraden hinunter. »Dann war alles dunkel, und der Staub drohte uns zu ersticken.« Er blickte auf die Trümmer. »Mein Herr«, klagte er, »der König!«

Hätte Segalla ihn nicht festgehalten, er wäre zurückgerannt. »Ich muß hin«, flehte Nelson. »Seine Hoheit, der König...«

»O Gott, ist mir kalt.« Symonds begann am ganzen Leib zu zittern – nicht nur vor Angst und Schock, sondern auch vor der eisigen Nachtluft.

»Kommt!« befahl Segalla. »Alle beide! Gleich ist Hilfe da. Der König wird in Sicherheit gebracht.«

Segalla half Symonds auf die Beine und schob die Männer vor sich her durch das Hintertor in den Diebsweg. Inzwischen hasteten hier viele Menschen hin und her. Nelson und Symonds wurden in Umhänge gehüllt. Man reichte ihnen einen Weinschlauch und zündete ein Feuer an. Andere schlossen sich den Suchtrupps in den Trümmern von Kirk o'Field an. Segalla ging mit ihnen und sah, wie die Leichen von Glen und MacCaig aus den Ruinen gezogen wurden. Die zerschmetterten Körper sahen im flackernden Licht der Fakkeln entsetzlich aus: Kopf, Arme und Beine zerquetscht, die Augen starr und der Mund blutverkrustet. Hastig wickelte man sie in Leinentücher und trug sie auf provisorischen Bahren in ein angrenzendes Gebäude. Immer mehr Menschen kamen, um nach der Leiche des Königs zu suchen. Vartlett tauchte auf und erklärte, er habe Janette befohlen, im Haus zu bleiben. Der Diener betrachtete den Schaden und pfiff leise durch die Zähne.

»Monsieur Segalla«, sagte er schnell auf französisch, »das war kein Unfall.«

»Kennt Ihr Euch mit Sprengstoff aus?« fragte Segalla.

»Ein wenig. Ich habe bei den Truppen des Herzogs von Lorraine als Schanzengräber gedient, bei seinem Feldzug gegen das Königreich. Um ein Gebäude wie dieses hier zu zerstören ...« Vartlett zeigte auf das Geviert, das inzwischen von Fackeln erhellt wurde. »Seht nur dort drüben die riesigen Steinblöcke. Die stammen aus den Grundfesten. Dafür braucht man schon ein großes Faß Pulver.«

»Eine Mine?« fragte Segalla und zog Vartlett in den Schatten der alten Stadtmauer.

»Nicht unbedingt.« Vartlett versuchte, das Geschrei und den Lärm der Aufräumarbeiten zu übertönen. »Eine Menge Schießpulver in einem geschlossenen Raum kann auch furchtbaren Schaden anrichten. Wer hat Zugang zu so großen Vorräten?«

»Der Graf von Murray?«

Vartlett schnalzte. »Und was ist mit dem ehrenwerten Lord Bothwell?«

Segalla lief ein Schauer über den Rücken. Bis jetzt hatte jeder mit der Suche nach dem König genug zu tun, aber schon bald würde man Fragen stellen, und erste Gerüchte würden die Runde machen.

»Um offen zu sein, Monsieur«, flüsterte Vartlett, »Ihre Majestät die Königin hat Zugang zu Schießpulvervorräten. Bothwell ist ausgebildeter Kämpfer; die Stadt wimmelt von seinen Schergen, und die Königin hat den König in Kirk o'Field alleingelassen wegen der Feierlichkeiten in Holyrood.«

Segalla schaute zum Himmel empor. »Die Königin würde sich niemals für einen solchen Mord hergeben.«

»Vielleicht hat sie das ja auch nicht getan«, sagte Vartlett. »Egal wie, Herr, den König gibt es jetzt nicht mehr.«

»Aber ist er wirklich tot?« fragte Segalla und deutete auf die Menschen, die auf den Trümmern herumkletterten. »Bis jetzt haben wir noch keine Spur von ihm. Sie haben die Stelle abgesucht, wo er geschlafen hat: Man hat die Überreste des Bettes gefunden, aber keine Spur von Darnley oder seinem Leibknappen Taylor.«

Sie konnten nicht weiterreden, denn Bothwell und der Hauptmann der königlichen Leibgarde waren gekommen, von Kapuzen und wallenden Umhängen gegen die Kälte geschützt. Die Männer wurden begleitet von einer Gruppe Hellebardenträger aus dem Schloß und weiteren kräftigen Gefolgsleuten. Bothwell befahl sofort, die Ruinen zu räumen, und sagte den Bütteln, sie sollten die Menge zerstreuen. Er deutete auf Nelson, der auf der Mauer stand und die Leute anflehte, nach dem König zu graben.

»Kommt runter, Mann«, befahl Bothwell grob, »wenn der König nicht dort ist« – er warf Segalla, der noch immer im Schatten der Mauer stand, einen kurzen Blick zu –, »dann weiß der Himmel, wo er ist!«

Nach erheblichem Durcheinander zerstreute sich die Menge der Helfer allmählich. Soldaten begannen unter Aufsicht Traquairs und den genauen Anweisungen Nelsons dort zu graben, wo das obere Stockwerk der Alten Probstei gestanden hatte. Vartlett verschwand in der Dunkelheit, als Bothwell, das Gesicht von der Kapuze verhüllt, auf Segalla zukam.

»Weiß es die Königin schon?« fragte Segalla.

»Nein«, antwortete Bothwell. »Bisher habe ich ihr nur gesagt, daß es einen Unfall gegeben hat. Vielleicht ein Blitz.«

Er schaute Segalla finster an, als dieser auflachte. »Findet Ihr das lustig, Monsieur?«

»Nein, Herr, ganz und gar nicht, doch Geschichten dieser Art werden der Königin nicht helfen.« Segalla gestikulierte mit einer Hand. »Nur Kinder oder Narren glauben, daß Kirk o'Field zufällig in die Luft gejagt wurde. Mit welcher Absicht und von wem, das weiß der Himmel!«

»Herr!« Vartlett stand kreidebleich und völlig außer Atem an der kleinen Hinterpforte. Seine Lippen bewegten sich, und er zeigte über den Diebsweg auf die großen Obstgärten und die Felder dahinter.

»Herr.« Vartlett lehnte sich gegen die Mauer, um das Gleichgewicht nicht zu verlieren. »Ich mußte weg von den vielen Menschen und dem Staub«, flüsterte er heiser. »Darnley und sein Leibknappe. Sie sind im Obstgarten.« Er schüttelte wortlos den Kopf. »Es ist, als würden sie schlafen.«

Bothwell nahm eine Fackel aus einer Mauernische und folgte Segalla und Vartlett über den gepflasterten Weg. Sie betraten den Obstgarten und überquerten die Wiese, die leicht mit Schnee überpudert war. Rutschend und stolpernd erreichten sie, dreißig oder vierzig Schritte vom Eingang entfernt, eine kleine Lichtung zwischen den Bäumen. Sprachlos starrte Segalla auf den unheimlichen Anblick, der sich ihnen bot. Darnley lag in pelzgefüttertem Mantel auf dem Rücken, das Nachthemd so hochgeschoben, daß der Unterleib entblößt war. Ein paar Meter entfernt lag Taylor mit dem Gesicht nach unten, die Hände unter dem Kinn, das Nachthemd bis zur Taille hochgezogen. Zwischen beiden befanden sich ein Pelzmantel, ein Stuhl, ein Paar Hausschuhe, ein Dolch und etwas, das bei der spärlichen Beleuchtung wie Tauwerk aussah.

»Der Herr sei uns gnädig!« flüsterte Segalla.

Er kniete sich neben den König und zog das Nachthemd herunter, um die Blöße zu bedecken. Vartlett machte es mit Taylors Leiche ebenso. Schweigend betrachtete Segalla die Szene. Auf den ersten Blick war Vartletts Beschreibung richtig: Da lag der König mit bleichem Antlitz, die Augen geschlossen, der Mund leicht geöffnet, als schliefe er.

»Als hätte sie jemand aus dem Bett geholt«, flüsterte Vartlett, »und hierher getragen. Die Leichen tragen keinerlei Spuren von Gewaltanwendung.«

Segalla nahm dem Diener die Fackel aus der Hand und hielt sie so nah wie möglich an die Leiche des Königs. Sorgfältig untersuchte er Gesicht, Hals und Körper.

»Nicht ein Kratzer. Keine Prellung oder Quetschung.« Er schaute zu Bothwell auf, der ihn merkwürdig ansah.

»Vielleicht sind sie durch die Wucht der Explosion hierher geschleudert worden«, erklärte der Graf.

»Unsinn!« flüsterte Segalla. »Am Körper des Königs finden sich keinerlei Anzeichen von Verbrennungen, Pech oder Schießpulver.«

Er ging zu Taylor; dasselbe Ergebnis wie beim König: das Gesicht wächsern, die Lippen halb geöffnet, die Augen geschlossen. Auch an seinem Körper keine Spuren. Segalla prüfte die Körpertemperatur der beiden Leichen.

»Wie spät ist es?« fragte er.

Vartlett hob die Schultern, das Gesicht aschfahl im Licht der Fackel. »Zwischen vier und fünf Uhr.«

»Die Körper sind kalt«, erklärte Segalla. »Kein bißchen Wärme.« Er stand auf. »Sie müssen schon stundenlang tot sein. Aber warum liegen sie hier? Wenn die Explosion den König umbringen sollte, was ziemlich sicher ist, warum hat man die Leichen nicht im Gebäude gelassen? Warum sie herausgeholt?«

Vartlett wies auf den Stuhl, den Pelzmantel, die Hausschuhe, den Dolch und das Tauwerk.

»Sie sind geflohen«, sagte er. »So muß es gewesen sein. Sie haben den Stuhl und das Seil benutzt, um sich aus dem Fenster abzuseilen. Dann flohen sie in die Finsternis und trafen hier auf ihre Mörder, die sie auf irgendeine Weise erwürgten oder erstickten.«

Segalla blickte Bothwell an. »Herr. Das war eine Nacht der blutigen Taten. Alle, die keine Rechenschaft über ihren Verbleib ablegen können, werden zur Verantwortung gezogen.«

Bothwell sah ihn schweigend an, zog seinen Umhang mit einem Ruck fester, machte auf dem Absatz kehrt und verschwand in der Dunkelheit.

Sechs

Segalla versuchte, die Gesichter der Toten mit den halboffenen Augen zu ignorieren. Auf dem mit Rauhreif überzogenen Gras boten die Leichen einen scheußlichen Anblick; im flakkernden Licht der Fackeln sah es so aus, als lebten sie noch. Segalla wandte sich ab und untersuchte sorgfältig den Dolch, die Schuhe und die Pelzrobe; alles war fein säuberlich neben die Leichen gelegt worden. Dem Tauwerk widmete Segalla nur einen flüchtigen Blick auf seiner Suche nach Hinweisen, warum diese beiden Männer klammheimlich ermordet und hier in diesem düsteren Obstgarten abgelegt worden waren.

Bothwell kehrte mit einer Abteilung Soldaten zurück, die provisorische Bahren trugen. Der Graf beendete ihr entsetztes Geschrei beim Anblick der beiden Leichen mit einer abrupten Handbewegung und befahl, die Leichen ins Obergeschoß der Neuen Probstei zu bringen, die neben den Gebäuden lag, in denen der König gewohnt hatte. Die Soldaten gehorchten. Zwei von ihnen legten zerlumpte, schmutzige Mäntel über die beiden Leichen, die dann abtransportiert wurden.

»Sollen wir auch in die Stadt zurückkehren, Herr?« fragte Vartlett.

Segalla blickte der schwarz gekleideten Prozession nach, die zwischen den Bäumen verschwand; neue Rufe des Erschreckens ertönten, als die Menschen, die noch bei den Trümmern standen, von dem Leichenfund erfuhren.

»Sagt, Vartlett, Ihr habt doch das Gemach gesehen, in dem Darnley untergebracht war«, sagte Segalla. »Wenn Ihr mitten in der Nacht wach würdet, weil Ihr glaubtet, Mörder hätten das Haus umzingelt, die Euch umbringen wollen, was würdet Ihr tun? Bedenkt, daß Ihr die Schlüssel zum Gemach habt; Zweitschlüssel hat nur die Königin, die nach Holyrood gegangen ist. Bedenkt außerdem« – Segalla hob eine Hand –, »daß Ihr vier kräftige Leute bei Euch habt und weitere in den verschiedenen Außengebäuden des Gevierts.« Segalla deutete auf den Eingang zum Obstgarten, durch den die Prozession mit den beiden Leichen, dem Stuhl, dem Tauwerk und der Kleidung des verstorbenen Königs verschwunden war.

»Taylor hatte einen Dolch, und es gab bestimmt noch mehr Waffen im Haus.« Segalla trat zu seinem Diener. »Was also würdet Ihr tun, Vartlett?«

Vartlett rieb sich das Kinn. »Wenn ich die Treppe runtergehen und die Türen öffnen würde, stünden wahrscheinlich meine Feinde draußen. Außerdem hätte ihr Näherkommen bestimmt das ganze Haus geweckt, trotzdem schliefen Nelson und die anderen tief und fest.«

Segalla nickte.

»Also wissen wir«, fuhr Vartlett fort und kratzte sich am Kopf, »daß Darnley das Haus nicht auf diesem Weg verlassen hat. Daher der Stuhl und das Tauwerk. Er muß sich mit dem Stuhl von einem Fenster abgeseilt haben und dafür das freie Ende des Seils an einem Haken oder an einem anderen Punkt im Zimmer befestigt haben. Genau, so sind Darnley und Taylor entkommen.« Vartlett hielt inne und deutete auf den kleinen Hain. »Darnley muß Verdacht geschöpft haben: Nachdem er und Taylor aus dem Fenster über den Diebsweg entkommen waren, flohen sie in die Nacht hinaus, aber die Mörder holten sie ein.«

»Und dann?«

Der Diener machte ein langes Gesicht. »Na ja, sie hätten wohl gekämpft, gerungen, sich zur Wehr gesetzt.« Trotz der Finsternis konnte Segalla erkennen, daß Vartlett gemerkt hatte, worauf er hinauswollte. »Aber es gibt keine Anzeichen von Kampf oder Gewaltanwendung. Keine Spuren an den Leichen!«

»Genau!« sagte Segalla. »Und wenn sie auf der Flucht waren, warum sollten sie den Stuhl und die Stricke mitnehmen? So etwas hätten sie doch gewiß zurückgelassen.«

Vartlett schüttelte sprachlos den Kopf.

»Mag sein, daß Darnley aus jenem Fenster über den Diebsweg entkommen ist, aber das können wir nicht nachprüfen«, fügte Segalla leidenschaftslos hinzu, »weil es nicht mehr existiert. Doch wenn, dann hätten er und Taylor über Glen, MacCraig, Nelson und Symonds hinwegklettern müssen. Sie hätten sie doch bestimmt geweckt und vor der Gefahr gewarnt, oder? Das aber geschah nicht.«

Vartlett biß sich auf die Lippe. Dann lachte er auf. »Vielleicht sind sie durch das andere Fenster, jenes, das auf die Ruinen des Klosters von Blackfriars hinausgeht, in den Garten gekommen.«

»In dem Fall«, sagte Segalla, »bleiben meine Fragen trotzdem bestehen. Warum haben sie den Stuhl und das Tauwerk mitgenommen, und warum haben sie Nelson und die anderen nicht geweckt?«

Vartlett hob die Hände. »Monsieur, ich weiß darauf keine Antwort.«

»Ich auch nicht«, sagte Segalla und blickte durch die dürren Äste hindurch zum Himmel empor, auf dem sich das erste Licht des kommenden Tages malte. Er war plötzlich müde und rieb sich die Augen.

»Glaubt mir, Vartlett«, sagte er. »Darnleys Mord ist von einem äußerst gerissenen Verstand geplant, vorbereitet und ausgeführt worden.« Als ein Vogel mit weit ausgebreiteten schwarzen Schwingen über den Obstgarten glitt, zuckte Segalla zusammen. »In London«, sagte er, »wird Walsingham sich ins Fäustchen lachen und Belohungen für seinen Raben vorbereiten, während wir Erzbischof Beaton berichten müssen, daß wir keinen Erfolg hatten.«

»Monsieur, wir haben nicht versagt.« Vartlett trat einen Schritt näher. Segalla stieg der Geruch von abgestandenem Wein in die Nase.

»Darnley ist tot, meinetwegen, aber die Königin und ihr Sohn sind in Sicherheit«, sagte Vartlett. »Wir haben Beatons Brief überbracht und seine Warnungen wiederholt. Dieses Komplott, diese Morde sind seit Wochen vorbereitet worden. Wir hätten nichts mehr tun können.« Vartlett zog den Schwertgürtel enger um die Hüfte. »Der schottische Hof riecht nach Tod«, schnarrte er. »Die Gründe für die Tat dieser Nacht reichen Jahre zurück. Maria hätte Frankreich nie verlassen dürfen. Sie hätte Darnley nie heiraten dürfen. Sie hätte ihm niemals vergeben und ihn wieder bei sich aufnehmen dürfen.«

Segalla blickte in Vartletts schmutziges, unrasiertes Gesicht. »Sehe ich so ungepflegt aus wie Ihr?«

Vartlett grinste und wandte sich ab: Segalla umwehte ein Hauch von Janette Lindsays Parfüm.

»Seid Ihr ein Liebespaar?« fragte er unvermittelt.

Vartlett lachte leise. »Monsieur, wir sind mehr als das. Hat der Erzbischof es Euch nicht gesagt? Offiziell seid Ihr und Janette Lindsay Mann und Frau. Aber vor Gott bin ich ihr Gemahl.« Er grinste, als er Segallas Verblüffung sah. »Ja, seit mindestens zwölf Monaten. Wir wurden am Tag des St. Blasius in einer kleinen Kapelle in Fontrevault getraut.«

»Und Ihr hattet nichts gegen die jetzige Maskerade?« wollte Segalla wissen.

Vartletts Hand fiel auf den Griff seines Dolches. »Segalla, Ihr seid ein rätselhafter Mensch. Erzbischof Beaton fragt sich, woher Ihr wohl kommt. Trotzdem scheint Ihr ein Ehrenmann zu sein, ein Priester, ein Jesuit. Ich glaube nicht, daß Ihr meine Frau mißbrauchen würdet.« Er tippte auf seinen Dolch. »Hin und wieder«, flüsterte er, »töte ich nicht, weil mir meine Herren das Morden befehlen, sondern ich tue es für Janette.« Seine dunklen Augen ließen Segalla nicht los. »Ich würde jeden umbringen, der ihr etwas zuleide tut!« Damit wandte er sich wieder dem düsteren Obstgarten zu. »Was tun wir hier? Darnley ist tot. Walsingham freut sich, und der Rabe steuert das Spiel.«

»Wir werden warten«, sagte Segalla. »So wie ich es zuvor schon getan habe. Sie haben uns auf den Tanzboden geführt,

Vartlett. Sie haben ihre Melodie angestimmt, aber die Schritte machen immer noch wir.«

»Und wohin jetzt? Zurück ins Wirtshaus?«

»Nein. Ich will mir Darnleys Leiche noch einmal ansehen, bevor die Chirurgen ihre blutige Arbeit beginnen.« Er nahm den Umhang und ging zum Tor des Obstgartens, doch dann hielt er inne und packte Vartlett am Handgelenk. »Ihr habt so etwas schon einmal gemacht, nicht wahr?«

Der Diener schaute ihn schräg an.

»Aufgaben, Besorgungen«, erklärte Segalla. »Für unseren Erzbischof.«

Vartlett lächelte und zuckte die Achseln. »Natürlich, in Frankreich, in den Niederlanden und einmal jenseits des Rheins.«

»Seid versichert«, erklärte Segalla, »daß Janette bei mir in Sicherheit ist, was auch immer in den nächsten Tagen geschehen mag. Ich frage mich nur ...«

»Monsieur?«

»Warum hat Beaton diesmal mich mitgeschickt?«

Vartlett wandte den Blick ab. »Ihr seid Franzose«, murmelte er. »Ein katholischer Priester. Vielleicht vertraut sich die Königin einem wie Euch eher an. Warum fragt Ihr?« Segalla zuckte die Achseln und ging weiter.

Auf dem Diebsweg zerstreute sich die Menge allmählich. Den besorgten Mienen und finsteren Bemerkungen, die Segalla hier und da aufschnappte, entnahm er, daß der Klatsch bereits im Gange war: Wörter wie »Königsmörder«, »Mord«, »Meuchelmörder« flogen hin und her. Segalla versuchte, sie zu ignorieren, und eilte zur Neuen Probstei.

Am Ende einer Treppe befand sich links ein Raum mit weißgetünchten Wänden, der keine Möbel enthielt außer zwei Zeichentischen, auf denen die Leichen von Darnley und Taylor lagen. Schon schoben sich die ersten Neugierigen in das Zimmer, um den toten Potentaten zu betrachten. Bothwell kam die Treppe herauf und nahm Segalla zur Seite.

»Das ist wahrhaft eine Nacht der blutigen Taten, Monsieur«, flüsterte er. »Ich habe die Leiche des Königs untersucht.«

Der Graf war sichtlich überrascht.

»Sein Fleisch ist weich und unverletzt wie das eines Neugeborenen«, sagte Bothwell. »Dasselbe gilt für Taylor.«

Segalla zeigte auf die Neugierigen. »Herr, der Königin wäre das bestimmt nicht recht. Und im Interesse meiner Herren in Paris muß ich den Körper des Königs noch einmal untersuchen.«

Der Graf nickte: Kurz darauf war das Zimmer geräumt, und zwei von Bothwells schwer bewaffneten Soldaten standen vor der Tür Wache. Ihren hartgesottenen, unrasierten Gesichtern waren weder Überraschung noch Entsetzen darüber abzulesen, daß sie die Leiche eines ermordeten Königs zu bewachen hatten. Sowie Bothwell die Tür geschlossen hatte, hob Segalla den schmutzigen Umhang hoch und betrachtete den Körper.

»Habt Ihr kapiert, was ich gesagt habe?« Bothwell nuschelte, und Segalla hatte Mühe, nicht vor dem schlechten, nach saurem Wein riechenden Atem des Grafen zurückzuweichen.

»Es ist wirklich ein Rätsel.«

Sorgfältig untersuchte er die Leichen: Weiß und wächsern war die Haut; an Gesicht, Körper, Beinen oder Hals zeigten sich keine Prellungen. Er roch am Mund der beiden Toten, konnte aber außer penetrantem Weingeruch nichts feststellen. Dann prüfte er die Fingernägel, entdeckte aber weder Abschürfungen noch Risse, keine noch so kleinen Anzeichen eines Kampfes, und an den nackten Fußsohlen klebten nur wenig Erde und Gras. Segalla beendete seine Untersuchung und deckte die Leichen wieder zu.

»Man sollte meinen, sie schliefen«, sagte Bothwell wie zu sich selbst.

Segalla packte ihn am Arm. »Herr, Ihr seid Berufssoldat. Habt Ihr jemals so etwas gesehen?«

Bothwell hob die Schultern, wich allerdings Segallas Blick aus, als seien ihm die Kerzen und Fackeln, die den Raum in Licht tauchten, zuwider. »Ist schon möglich.«

»Was meint Ihr damit?«

»Wenn man sie mit einem Stück Seide erstickt oder ihnen ein mit Wasser getränktes Tuch in den Hals gesteckt hätte.«

»Aber hätten sie sich dann nicht zur Wehr gesetzt?« fragte Segalla.

»Nicht, wenn man sie festgehalten hätte. Aber, Monsieur, was sollen wir der Königin sagen?« Nun sah Bothwell Segalla geradeheraus an. Panik stand in den Augen des Adligen.

»Die Wahrheit. Ihr Gemahl ist tot, hinterrücks ermordet von einem oder mehreren Unbekannten, während Kirk o'Fields durch Schießpulver dem Erdboden gleichgemacht wurde.«

Segalla hielt inne und führte Bothwell weiter in den Raum hinein und außer Hörweite der Wachen. Er dachte an die Warnung, die er vom Raben erhalten hatte, beschloß jedoch, sie nicht zu erwähnen. Er hatte keinen Anhaltspunkt, keinen Beweis, spürte aber Bothwells Unbehagen und fragte sich, was dieser Lord wohl zu verbergen hatte. »Die Königin muß sich eine Reihe von Fragen stellen«, flüsterte Segalla. »Erstens, war die Explosion ebenso für sie bestimmt wie für ihren Gemahl? Zweitens, wie konnte ihr Gemahl vierzig Schritte von dem Haus entfernt ermordet werden, das anschließend in die Luft flog? Drittens, wer verfügt über so viel Schießpulver? Wer konnte es in aller Ruhe lagern, sich dann Zugang nach Kirk o'Field verschaffen und diese Explosion auslösen? Viertens, wer hat einen Vorteil von all dem?« Bothwell zuckte zusammen. »Sagt der Königin, sie möge klug handeln. Sie weiß, wo ich bin. Mein Rat und mein Schwert stehen ihr zur Verfügung.«

Segalla verließ den Raum und ging die Treppe hinunter. Vartlett wartete im Diebsweg auf ihn; zwei Gestalten in schwarzen Umhängen standen neben ihm. Beim Näherkommen erkannte Segalla, daß es Frauen waren, ziemlich alt und zerlumpt, aber ihre Gesichter glühten vor Erregung.

»Habt Ihr neue Verehrerinnen, Vartlett?« fragte Segalla.

Der Diener grinste und zuckte die Achseln. »Monsieur Segalla, darf ich vorstellen: Mistress Barbara Mertyon und Mistress May Stirling. Sie leben in Blackfriars Wynd, einer Straße, die sich Kirk o'Field von Westen her nähert.«

»Die Straße nach Edinburgh?« wollte Segalla wissen.

»Jawohl«, antwortete Vartlett. »Doch hört, sie haben allerhand zu berichten.«

Die eine der beiden Alten wartete gar nicht erst, bis sie gefragt wurde, sondern nahm Segallas Arm und begann so schnell in ihrem abgehackten Singsang auf ihn einzureden, daß er nur hilflos lächelnd den Kopf schüttelte.

»Vartlett, ich verstehe sie nicht.«

Vartlett drückte den Frauen eine Münze in die Hand, dankte ihnen freundlich und führte seinen Herrn von Kirk o'Field fort. Die Frauen überschütteten ihn mit Dankesworten für seine Großzügigkeit.

»Bleibt nicht stehen, Monsieur«, flüsterte Vartlett. »Diese beiden Frauen haben etwas Erstaunliches erzählt. Kurz vor der Explosion schauten sie aus dem Fenster und sahen eine Gruppe maskierter Männer, die auf der Straße nach Kirk o'Field unterwegs waren. Nach der Explosion rannten diese Männer fort. Barbara Mertyon lief auf die Straße und hielt einen von ihnen am Umhang fest; er war aus reiner Seide.«

»Und weiter?« fragte Segalla.

»Sie hörten, wie jemand Bothwells Namen nannte.«

Segalla blieb stehen und pfiff leise durch die Zähne. »Aber es war stockfinster. Wir konnten sie mitten in der Nacht etwas erkennen?«

Vartlett zuckte nur die Achseln und schwieg, bis sie das Netherbow-Tor durchquert hatten.

»Da ist noch etwas«, fügte er hinzu. »Eine der Frauen behauptet, ein gewisser William Blackadder, ein Kapitän zur See und Freund von Bothwell, sei von der Wache aufgegriffen worden, als diese nach Kirk o'Field eilte. Man hat ihn eine Zeitlang im Tolbooth festgehalten.«

Segalla versuchte, seine bösen Vorahnungen abzuschütteln. Wenn Bothwell beteiligt war, was war dann mit der Königin?

Sie erreichten das Wirtshaus »Zur Feuerprobe«, wo Janette auf sie wartete. Segalla bestellte bei dem griesgrämigen Wirt frischen Wein und etwas zu essen. Dann sah er sich in dem muffigen Schankraum um: Obwohl es noch früh am Morgen war, hatte das Wirtshaus seine Pforten bereits geöffnet. Ein paar Bürger, durch die Explosion aus dem Schlaf gerissen, saßen jetzt in den Ecken und wisperten miteinander. Janette folgte Segallas Blick.

»Es ist bereits Stadtgespräch«, sagte sie. »Ich habe einen Fackelträger gemietet, der mich zum Tolbooth und zurück begleiten sollte. Die Explosion in Kirk o'Field und der erdrosselte König sind bereits in aller Munde.«

»Erdrosselt?« fragte Segalla. »Wer hat Euch das gesagt?«

»Die beiden ärgsten Feinde der Wahrheit: Klatsch und Tratsch.«

»Und was wußten diese beiden Schurken noch zu berichten?«

Janette wartete, während ein verschlafener Schankgehilfe ihnen Brot und Käse und kleine Becher gewässerten Weins servierte. »Gibt es denn nichts Warmes?« brummte Vartlett.

Der Junge murmelte eine Antwort. Segalla konnte in etwa den Sinn erraten: Das Herdfeuer brannte noch nicht. Außerdem, was konnten sie schon erwarten, wenn neuerdings anständige Christen von mysteriösen Explosionen und blutigen Morden aus dem Bett gescheucht wurden?

Janette sah dem Jungen nach. »Seht Ihr, was ich meine, lieber Mann?«

»Ich bin nicht Euer Gemahl«, sagte Segalla und lächelte. »Vartlett hat mir die Wahrheit gesagt.«

Sie schüttelte den Kopf und lachte. »Es war nicht nur ein Spiel, Monsieur. Wenn ich es Euch gesagt hätte, wärt Ihr mit der Rolle vielleicht nicht einverstanden gewesen.« Sie warf Vartlett einen schelmischen Blick zu. »Na ja, früher oder später mußtet Ihr es wohl erfahren.«

»Ich habe Euch nach Klatsch und Tratsch gefragt.«

Janette biß herzhaft in ein Stück Brot. »Oh, sie verbreiten

die Neuigkeiten in der ganzen Stadt: daß Kirk o'Field in die Luft gesprengt wurde. Daß der König und sein Diener in einem Garten erwürgt worden sind.« Sie reichte Segalla den Teller mit Brot, und er nahm sich ein Stück.

»Und, stimmt es?« fragte Janette.

Segalla beschrieb die Zerstörung der Alten Probstei, die Rettung Nelsons und Symonds aus den Trümmern und den Leichenfund in einem nahegelegenen Obstgarten.

»Aber sind sie erwürgt worden?« fragte sie.

»Es gibt keine Spur«, sagte Segalla. »Sie lagen dort, als würden sie schlafen. Sie hatten ihre Nachtgewänder an, daneben fand man einen Pelzmantel, einen Stuhl, ein Paar Schuhe, einen Dolch und aufgerolltes Tau.«

Janette riß staunend die Augen auf. »Wie ist es denn nun geschehen?«

»Ich weiß es nicht. Aber jetzt ist weder die Zeit noch der Ort, um darüber zu diskutieren. Was gibt es noch an Klatsch und Tratsch?«

»Nun ja, man zerreißt sich das Maul; spricht von einer Gruppe, angeführt von Bothwell, die durch die Straßen marschierte und die Explosion ausgelöst haben soll. Ein Faß voller Schießpulver sei gefunden worden: Gerüchte behaupten, Darnley habe um sein Leben gefleht.«

Segalla nippte an seinem Weinbecher. »Wie spät ist es jetzt ungefähr?«

»Gegen sieben«, vermutete Vartlett. »Sieben Uhr in der Früh.«

»Und wann, Janette, habt Ihr diese Gerüchte gehört?«

Sie verzog das Gesicht. »Ich wurde ebenso wie Ihr von der Explosion geweckt. Zwei oder drei Stunden etwa blieb ich hier. Sobald es hell wurde, beschloß ich, hinauszugehen, um

Augen und Ohren offen zu halten. Als ich das Wirtshaus verließ, muß es gegen fünf Uhr gewesen sein.« Sie zuckte die Achseln. »Ich war mindestens eine Stunde vor Eurer Rückkehr wieder hier.«

Segalla fluchte leise.

»Was ist los?« erkundigte sich Vartlett.

»Folgendes: Die Explosion geschah gegen zwei Uhr. Die Leiche des Königs wurde etwa drei Stunden später gefunden, um fünf. Als wir Darnleys Leiche untersuchten, hörte Mistress Lindsay fast zur selben Zeit Gerüchte über das, was geschehen war. Klatsch und Tratsch mögen sich ja schnell verbreiten...«, er senkte die Stimme, »aber wir kamen hierher und mußten feststellen, daß Janette ebensoviel weiß wie wir.«

Segalla zählte die wichtigsten Punkte an den Fingern ab.

»Erstens, in Kirk o'Field gibt es eine Explosion. Zweitens, Darnley und ein Diener sind nicht durch diese Explosion umgekommen, aber man findet sie tot in einem angrenzenden Obstgarten. Drittens, innerhalb kürzester Zeit hat Bothwell bereits die Rolle des Bösewichts zugeschrieben bekommen, der im Schutz der Dunkelheit entwischt ist, um diese abscheuliche Tat zu begehen.« Müde rieb er sich die Augen. »Viertens, und das ist sehr wichtig, diese Gerüchte zeigen, daß der Mord gut vorbereitet war. Das Ergebnis hinterhältiger List und bösartiger Ränke.«

»Um Himmels willen!« bat Vartlett. »Sprecht nicht in Rätseln!«

»Ist doch klar«, sagte Janette. »Während Kirk o'Field in die Luft flog und Darnley ermordet wurde, waren in der Stadt bereits Gerüchte im Umlauf. Das Verbrechen wird ausgeführt, und innerhalb weniger Stunden gilt Bothwell bereits als der Schuldige.«

»Und das bedeutet«, fügte Segalla leise hinzu, »daß wir es hier mit einem gut organisierten Kreis von Verschwörern zu tun haben: Die einen lösen die Explosion aus, andere kümmern sich vielleicht um Darnley, während der Rest bereits die Gerüchteküche in Gang setzt. Noch ehe die Sonne ihren höchsten Stand erreicht hat, wird auch der letzte Trunkenbold in Edinburgh damit prahlen, daß er weiß, wie die Explosion gefingert und der nichtsnutzige Darnley ermordet wurde. Aber das ist sicher erst der Anfang.«

»Der Anfang wovon?« fragte Vartlett.

»Als Darnley noch lebte, wurde er von allen verachtet. Ich gehe jede Wette ein, daß Darnley noch vor Ende der Woche als tragischer Held gilt, als das unschuldige Lamm, das zur Schlachtbank geführt wurde, während andere, ob unschuldig oder nicht, als seine Mörder hingestellt werden, von deren Händen Blut tropft.«

»Aber können sie so schnell arbeiten?« fragte Vartlett.

Segalla blickte sich im Schankraum um. Hier und da erhaschte er den Blick eines Bettlers oder eines armseligen Kesselflickers und merkte, daß ihre erhobenen Stimmen und die französischen Brocken, die sie immer wieder einflochten, wohl allgemein Aufmerksamkeit erregten.

»Nicht hier.«

Sie zogen sich in Segallas Zimmer zurück. Vartlett und Janette setzten sich auf sein Bett. Segalla zog den Tisch heran. Er breitete Pergament, Tintenhorn und andere Schreibutensilien vor sich aus.

»Also gut«, sagte er und setzte sich auf einen Hocker. »Fangen wir an.«

Segalla begann, sich auf einem Stück Pergament Notizen zu machen.

»Warum?« fragte Janette plötzlich.

Segalla blickte auf. »Warum was, Janette?«

»Warum macht Ihr Euch solche Mühe?« fragte sie. »Ihr habt die Briefe des Erzbischofs übergeben. Ihr habt seine Warnungen überbracht. Ihr habt der Königin einen Rat gegeben. Habt Ihr so große Angst zu versagen, Monsieur Segalla?«

Segalla schenkte ihr ein schiefes Lächeln. »Erstens, weil das Spiel noch nicht zu Ende ist. Zweitens...« Er hielt inne und warf einen Blick auf die Fensterläden, durch die jetzt das Tageslicht ins Zimmer drang. »Zweitens, vor langer Zeit...«, er flüsterte nur noch, »länger, als Ihr zurückdenken könnt, habe ich einmal Vertrauen mißbraucht.«

Seine Züge verhärteten sich. Janette bemerkte, wie sich seine Haut spannte: Die Lippen wurden schmal, als reiße allein die Erinnerung eine tiefe Narbe in seiner Seele auf.

»Ich werde erst dann zur Ruhe kommen«, sagte er, »wenn ich Wort gehalten habe.« Er seufzte. »Und dann ist da noch Maria: Maria die Königin, Maria die Frau. Oh, ich weiß, ich habe Beatons Anweisungen weitergeleitet.« Er lächelte unsicher. »Aber sie rührt mich.«

Janette beugte sich augenzwinkernd vor.

»So, so, Monsieur Segalla ist verliebt. Ausgerechnet Ihr, ein Jesuitenpater?« Sie drohte ihm scherzhaft mit dem Finger.

»Ein Priester gibt lediglich das Recht auf, eine Frau zu heiraten, Janette, nicht jedoch seine Zuneigung zu ihnen. Nun gut.« Er nahm wieder die Schreibfeder zur Hand. »Wie lange war Darnley in Kirk o'Field?«

»Eine ganze Woche«, sagte Vartlett. Neugierig betrachtete er Segalla; auch er war überrascht, daß dieser leidenschaftslose Mann sich mit einemmal so sehr um die Wahrheit oder um die Königin sorgte, die er gerade erst kennengelernt hatte.

»Also.« Die Schreibfeder gezückt, stützte sich Segalla auf den Tisch. »Wir wissen, daß es in unmittelbarer Nähe der Königin Verräter gibt, nicht nur den Raben, sondern die mächtigen Adligen, zum Beispiel Marias Halbbruder, den Grafen von Murray. Sie hatten eine ganze Woche Zeit, Schießpulver in den Kellergewölben unterzubringen.«

»Aber wie?« erkundigte sich Janette. »Wenn das Haus, wie Ihr sagt, aus dem Fundament gerissen wurde?«

Sie hielt inne, als Segalla sie fragend anschaute.

»Nun ja«, fuhr sie fort, »das hieße doch, sehr viel Schießpulver. Niemand kann einfach in einen königlichen Palast gehen und todbringendes Zeug lagern, wo es ihm beliebt. Wenn das Haus aus den Grundfesten gehoben wurde, muß das Schießpulver im Keller gelagert worden sein. Wir wissen aber von den Dienern, daß die Kellerräume als Küche genutzt wurden.«

»Außerdem«, fügte Vartlett hinzu, »mag Maria zwar von Verrätern umgeben sein, aber es gibt andere, die ihr wohlgesonnen sind. Der Hauptmann ihrer Leibwache, Stewart von Traquair, scheint mir ein fähiger Offizier zu sein. Es haben doch gewiß Durchsuchungen stattgefunden?«

Segalla hörte ihnen zu, die Fingerspitzen aneinandergelegt. »Wenn ich dem folge, was Ihr sagt, dann muß das Schießpulver erst ein paar Stunden vor der Explosion nach Kirk o'Field geschafft worden sein.«

Die beiden nickten.

Segalla nahm seine Schreibfeder und kratzte sich die Stirn. »Wir wollen das für eine Weile ruhen lassen«, sagte er. »Konzentrieren wir uns auf Darnleys Tod.«

Er zeichnete eine Skizze von Kirk o'Field und hielt sie in die Höhe. »Seht her. Hier ist der Diebsweg; die Alte Probstei, die Neue Probstei, der Obstgarten, das Geviert und die Floddenmauer. Master Vartlett, wenn Ihr ein Mörder wärt, wie würdet Ihr in Darnleys Räume eindringen?«

»Wenn ich durch den Innenhof käme«, sagte Vartlett, »würde ich womöglich die anderen Diener aufwecken, die andere Seite aber ist von der alten Stadtmauer und den Wänden der beiden Häuser begrenzt. Der einzig sinnvolle Weg wäre daher der durch das Netherbow-Tor.«

»Ja, der Meinung bin ich auch.« Segalla drehte das Stück Pergament herum. »Als die Mörder kamen, versuchten sie, auf leisestem Wege hineinzugelangen.«

»Aber ganz gleich, aus welcher Richtung, sie müßten Schlüssel gehabt haben, um ins Haus zu gelangen, oder?« fragte Janette.

»Es gibt noch einen Weg«, überlegte Segalla. »Was, wenn es einen Gang gäbe, vermutlich durch die Kellerräume, zwischen der Neuen und der Alten Probstei?«

»Ihr meint, miteinander verbundene Keller?« fragte Vartlett.

»Vielleicht. Das wäre ein Weg, um Schießpulver hineinzubringen. Es hätte dort gelagert werden können, so daß die Mörder es nur wenige Stunden vor der Explosion hinüberschaffen konnten.« Er lächelte. »Aber das wirft weitere Probleme auf: Wenn dieser Gang nicht sehr geheim war, hätte ihn jemand bemerkt, aber selbst wenn sie bis in den Keller kamen, brauchten sie immer noch Schlüssel, um weiter vordringen zu können.«

»Das ist der springende Punkt«, sagte Vartlett. »Was geschah oben in Darnleys Zimmer in Kirk o'Field? Dort wurde er nicht umgebracht, das steht außer Zweifel; die Mörder hätten nicht eindringen können, ohne die anderen zu wekken.«

»Wie also ist Darnley herausgekommen?« fragte Janette.

»Es gibt zwei Fenster«, erklärte Segalla und wandte sich erneut seiner Zeichnung zu. »Das eine schaut auf die Ruinen von Blackfriars und das andere auf den Diebsweg, direkt gegenüber vom Tor zum kleinen Obstgarten, in dem Darnleys Leiche entdeckt wurde. Ich vermute, er hat letzteres benutzt.« Segalla seufzte verzweifelt. »Aber warum hat sein Verschwinden die anderen nicht geweckt?«

Alle drei saßen schweigend da. Segalla betrachtete nachdenklich das Stück Pergament; er nahm ein anderes zur Hand und zeichnete in allen Einzelheiten einen Plan von Kirk o'Field und dem angrenzenden Obstgarten. Janette und Vartlett bewunderten seine Geschicklichkeit. Dann öffnete Segalla seine Schreibutensilien und füllte die Flächen seiner Federzeichnung allmählich mit Wasserfarben.

»Ein begabter Künstler«, murmelte Janette.

Segalla rieb sich die Augen und legte die Schreibfeder hin.

»In diesem großen Rätsel«, sagte er, »ist dies das einzige, was ich tun kann; es scheint keine Lösung zu geben.«

Sieben

Segalla beendete seine Zeichnung. Janette betrachtete entzückt das Bild, auf dem das völlig zerstörte Kirk o'Field und die halbnackten Leichen Darnleys und seines Dieners zu sehen waren. Sie trat so dicht neben Segalla, daß er das Rosenwasser roch, mit dem sie sich die Hände wusch.

»Ihr habt Talent, Monsieur.«

Segalla lächelte ihr über die Schulter zu. Er nahm ein zweites Stück Pergament und kopierte seine Zeichnung.

»Was habt Ihr damit vor?« Vartlett war plötzlich eifersüchtig ob der offenen Bewunderung, die seine Frau dem Jesuiten zollte.

»Eine werde ich behalten; die andere schicke ich Beaton nach Paris.«

Janette trat mit der Zeichnung ans Fenster und studierte sie gründlich.

»Sogar an den Stuhl und das Tau habt Ihr gedacht«, rief sie und schüttelte dann den Kopf. »Ich verstehe das nicht. Wieso sollten Darnley und sein Diener fliehen – im Nachtgewand hinaus in eine eiskalte Februarnacht? Und sich gleichzeitig mit solch hinderlichen Gepäckstücken wie Stuhl und Tauwerk belasten?«

»Die haben sie für die Flucht gebraucht«, sagte Vartlett. »Als die Königin nach dem Mord an Riccio aus Holyrood floh, machte sie es genauso: Ein Stuhl wurde an einem Seil herabgelassen. Bedenkt, daß Darnley nach seiner langen Krankheit noch schwach war.«

Während er ihnen zuhörte, kam Segalla eine vage Idee. Er legte die Schreibfeder auf den Tisch.

»Wir müssen davon ausgehen«, begann er langsam, »und alle Beweise deuten darauf hin, daß Darnley und sein Diener Kirk o'Field aus freien Stücken verlassen haben.«

»Warum sollten sie im Nachtgewand aufbrechen?« fragte Vartlett.

Segalla nagte an der Unterlippe. »Wir wissen allerdings nicht, ob es so war«, sagte er schnell. »Was, wenn Darnley und sein Knappe heimlich das Gemach verließen, vollständig angezogen, und woanders hingingen? Ja, genau!« Er stand auf. »Vielleicht waren sie mit ihren Mördern verabredet, die sie, der Himmel weiß wie, erstickt oder geschickt erdrosselt haben. Dann erst zog man ihnen die Nachthemden an und brachte sie in den Obstgarten. Stuhl und Strick baute man daneben auf, weil es so aussehen sollte, als wären sie auf der Flucht aus der Alten Probstei gestorben.«

»Aber warum dann noch die Explosion?« wollte Vartlett wissen.

Segalla lächelte. »Da gibt es verschiedene Möglichkeiten.

Hat Darnley das Haus selbst in die Luft gejagt? Wurde er danach ermordet und im Obstgarten zurückgelassen?«

Vartlett schüttelte den Kopf. »Das bezweifle ich: Vergeßt nicht, Monsieur, daß gleich nach der Explosion Menschen nach Kirk o'Field gerannt sind.«

Segalla hob die Hand. »Ja, zugegeben. Aber Darnley könnte von Kirk o'Field geflohen sein und unterwegs seine Mörder getroffen haben. Sie töteten ihn und Taylor, entledigten sich der Leichen und ließen dann die Alte Probstei hochgehen.« Segalla klatschte aufgeregt in die Hände. »Genau, um nämlich die Tatsache zu verbergen, daß Darnley verschwunden war!«

»Aber was ist mit all den Geschichten über Lord Bothwell?«

Segalla zuckte die Schultern. »Vielleicht hat ja Bothwell ihn umgebracht?« Er hielt kurz inne. »Oder ein anderer?« Aufgeregt ging er auf und ab. »Das könnte sein! Erinnert Euch: Als wir den König in seinem Gemach besuchten, sprach Darnley von seinen großen Pferden, die für den Ritt nach Seton bereitstehen sollten.«

»Aber er wollte mit der Königin reiten«, sagte Janette.

Segalla schüttelte den Kopf und starrte auf die Zeichnung. »Das ist's«, sagte er. »Darnley wußte, daß Karnevalssonntag war, daß seine Gemahlin auf der Hochzeit von Bastian Pages zu Gast sein würde. Es war ein Feiertag; alle Diener würden entweder in Holyrood Geschenke einheimsen und nach Herzenslust essen und trinken oder sich in den Wirtshäusern der Stadt herumtreiben. Darnley hat absichtlich eine solche Nacht für seine Flucht gewählt.«

Janette legte die Zeichnung wieder auf den Tisch. Sie warf Vartlett einen seltsamen Blick zu. »Monsieur Segalla, ich glaube, Ihr habt die Lösung gefunden.« Neckisch trommelte sie sich mit den Fingern auf die Unterlippe. »Etwas fehlte, als wir nach Kirk o'Field kamen. Darnley war sich seines Standes sehr bewußt. Er, der Gemahl der Königin, strebte die absolute Herrschaft an. Darnley war ein eitler, hohlköpfiger junger Mann und liebte den Pomp, der mit Macht verbunden ist. Trotzdem war sein Gefolge in Kirk o'Field recht bescheiden. Natürlich hatte er Schutz: Nelson, Symonds und die anderen. Aber wo waren seine Musikanten und der Rest des Hofstaates?« Sie seufzte. »All das läßt immer noch ein wichtiges Problem offen: Mit wem hat Darnley seine Flucht geplant?«

Segalla schüttelte den Kopf und wandte sich erneut seiner Zeichnung zu. Er war sich mit den beiden darüber einig, daß Darnley geplant hatte, der Königin zu entfliehen. Doch wen hatte Darnley getroffen? Wie hatte man ihn getötet? Und warum war die Alte Probstei gesprengt worden?

Die Zeit verging. Vartlett holte einen Krug Wein, Bohneneintopf und kleine Roggenbrötchen aus der Küche. Sie hatten ihre Mahlzeit fast beendet und waren noch immer ins Gespräch vertieft, als sich auf der Treppe schwere Schritte näherten. Kurz darauf klopfte es laut an der Tür. Vartlett zog sein Schwert, und Segalla packte seinen Dolch. Die Tür wurde aufgerissen, und Stewart von Traquair trat ein. Hinter ihm erblickte Segalla die Lederjacken seiner Bogenschützen.

»Ihr kommt unangemeldet!« schimpfte Vartlett.

Traquair fertigte ihn mit einem kurzen, verächtlichen Seitenblick ab; das harte, unrasierte Gesicht und die geröteten Augen zeigten deutlich, daß er in der Nacht zuvor nur wenig Schlaf gefunden hatte. Er verbeugte sich vor Segalla, dann vor Janette.

»Monsieur, entschuldigt mein unhöfliches Eindringen,

doch die Angelegenheit drängt. Ihre Majestät die Königin wünscht umgehend Eure Anwesenheit in Holyrood. Ihr habt nichts zu befürchten. Die Königin wünscht Euch unter vier Augen zu sprechen. Madame.« Er verbeugte sich noch einmal vor Janette. »Ich muß Euch bitten hierzubleiben.«

Segalla nahm seinen Umhang und nickte Janette zu. »Paßt auf meine Zeichnungen auf.« Er lächelte.

»Und geht nicht in die Stadt«, warnte Traquair. »Der Tod des Königs ist inzwischen bekannt, und die Menschen sind sehr aufgebracht und unberechenbar.« Wieder das falsche Lächeln. »Wir Schotten mögen Ausländer sowieso nicht besonders gern.« Damit machte er auf dem Absatz kehrt.

Segalla nahm hastig seinen Schwertgürtel und folgte ihm hinunter in den Hof.

Traquair duldete keinerlei Widerspruch. Gäste und Schankgehilfen flohen vor diesem grimmigen Soldaten in leichter Rüstung, den Helm in der Armbeuge, die andere Hand am großen, zweihändigen Schwert, das an einem Ring am Gürtel baumelte. Das übrige Gefolge war ähnlich gut gerüstet, und königliche Bogenschützen in der Uniform der Leibgarde hielten im Hof die Pferde am Zaumzeug. Segallas Pferd wurde herausgeführt und in aller Eile gesattelt, dann ritten sie quer durch Edinburgh, allen voran Traquair. Sie nahmen die High Street zum Palast von Holyrood. Die berittenen Bogenschützen bildeten einen Schutzschild um Segalla, und er begriff bald, warum. Trotz der eisigen Kälte waren die Straßen voll, und die Menschen schienen ebensosehr ihren Geschäften nachzugehen wie den neuesten Klatsch auszutauschen. Segalla sah die finsteren Blicke, die den königlichen Uniformen galten. Hier und da erscholl ein höhnischer Ruf; ein Stein und ein paar Handvoll Mist flogen knapp über Traquairs Kopf hinweg. Der Hauptmann der Garde und seine berittenen Begleiter wandten sich um, legten rasch Pfeile in die Armbrüste, und die Störenfriede verstummten. Sie erreichten den großen Marktplatz vor dem Tolbooth, dem Gerichtshaus. Die Stände der Metzger waren voller Fleischbrokken, Geflügelinnereien, eingelegtem Schweinefleisch und Bergen von Hackfleisch, deren Verwesungszustand sorgfältig unter einer dicken Schicht aus Salz und Kräutern verborgen wurde.

Die Geschäfte liefen gut, aber überall wurde geklatscht und gewispert. Geschichten machten die Runde. Segalla hatte so etwas auch in Paris erlebt: jedesmal, wenn eine große Staatskrise ins Haus stand; und er dachte an sein Gespräch mit Vartlett und Janette. Das Gerede und die bösen Blicke wurden von Geheimagenten mit Bedacht geschürt, ihr boshaftes Geschwätz eilte durch Gassen und Straßen und peitschte Unmut hoch. Doch wer steckte dahinter? Murray war weit entfernt in Fife, und der Graf von Morton hielt sich in seiner selbstgewählten Verbannung in St. Andrews auf.

Segalla schüttelte den Kopf und blickte sich um. Traquair gelang es kaum, den Platz zu überqueren, weil dort so viele Bestrafungen und Hinrichtungen stattfanden. Gerade sollten zwei Flußpiraten gehängt werden: Man hatte eine Leiter hochgezogen und stieß ihre halbnackten Körper nun ab, zukkend baumelten sie in der Schlinge. Die Menge sah gebannt hoch und genoß den Anblick schwarz werdender Piratengesichter, verdrehter Hälse und zwischen zusammengepreßten Zähnen hervorquellender Zungen. Auf einem Podest neben dem Galgen wurden auch kleinere Strafen ausgeführt. Einem Gotteslästerer nagelte man die Ohren an den Stock; eine schmuddelige Hure, die zum dritten Mal erwischt worden war, bekam die Nase aufgeschlitzt.

Währenddessen unterhielt ein Spaßvogel die Menge mit der Behauptung, er könne vier Liter Bier in einer Minute trinken und sie ebenso schnell wieder ausspucken. Segalla hatte Mühe, das Gleichgewicht zu halten: Der Gestank, das Gedränge, die brutale Geschwindigkeit, in der die Hinrichtungen vonstatten gingen, erinnerten ihn an Szenen aus Dantes *Inferno.* Schließlich waren die Bestrafungen beendet.

»So werden alle gestraft, die sich gegen den Frieden der Königin vergehen!« brüllte der Büttel von der Treppe in die Menge.

»Jawohl!« rief jemand. »Aber was passiert, wenn Ihro Gnaden in Ungnade fallen?«

»Der arme Darnley!« schrie eine Frau. »In ihm sein' Bett umgemacht!«

Das Raunen steigerte sich zu Gebrüll, und die Menge schien sich gegen Traquair wenden zu wollen. Der Hauptmann der Wache schrie einen knappen Befehl: Schwerter wurden gezogen, vor den erhobenen Klingen und geschärften Pferdehufen teilte sich die Menge wie Wasser und ergriff die Flucht. Als der Platz hinter ihnen lag und sie in leichtem Galopp die High Street entlangritten, schloß Segalla zu Traquair auf.

»Sir, war das der beste Weg für uns?« fragte er.

»Sir, wir sind Gefolgsleute der Königin, und das hier ist ihre Stadt«, entgegnete der Soldat.

»Ihr wißt, was vor sich geht?« fragte Segalla hartnäckig weiter und hatte Mühe, sein Pferd im Zaum zu halten.

Traquair bemerkte dies und verlangsamte das Tempo. Er steckte das Schwert wieder in die Scheide und wischte sich mit dem gepanzerten Handrücken den Schweiß vom Gesicht. »Ja. Das ist kein spontaner Gefühlsausbruch, Franzose. Die Feinde der Königin haben in der Stadt ganze Arbeit geleistet.«

»Und wie ist das Befinden Ihrer Majestät?«

»Sie ist sehr still und weiß wie Seide.« Traquair warf Segalla einen kurzen Seitenblick zu. »Wenn ich sie sehe, fällt mir ein, was über ihren Vater erzählt wird. Nach Solway Moss wurde er wie ein Kind, er schwand dahin vor lauter Angst und wandte das Gesicht zur Wand.«

»Wird sich die Königin erholen?«

Traquair räusperte sich und spuckte aus. »Das weiß der Himmel, Franzose. Darnleys Tod hat uns allen einen Schock versetzt.«

»Wie spät war es, als die Königin nach Holyrood ging?« fragte Segalla.

»Etwa eine Stunde vor Mitternacht. Sie war vergnügt und sang.« Traquair erlaubte sich die Andeutung eines Lächelns. »Es war ein großartiger Anblick, Franzose. Ihr hättet da sein sollen. Fackeln und Kerzenlicht, Tanz in allen Sälen. Ach, ich bezweifle, ob die Königin je wieder tanzen wird.«

»Sir John«, sagte Segalla und beugte sich zu Traquair hinüber, »Ihr seid der Königin ebenso treu ergeben wie ich. Ihr seid außerdem Soldat. Was geschah Eurer Meinung nach in Kirk o'Field?«

Traquair verzog das Gesicht. »Wie Ihr schon sagtet, Monsieur, ich bin Soldat. Ich führe Befehle aus. Über das Verhalten der Großen zu spekulieren, gehört nicht zu meinen Pflichten. Aber ich sage Euch eins: Ich habe die Alte Probstei vom Keller bis zum Dachboden persönlich durchsucht. Gestern war dort kein Schießpulver.«

»Und wer hatte Schlüssel zu den Gemächern?«

Traquair zuckte die Achseln. »Der König hatte einen Satz und Bethon, der Zeremonienmeister. Aber habt Ihr die Gerüchte gehört?«

»Ich habe allerhand vernommen«, sagte Segalla sarkastisch.

»Tja, ich auch. Inzwischen heißt es sogar, Schlüssel seien nachgemacht worden.«

»Aber das glaubt Ihr nicht?«

»Nein!« fuhr Traquair ihn an. »Auf keinen Fall.«

»Habt Ihr die Leiche des Königs gesehen?«

»Ja, er war zu seinen Lebzeiten ein hübscher Kerl; auch im Tode sieht er noch gut aus.«

»Und wie ist er gestorben?«

Traquair schüttelte den Kopf. »Wenn man ihn erwürgt hätte, müßten Spuren am Hals zu sehen sein.« Seine Beherrschung verließ ihn. »Ich habe ähnliche Leichen schon mal gesehen, obwohl ich das der Königin nicht gesagt habe. Vor zwei Jahren hat einer meiner Soldaten seine Frau erstickt, ihr einfach ein Kissen aufs Gesicht gedrückt. Wenn Ihr die Wahrheit hören wollt, Franzose, dann glaube ich, daß das Henry Darnley, dem Gemahl der Königin von Schottland, widerfahren ist.«

»Aber wie?« fragte Segalla.

»Das weiß der Himmel!«

»Und in der vergangenen Nacht geschah sonst nichts Ungewöhnliches?«

Traquair trieb sein Pferd an, und Segalla folgte ihm.

»Sir, ich habe Euch etwas gefragt.«

»Ich bin Soldat«, sagte Traquair. »Solche Fragen solltet Ihr der Königin stellen.«

»Hat Lord Bothwell gestern abend Holyrood verlassen?«

»Nicht, daß ich wüßte, aber auch diese Frage solltet Ihr direkt an ihn richten.«

Schweigend ritten sie die High Street hoch bis zu den Toren des Palastes. Stallknechte nahmen die Pferde in Empfang, und Segalla staunte über die veränderte Atmosphäre. Wo noch vor kurzem eitel Freude geherrscht hatte, herrschte jetzt gedrückte Stimmung. Sie gingen die Treppe hinauf und erreichten über lange Gänge die Privatgemächer der Königin. Diener bedeckten die Wände bereits mit schwarzen Wandteppichen, während die Möbel zum Zeichen der Trauer unter schwarzem Tuch und lila Steifleinen verschwunden waren.

Traquair führte ihn in ein kleines Vorzimmer, in dem ebenfalls alles schwarz verhängt war. Die Fensterläden waren geschlossen, und im flackernden Licht der Fackeln wirkte der Raum wie ein Mausoleum. Zwei Männer saßen auf einer Bank an der gegenüberliegenden Wand und steckten die Köpfe zusammen. Sie blickten auf, als Segalla eintrat.

»Monsieur Segalla.« Paris erhob sich und eilte, gefolgt von Nelson, auf den Franzosen zu, um ihm die Hand zu schütteln.

»Gott sei Dank, daß Ihr da seid. Die Königin braucht guten Rat.«

Beide Männer sahen sehr verängstigt aus. Nelson trug noch immer die Spuren und Verletzungen der vergangenen Nacht: Er hielt sich den rechten Arm und humpelte leicht, versuchte aber, eine tapfere Miene aufzusetzen.

»Die Königin ist in ihrem Gemach«, sagte er. »Sie führt ein geheimes Gespräch mit Lord Bothwell.«

»Monsieur Segalla.« Traquair schaute aus der Tür, die

zum Gemach der Königin führte. »Ihre Majestät wünscht Euch jetzt zu sehen.«

Er führte Segalla in den Raum und schloß die Tür hinter ihm. Segallas Aufmerksamkeit richtete sich sogleich auf die Königin, die in einem hohen Stuhl am Ende eines langen, ovalen Tisches saß. Sie war wie eine Nonne in schwarzen Crepe und Satin gekleidet, ihr Gesicht hinter einem Spitzenschleier verborgen. Segalla spürte die Spannung, die wie unsichtbarer Rauch in der Luft lag, und er sah sie auf den Gesichtern der Männer, die um den Tisch versammelt waren: die Grafen von Argyll, Huntly, Cassalis und andere Adlige des Hofes.

»Monsieur«, sprach die Königin mit fester Stimme, »gut, daß Ihr so schnell gekommen seid.«

»Madame, ich bin Euer treuer Diener.«

Segalla sank auf ein Knie und verharrte in dieser Stellung. Die Königin klatschte in die Hände und wies Bothwell an, das Zimmer zu räumen. Die Adligen verließen den Raum.

»Nicholas!«

Daß die Königin seinen Vornamen benutzte, rührte ihn. »Erhebt Euch, bitte; setzt Euch zu meiner Linken.«

Segalla stand auf. Das Zimmer war jetzt leer. Nur Bothwell, das wettergegerbte Gesicht blasser als sonst und ebenfalls ganz in Schwarz, stand noch unschlüssig neben der Königin. Als Segalla Platz nahm, hob Maria den Schleier. Er erschrak zutiefst, versuchte aber, es nicht zu zeigen. Dies war nicht mehr die hübsche französische Prinzessin oder die elegante Dame: Marias Antlitz wirkte wie aus weißem Marmor gehauen und unendlich zerbrechlich. Die blutleeren Lippen hatte sie fest zusammengepreßt, und über den hohen Wangenknochen spannte sich die Haut. Das eigentlich Erschrekkende waren indes die tiefen Schatten unter den Augen. Maria hatte den starren Blick einer Frau, die unter Opium stand.

»Ma . . . Madame«, stotterte Segalla und suchte nach passenden Worten. »Madame, darf ich Euch mein zutiefst empfundenes Beileid aussprechen?«

»Ihre Majestät hat einen Schock erlitten.« Bothwell beugte sich vor. »Sie kann einfach nicht glauben, daß ihr Gemahl tot ist.«

Maria schaute Segalla unverwandt an. »Ihr habt mich gewarnt, Monsieur, und ich schenkte Euren Worten keine Beachtung«, sagte sie leise. »Ich war der Meinung, ich wäre sicher. Nie hätte ich gedacht . . .«

Segalla hatte den Wunsch, vor ihr niederzuknien. »Majestät, ich habe Euch im Stich gelassen.«

Maria schüttelte nur den Kopf, und ein schwaches Lächeln umspielte ihre Lippen. »Monsieur, und wenn der Erzengel Gabriel vom Himmel herabgestiegen wäre, was hätte er tun können, um diese Tragödie zu verhindern?«

Segalla warf einen raschen Blick über den Tisch. Er war versucht, die Existenz eines englischen Geheimagenten an Marias Hof anzusprechen, doch er traute Bothwell nicht. War er ein Mann der Königin? Oder stand er auf Walsinghams Seite? Hatte er seine eigenen geheimen Träume und Neigungen? Ungeachtet der Tragödie hatte es sich der Lord mit einem gewissen Besitzerstolz auf dem Stuhl neben der Königin bequem gemacht. Bothwell schien Segallas Gedanken zu erraten.

»Franzose«, sagte er und klopfte mit seinen fleischigen Fingern auf den Tisch. »Kein Mann und keine Frau ist über jeden Verdacht erhaben; wir haben es hier mit einem heimtückischen Verbrechen zu tun.«

»Man wollte mich umbringen«, schaltete sich die Königin ein. »Ja, man wollte mich und meinen Gemahl töten. Sie wollten meinen kleinen Sohn in ihre Gewalt bringen und in seinem Namen das Reich regieren.«

Segalla bemerkte den wirren Ausdruck ihrer Augen und beschloß, ihr vorerst nicht zu widersprechen.

»Das haben sie von langer Hand geplant.« Sie blickte starr vor sich hin, als spräche sie mit sich selbst. »Niemand, nicht einmal Beaton, hätte sie aufhalten können.«

»Majestät«, sagte Segalla, »wer sind sie?«

Maria lachte kurz auf. »Die Lords der Kongregation. Das verräterische Pack um Murray und Morton!« Ihre Worte waren wie Pfeile.

»Majestät, achtet darauf, was Ihr sagt«, riet Segalla ohne Umschweife. »Bedenkt, daß Murray, Morton und Maitland von Lethington nicht in Kirk o'Field waren, als Euer Gemahl starb. Ich bitte Euch, Majestät, erhebt keine Beschuldigungen, die Ihr nicht beweisen könnt.«

Maria schlug die Hände vors Gesicht und begann leise zu schluchzen. Dann blickte sie wieder auf. »Ich verstehe das alles nicht: Vor Gott und aller Welt schwöre ich, am liebsten verließe ich dieses Königreich im Unterkleid und ginge fort.«

»Monsieur Segalla«, sagte Bothwell, »Ihre Majestät hat Euch hierher gebeten, um Euren Rat zu hören. Ganz Europa wartet gespannt auf die Reaktion der Königin.«

»Dann soll ganz Europa eben warten!« fauchte Segalla. »Majestät, Ihr müßt jemanden mit der Untersuchung des Falles beauftragen.«

Maria tupfte sich mit einer Ärmelstulpe die Tränen von den Wangen. »Das habe ich bereits«, sagte sie. »Morgen wird

Graf von Argyll im Tolbooth eine Kommission einberufen und einen Aufruf verlesen, der allen, die bereit sind zu beichten, eine Begnadigung in Aussicht stellt. Für die Ergreifung der Mörder meines Gemahls wird eine Belohnung von zweitausend Pfund ausgesetzt.« Sie blickte Segalla scharf an. »Ihr könnt in Gegenwart des Grafen Bothwell offen reden.« Sie lächelte sanft. »Er will nur mein Bestes.«

Segalla überlief es kalt. Er schaute Bothwell an, dann wieder die Königin. Bothwell mochte ein mächtiger Mann sein, doch Segalla war von seiner Unschuld in dieser Angelegenheit nicht überzeugt. Die Königin aber hatte wieder jenen verlorenen, sorgenvollen Gesichtsausdruck. Segalla begriff, daß sie mit ihren Gedanken nicht bei der Sache war: Mal konzentrierte sie ihre Energien auf das vorliegende Problem, dann wieder schien sie zu träumen. Segalla erinnerte sich an das Schicksal ihres Vaters und wußte, daß auch ihr Leben den entscheidenden Punkt erreicht hatte. Wenn sie sich den Problemen stellte, könnte sie gewinnen. Zog sie sich aber zurück und vertraute ihr Geschick Leuten wie Bothwell an, so war alles verloren.

»Majestät!« Segalla rutschte auf seinem Stuhl herum und beschloß, daß Ehrlichkeit der einzige Weg war. »Majestät, ich glaube nicht, daß die Mörder die Absicht hatten, Euch umzubringen. Sie haben absichtlich den Karnevalssonntag gewählt, weil sie wußten, daß Ihr im Palast zu Holyrood an der Hochzeitsfeier einer Eurer Kammerzofen teilnehmen würdet.«

»Was wollt Ihr damit sagen?« rief Bothwell.

»Majestät, Lord Bothwell, ich will offen sein. Das Schwarzpulver konnte erst nach Kirk o'Field gebracht werden, nachdem Ihr Euch nach Holyrood aufgemacht hattet. Wie es transportiert und gezündet wurde, ist eigentlich Nebensache.« Er hob eine Hand, um Bothwells Fragen abzuschneiden, und registrierte zufrieden, daß die Königin ihm konzentriert zuhörte. »Majestät, das eigentliche Rätsel ist, warum man die Leiche Eures Gemahls in einem Obstgarten vierzig Meter entfernt von der Alten Probstei fand, ohne jegliche Spur von Gewaltanwendung, dazu im Nachtgewand und umgeben von Tauwerk, Stuhl und Dolch. Die Explosion in Kirk o'Field ist das kleinere Geheimnis. Der Tod Eures Gemahls ist das eigentliche Rätsel. Majestät, ich glaube«, fügte er rasch hinzu, »daß Euer Gemahl aus Kirk o'Field fliehen wollte. Er verließ heimlich die Alte Probstei und war mit seinen Mördern verabredet, glaubte, daß sie ihm bei seiner Flucht helfen wollten. Statt dessen führten sie ihn in den Obstgarten, wo sie ihn erstickten und neben Stuhl und Tauwerk legten, damit es so aussah, als sei er auf der Flucht vor der Explosion in Kirk o'Field ertappt worden. Die Explosion sollte alle Spuren der Flucht Eures Gemahls verwischen.«

»Es sprach der Franzose«, höhnte Bothwell.

Segalla funkelte ihn wütend an. »Lord Bothwell, was ich bin, tut hier nichts zur Sache. Ich bin treuer Diener Ihrer Majestät und Gesandter ihres Botschafters in Paris.«

»Wer sollte Darnley zu einer Flucht ermutigen?« gab Bothwell zurück.

»Ich weiß es nicht, Herr.«

Dann schilderte Segalla rasch seine Schlußfolgerung: Darnleys Flucht aus Kirk o'Field, bei der die Diener nicht aufgeweckt wurden, war nur so zu erklären, daß der König aus freiem Willen handelte. Die Königin hörte ihm aufmerksam zu.

»Was Ihr sagt, ist richtig«, verkündete sie. »Lord Bothwell, Ihr wißt, daß es die Wahrheit ist.« Sie lächelte Segalla unter

Tränen an. »Ich bewundere Eure Logik, Herr: Ihr seid zu einem Schluß gekommen, ohne hinreichende Beweise zu haben. Einige davon halten wir in Händen.«

Segalla hielt den Atem an. »Welche Beweise, Majestät?«

Maria fuhr sich mit langen schmalen Fingern über die Mundwinkel und spielte dann mit dem Ring, auf dem die Seejungfrau zu sehen war.

»Kleinigkeiten«, sagte sie. »Erstens...« Sie hielt inne und schaute in die Runde. »Was wollte ich doch gleich sagen?« Sie blickte Segalla an. »Sollte ich nicht eigentlich bei meinem toten Gemahl sein?«

Bothwell beugte sich vor und drückte sanft ihren Arm. »Majestät«, sagte er, »alles ist in guten Händen. Es ist wichtig, daß wir hören, was Ihr uns zu sagen habt.«

»Erstens...« Maria lächelte Segalla an, der versuchte, seine Sorge darüber zu verbergen, daß Bothwell offensichtlich sehr schnell Macht über die Königin erlangt hatte. »Erstens«, wiederholte sie, »wissen Wir, daß ein gut ausgerüstetes Schiff im Clyde auf Unseren verstorbenen Gemahl wartete. Wir wissen nicht, ob er es benutzen, und wenn ja, wohin er fliehen wollte. Darnley, der immer noch ein strenger Katholik war, hat einmal erwähnt, er wollte sich unter den Schutz der spanischen Truppen in Flandern stellen.« Sie starrte auf den Ring. »Ob das nun ein Hirngespinst war, wissen Wir nicht.« Sie hielt inne und schaukelte sanft auf ihrem Stuhl vor und zurück.

»Was noch, Majestät?«

»Zweitens haben Wir davon Kenntnis erhalten, daß Darnleys Vater, Graf von Lennox, in der vergangenen Nacht, der Nacht auf Karnevalssonntag, nach Süden gereist ist, aber nach einem Attentat, dem er knapp entkam, umkehrte.«

Segalla starrte sie mit offenem Mund an, während er über die Bedeutung ihrer Worte nachdachte. »Majestät«, sagte er, »seid Ihr sicher?«

»Wir erhielten die Nachricht heute morgen in aller Frühe«, warf Bothwell ein. »Was sagt Euer helles Köpfchen dazu, Franzose?«

»Den Mordversuch kann man unter verschiedenen Gesichtspunkten betrachten. Wollten die Mörder Darnley und seinen Vater an ein und demselben Abend auslöschen? Mit allem gebührenden Respekt, Majestät, sie hätten mit einem Streich zwei Störenfriede weggefegt.«

Die Königin schüttelte den Kopf. Sie hatte verstanden, daß Segalla keine Beleidigung im Sinn hatte. »Und was noch, Monsieur?«

»Darnley und sein Vater waren vielleicht an derselben Verschwörung beteiligt. Wollte Lennox seinen Sohn irgendwo treffen und einen Aufstand anzetteln, vielleicht sogar den kleinen Jakob entführen?« Er hielt kurz inne. »Wie wurde der Graf von Lennox angegriffen?«

»Man schoß auf ihn«, sagte Bothwell.

»Dann könnte es sich um ein Täuschungsmanöver handeln«, sagte Segalla. »Eine List, die glauben machen sollte, daß in Schottland jemand daran interessiert sei, Darnley und seinen Vater aus geheimnisvollen Gründen zu beseitigen.«

»Was meint Ihr damit?« fragte Bothwell.

»Geht in die Stadt, Lord Bothwell«, sagte Segalla. »Hört Euch an, was die Leute reden. Majestät, laßt mich offen sein, selbst wenn es unhöflich klingt: Man zeigt mit den Fingern auf Lord Bothwell. Für mich besteht kein Zweifel, daß sie schon in wenigen Tagen auch auf Euch zeigen werden.«

Erregt sprang Bothwell auf. »Hütet Eure Zunge, Franzose!«

»Herr, Ihr habt mich nicht verstanden. Es spielt keine Rolle, was ich denke, sondern was die Leute reden.«

»Setzt Euch.« Die Königin richtete sich auf und ließ den Schleier wieder vors Gesicht fallen. »Jamie«, wandte sie sich an Bothwell, »setzt Euch. Monsieur Segalla wiederholt nur, was auch Wir bereits vernommen haben.«

Bothwell nahm Platz, warf Segalla jedoch zornige Blicke zu.

»Lord Bothwell«, flüsterte die Königin, »sagt Monsieur Segalla, was Ihr über Ker von Fawdonside wißt.«

Bothwell schnaubte. »Vor einem Jahr«, begann er, »wurde hier in Holyrood der Sekretär der Königin, David Riccio, brutal erstochen. Ich weiß, ich weiß, der verstorbene König hatte die Hand in diesem blutigen Spiel. Aber einer der Schurken, ein Höllenhund, ein Lord namens Andrew Ker von Fawdonside, wurde vor kurzem in der Nähe der Stadt gesehen. Wir wunderten uns über seine Dreistigkeit. Die Nachricht wurde uns von John Shaw, einem Diener, überbracht, der behauptete, Ker habe sogar in Wirtshäusern der Stadt damit geprahlt, daß sich bei Hofe bald einiges ändern würde.«

»Aber würde Ker das wagen?« fragte Segalla. »Würde er aus dem Exil zurückkehren und als ein zum Tode Verurteilter eine königliche Stadt betreten?«

»Wir wunderten uns darüber«, sagte Maria. »Ich ließ Geheimakten kommen und fand eine Begnadigung, ausgestellt für Andrew Ker von Fawdonside. Um ehrlich zu sein, Monsieur, ich habe ein solches Dokument nie unterzeichnet. Der einzige, der dies getan haben könnte, war mein verstorbener Gemahl.«

»Ihre Majestät war beunruhigt«, fuhr Bothwell fort. »Deshalb bin ich mit ein paar Gefolgsleuten von Holyrood nach Kirk o'Field geritten, um nach dem Rechten zu sehen. Am kleinen Stadttor sahen wir, daß alles ruhig war, und kehrten um.«

»Und was geschah mit Ker von Fawdonside?«

»Das wissen wir nicht«, sagte Bothwell. »Er ist verschwunden. Inzwischen glauben wir, daß Darnley Ker begnadigte, um sich seine Unterstützung zu sichern.«

Segalla schaute auf das schwarz drapierte Kreuz an der Wand des Empfangszimmers. Ob das die Wahrheit war? Oder hatte Bothwell etwas zu verbergen? Und die Königin? Sollte diese Geschichte eine Begründung für Bothwells Unternehmungen in der Nacht des Mordes an Darnley liefern?

»Also glaubt Ihr, Lord Bothwell, daß Ker herkam, um Darnley bei seiner Flucht zu helfen?«

»Nicht nur das!« fauchte Bothwell. »Vielleicht hat Darnley ihn getroffen. Ker war ein verdammter Mörder. Woher wollen wir wissen, daß er nicht auch Darnley und seinen Diener Taylor getötet hat, ihre Leichen in den Obstgarten gebracht, die Explosion ausgelöst und dann die Flucht ergriffen hat?«

»Weil sich die Frage stellt«, erwiderte Segalla, »warum Darnley und Taylor in Nachtgewändern fliehen sollten, ohne die anderen Diener zu wecken? Zweitens, wie hätte Ker ungehindert nach Kirk o'Field kommen können? Drittens« – Segalla lächelte die Königin freudlos an –, »und das ist das große Rätsel, Majestät. Ich kann verstehen, wenn auch nicht gutheißen, daß einige Adlige Euren verstorbenen Gatten, Gott habe ihn selig, haßten. Aber warum sollten sie Darnley ermorden, dann Kirk o'Field in die Luft jagen und so das Risiko eingehen, entdeckt zu werden?« Er klopfte auf den Tisch. »Dieser letzte Punkt ist der Kern des Rätsels. Jemand wie Ker könnte einen kränkelnden Mann und seinen Diener umbringen, obwohl ich mich doch frage, wie er das bewerkstelligt haben soll, ohne eine Spur oder eine Verletzung zu hinterlassen. Aber einen königlichen Palast in die Luft jagen und unverletzt entkommen...?« Segalla hob die Hände.

»Es freut mich, Franzose«, höhnte Bothwell, »daß Ihr allem Anschein nach ebenso ratlos seid wie wir.«

»Und Ihr, Herr?« gab Segalla zurück. »Ich frage Euch von Mann zu Mann: Seid Ihr froh, daß Lord Darnley tot ist?« Segalla bemerkte ein flüchtiges Aufblitzen des Triumphs in Bothwells Augen.

»Franzose, das ist kein Geheimnis. Ja, ich gestehe vor Ihrer Majestät der Königin, daß kein einziger Adliger in Schottland Darnleys Leiche beweint.«

Acht

»Monsieur?«

Segalla fuhr herum, als er das Empfangszimmer verließ.

»Bitte, Monsieur Segalla.«

Der Jesuit versuchte, in der Dunkelheit etwas zu erkennen.

»Ach, Ihr, Master Nelson, was gibt's?«

Segalla trat einen Schritt auf ihn zu und versuchte, die Beklemmung zu verbergen, die die Begegnung mit der Königin bei ihm hinterlassen hatte.

»Wie sieht's aus?« fragte Nelson neugierig.

Segalla spielte mit seinen Lederhandschuhen. »Nicht sehr gut. Um ehrlich zu sein, Master Nelson, ich würde mich gern einmal mit Euch unterhalten.« Angst flackerte in den müden Augen des Dieners auf. »Nein, nein, nichts Ernstes.« Segalla lächelte. »Und was wollt Ihr von mir?«

»Ein Wort, Herr, vielleicht sogar Euren Schutz.«

»Wie kann ich Euch Schutz gewähren?«

Nelson berührte ihn leicht am Ellbogen, zum Zeichen, daß sie weitergehen sollten, und legte einen Finger an die Lippen. Segalla zuckte die Achseln; die offensichtliche Besorgnis dieses kleinen Mannes beeindruckte ihn. Sie gingen zurück zu den Ställen. Nelson holte ihre Pferde, und sie ritten in die Stadt zurück.

»Gut.« Segalla nickte in Richtung Palast und deutete auf die Holzhäuser, an denen sie vorbeiritten. »Hier gibt es keine Palastspione, Master Nelson. Also, wofür braucht Ihr meinen Schutz?«

Nelson lenkte seinen armseligen Klepper näher. »Ihr seid Franzose«, begann er, »akkreditierter Gesandter des Erzbischofs Beaton. Symonds und ich, Standon, Hudson und die anderen, wir sind Diener von Darnley, einem englischen Lord, der gerade ermordet wurde. Wer wird sich schon um uns scheren, Monsieur?«

»Hat die Königin Euch Schutz angeboten?« fragte Segalla.

»Man hat mich heute morgen vor dem Kronrat ausgefragt«, erwiderte Nelson mit bebender Stimme. »Ich habe ihnen genau dasselbe gesagt wie Euch.« Er wandte den Blick ab. »Obwohl es noch andere Dinge gibt, über die ich erst reden kann, wenn meine Lage klar ist.«

»Welche Dinge?«

Nelson zügelte sein Pferd und zeigte auf das Wirtshaus »Zum Blauen Mantel«, eine geräumige Herberge an der Ecke der gepflasterten High Street, in der sich um diese Tageszeit Händler und Verkäufer drängten, um zu essen und sich eine kurze Rast vom Getriebe des Alltags zu gönnen. Segalla zuckte die Achseln und war einverstanden. Sie stiegen ab, gaben die Pferde dem Stallburschen und setzten sich an einen Tisch in einer Ecke der Gaststube. Segalla bestellte Wein, Brot, Käse und Dörrfleisch. Letzteres erwies sich als so stark gesalzen, daß sie es stehen ließen. Segalla sah, daß Nelson noch immer Prellungen und offene Wunden im Gesicht und Abschürfungen an Händen und Fingernägeln hatte.

»Ihr habt Angst, Master Nelson?«

»Natürlich. Die Lords im Kronrat fragten mich, was geschehen sei, und ich habe es ihnen gesagt. Nun soll ich morgen im Tolbooth vor Lord Argyll erscheinen. Monsieur Segalla, was soll ich sagen? Ich bin eingeschlafen. Der König, mein Herr, lag mit Taylor zusammen in seinem Bett. Die Explosion hat mich geweckt.« Er stellte seinen Becher ab und breitete hilflos die Arme aus. »Ich weiß schon, was sie mich fragen werden«, jammerte er. »›Wer hatte die Schlüssel für Kirk o'Field?‹›Nun, Herr‹, werde ich sagen, ›die Leute der Königin.‹« Nelson warf Segalla einen mitleidheischenden Blick zu. »Lod Bothwell wird meine Antwort nicht gefallen.«

»Die Königin wird Euch schützen«, beharrte Segalla.

»Ihre Majestät hat mir, Symonds und den anderen einen Platz in ihrem Gefolge angeboten.« Nelson schüttelte den Kopf. »Ich weiß nicht, ob wir annehmen. Warum sollten wir als Engländer an einem ausländischen Hof bleiben, an dem unser Herr ermordet wurde?«

»Wer ist denn noch da?« fragte Segalla.

»Nun ja, da bin ich, Symonds und die Musikanten des Königs unter der Leitung von Hudson. Sie sind noch in Glasgow, ebenso wie die Gebrüder Standon.«

»Was haben sie dort gemacht?« fragte Segalla interessiert. »Hätten sie nicht eigentlich bei ihrem Herrn sein sollen?«

Nelson wich Segallas Blick aus.

»Was wollt Ihr also tun?« fragte Segalla.

»Wir werden alle nach Süden gehen.«

»Würde Euch Darnleys Vater, Graf von Lennox, keinen Schutz gewähren?«

Nelson schnaufte verächtlich. »Wie der Vater, so der Sohn, Monsieur. Ach nein! Darnleys Mutter, Lady Lennox, ist in London. Vielleicht gehen wir zu ihr. Lady Lennox ist eine gute Frau. Sie wird uns beschützen.«

»Wovor habt Ihr also Angst?« fragte Segalla geradeheraus.

»Weil ich die Fragen kenne«, sagte Nelson. »Wenn mein Herr, der König, in seinem eigenen Gemach umgebracht wurde, warum erging es uns nicht genauso? Wenn er versucht hat zu fliehen, warum hat er uns nicht geweckt?«

»Euer Herr hat versucht zu entkommen, nicht wahr?« fragte Segalla ruhig.

»O ja«, antwortete Nelson gedehnt. Er packte Segallas Arm. »Herr, wir sind arm; werdet Ihr uns ein paar Silberstükke geben, Geld für den Rest der Reise nach Süden bis zur Grenze? Vielleicht auch einen Schutzbrief, wenigstens bis wir in Berwick sind?«

Segalla lächelte und tätschelte ihm die Hand. »Erzählt mir einfach, was Ihr wißt.«

Nelson trank seinen Wein in hastigen Schlucken. »Der König kam nach Kirk o'Field«, begann er und hielt inne, als ein Schankgehilfe kam, um ihnen nachzuschenken. »Er fürchtete um sein Leben und schmiedete Fluchtpläne. Er wollte bei dem kleinen Jakob sein und hatte vor, ihn mitzunehmen.« Nelson starrte in seinen Weinbecher. »Man hat uns nie etwas gesagt, aber wir wissen, daß Darnley Verbindung hatte zu seinem Vater und zu Ker von Fawdonside. Er befahl Glen und MacCaig, heute morgen seine Pferde bereitzuhalten. Das ist alles.«

»Was, meint Ihr, ist geschehen?«

»Gestern abend«, fuhr Nelson fort, »sprach der König noch eine Zeitlang mit uns, und wir tranken Wein miteinander. Wir waren alle erschöpft und schliefen schnell ein: Glen, MacCaig der Page, Symonds und ich. Das Haus wurde verschlossen. Außer der Königin hatte nur Darnley Schlüssel.« Nelson atmete hörbar aus. »Wir schliefen tief, aber ich glaube, mein Herr und Taylor nicht. Sie müssen sofort aufgestanden sein, sich angezogen und Kirk o'Field verlassen haben, um jene zu treffen, die sie fortbringen sollten. Statt dessen liefen sie ihren Mördern in die Arme, die sie umbrachten, das Schwarzpulver ins Haus schafften und das Gebäude in die Luft sprengten.« Nelsons Hände zitterten, als er den Becher wieder auf den Tisch stellte. »Versteht Ihr nun, warum ich Angst habe, Herr? Wenn die Mörder gestern abend keine Skrupel hatten, haben sie heute auch keine.«

»Habt Ihr Beweise?«

Nelson lächelte dünn. »Immer nur Beweise«, murmelte er. »Wißt Ihr, Herr, bevor ich meinen Dienst bei Lord Darnley antrat, war ich bei Lord Chamberlain und gehörte zu einer Schauspieltruppe. Die Wörter ›Immer nur Beweise‹ kamen in vielen Stücken vor, die wir in den Dörfern und Städten rund um London aufführten. Ich hätte nie gedacht, daß mein Leben einmal davon abhängen könnte. Ja, ich habe Beweise, und ich habe Klatschgeschichten. Aber« – er tippte an sein Wams –, »zuerst brauche ich Geld.«

Segalla drückte ihm ein paar Münzen in die Hand.

»Darnleys Fluchtpläne waren ein offenes Geheimnis«, fuhr

Nelson fort. »Oh, wir wußten wohl, daß jeder schottische Adlige Darnleys Tod herbeisehnte. Habt Ihr die Geschichte gehört? Von dem großen Raben, der über uns flog, als die Königin Darnley in einer Sänfte nach Kirk o'Field brachte?

»Eine Warnung?«

»Eher eine Prophezeiung. Vorigen Freitag warnten die Männer des Grafen von Murray den König, daß sein Leben in Gefahr sei.«

»Wie das?« Segalla rückte ein Stück näher. »Man hat den König gewarnt, er sei in Gefahr?«

Nelson blickte ihn merkwürdig an. »O ja, Herr. Hat Ihre Majestät Euch das nicht erzählt? Eine heftige Auseinandersetzung zwischen Darnley und den Männern des Grafen von Murray; die Hände fuhren an die Dolche, bis die Königin schließlich um Frieden bat.«

Segalla lehnte sich an die Wand und schaute auf den mit Binsen ausgelegten Boden der überfüllten Gaststube. Er hörte Wortfetzen wie »Kirk o'Field« und »blutiger Mord« und begriff, daß das, worüber er mit Nelson sprach, in aller Munde war. Sein Unbehagen wuchs. Nelson hatte recht. Wenn der Gemahl der Königin auf so barbarische Weise umgebracht werden konnte, welchen Schutz vermochte man dann englischen Dienern zu bieten? Oder sogar einem Gesandten aus Paris? Besonders ihm, einem Jesuiten, in der Stadt, die für ihre Begeisterung für den reformierten Glauben bekannt war?

»Monsieur?«

Segalla verbarg ein Lächeln über die ungewohnte französische Anrede. »Wir müssen alle vorsichtig sein, Master Nelson«, sagte er. »Wenn Ihr Schottland schnell verlassen müßt, dann gilt für mich dasselbe.« Er erinnerte sich an die dunklen

Schatten unter Marias Augen. »Was glaubt Ihr, wer Euren Herrn umbrachte?« fragte er.

»Oh, die mächtigen Lords«, antwortete Nelson rasch und lachte verächtlich. »Bei den meisten Morden wird gefragt: ›Wer war es?‹ Bei meinem Herrn Darnley wäre es einfacher zu fragen: ›Wer wollte seinen Tod nicht?‹«

»Aber wie geschah es?« fragte Segalla. »Der zeitliche Ablauf, die Geschwindigkeit, die Gründlichkeit bei der ganzen Sache. Alles hätte schiefgehen können. Überall in Kirk o'Field waren Stallknechte und anderes Personal. Sie hätten vom Lärm der Männer, die das Schießpulver legten, gestört werden können. Sie hätten Darnleys Flucht beobachten können. Wieso hatte er sich nicht gewehrt? Ging er wie ein Lamm zur Schlachtbank? Und wenn seine Leiche und die von Taylor, von dem Stuhl und Tauwerk ganz zu schweigen, in einen Obstgarten geschleppt wurden, warum hat das niemand gesehen? Die Mörder gingen ein großes Risiko ein und hatten dennoch Erfolg.« Er warf Nelson einen prüfenden Blick zu. »Aber Ihr und Symonds wurdet gerettet?«

»Ja, weil wir auf der Galerie schliefen. Symonds und ich haben uns Gedanken darüber gemacht: Die Galerie muß zuletzt eingestürzt sein. Sonst wären wir mit den anderen zusammen begraben worden.« Nelson beugte sich zu Segalla hinüber. »Aber es gibt noch andere Gerüchte«, flüsterte er. »Habt Ihr bemerkt, Monsieur, daß niemand in Kirk o'Field bleiben wollte? Alle, auch die Diener, die Ihr erwähntet, folgten Ihrer Majestät nach Holyrood zu den Feierlichkeiten. Es gibt einige« – er hielt inne –, »Männer wie Sandy Durham, die keinen Hehl daraus machten, daß sie Angst hatten, dort zu bleiben.«

Segalla erinnerte sich an den jungen Mann, den er am Sonnabend gesehen hatte.

»War er nicht die Wache des verstorbenen Königs?«

»Ja.«

Segalla nippte an seinem Wein. Was sollte er tun? Nelson hatte recht. Alle hatten Darnleys Tod gewollt, Marie schien gewußt zu haben, daß er umgebracht werden würde. Aber konnte das den Ruf der Königin retten? Eine böse Ahnung packte Segalla. Wie würde das auf die Königshöfe Europas wirken? Maria tanzte und feierte in Holyrood, während ihr Gemahl hinterrücks ermordet wurde.

»Ihr spracht von Beweisen«, sagte Segalla. Nelson leerte seinen Becher. »Und die müßt Ihr mir als Gegenleistung für meinen Schutz liefern.« Er packte Nelson beim Handgelenk und war überrascht ob der Stärke des jungen Mannes, als dieser im Angstreflex die Muskeln anspannte.

»Dann kommt mit mir«, sagte Nelson. »Ich habe den Entwurf eines Briefes in meiner Kammer. Ich hatte ihn im Wams, als Kirk o'Field in die Luft flog. Darin schreibt Darnley an seinen Vater, daß er hofft, ihn bald zu treffen.«

Sie nahmen ihre Umhänge und holten die Pferde aus dem Stall. Segalla ließ Nelson voranreiten, hielt jedoch an, als er auf der Treppe vor dem Tolbooth viele Menschen erblickte. Er bat Nelson zu warten und ritt näher. Über die Köpfe der Menge hinweg konnte Segalla den Anschlag entziffern, der an die Tür des Gerichtes genagelt wurde.

UNSER KÖNIG IST HINTERRÜCKS ERMORDET WORDEN, stand dort in roten Lettern. UND DER VERFASSER DIESER WORTE WIRD, MIT GOTTES HILFE, SEINE GEMEINEN, BLUTIGEN MÖRDER NENNEN.

Segalla fiel es schwer, das Raunen der Menge zu verstehen, und er wagte nicht, Fragen zu stellen und dabei seinen Akzent zu verraten. Allerdings hörte er den Namen Bothwell und aus dem Mund einer vornehm gekleideten Dame die Worte: »Tja, und Bothwells Liebchen.« Sie leisten gute Arbeit, dachte Segalla. Wer immer den Mord an Darnley geplant hatte, verbreitete auch bereits sein Gift in der Stadt. Er wendete sein Pferd und folgte Nelson eine Gasse hinunter zu einer schäbigen kleinen Schenke, an deren zerbeulter Dachrinne ein Wirtshausschild baumelte.

»Was Besseres konnten wir uns nicht leisten«, entschuldigte sich Nelson.

Sie banden die Pferde an und bezahlten einen zerlumpten Pferdeknecht dafür, daß er sie bewachte. Segalla folgte Nelson in die Schenke. Auf der ausgetretenen Treppe saß eine Ratte, frech wie Dreck, und nagte an Essensresten. Sie verschwand seelenruhig, als die Männer näher kamen. Segalla sah, daß die Fenster mit Pergament bedeckt waren; auf den Simsen und Regalen lag eine dicke Schicht Staub, und das wacklige Geländer war schmutzverkrustet. Am Ende der Treppe blieb Nelson vor einer Dachkammer stehen und klopfte leise an.

»Symonds!« rief er. »Mach auf. Ich bin's, Thomas; wir haben Besuch.« Keine Antwort. Nelson versuchte, die abgenutzte Metallklinke zu drücken, doch die Tür gab nicht nach.

»Symonds!« rief Nelson jetzt lauter und lächelte Segalla über die Schulter hinweg entschuldigend an. »Wahrscheinlich schläft er. Er war verletzt und ganz durcheinander.« Er klopfte noch einmal.

»Vielleicht ist er fortgegangen«, sagte Segalla.

»Was ist hier los?« Eine schäbige alte Vettel tauchte hinter ihnen auf. Das schwarze Haar hing in fettigen Strähnen herab; das breite Gesicht war schweißbedeckt, und über dem Mund prangte dort, wo früher die Nase gewesen war, eine lange, tiefrote Narbe.

»Ihr verfluchten Engländer!« knurrte sie, die Hände in die Hüften gestemmt. »Ihr wißt überhaupt nich, was für'n Aufruhr ihr hier veranstaltet.«

Segalla langte in seine Geldbörse und zog eine Münze hervor. Im Nu schlug die Laune der Frau um. Sie lächelte, machte sogar einen Knicks.

»Ist mein Freund da?« fragte Nelson.

»Weggegangen isser nich«, erwiderte die Frau und ließ die Münze nicht aus den Augen.

»Aber er antwortet nicht.«

»Weg da!«

Sie schob sich an ihnen vorbei, stand vor der Tür, hob ein Bein und trat unterhalb der Klinke gegen die Tür, die in ihren Lederscharnieren bebte, sich aber nicht öffnete. Die Frau streckte die Hand nach der Münze aus. Segalla reichte sie ihr. Noch einmal trat ihr Stiefel krachend gegen die Tür, die diesmal nachgab. Segalla und Nelson folgten der Alten in die Kammer. Die Frau warf einen Blick auf Symonds, der auf dem Bett ausgestreckt lag, und wandte sich würgend ab, als sie die gezackte Wunde von einem Ohr zum anderen gesehen hatte und das Blut, das sein Wams und die schmutzigen Laken durchtränkte. Fluchend stürzte sie hinaus. Nelson sank leise weinend auf die Knie, die Arme über der Brust gekreuzt. Segalla beugte sich über das Bett und kämpfte mit seinem Magen. Der Geruch in der kleinen Kammer war ekelhaft. Segallas Eingeweide krümmten sich vollends, als er eine Ratte unter einem schmutzigen Kissen hervorschießen und hinter dem Bett verschwinden sah. Er berührte Symonds kalte Wange. Dann fiel sein Blick auf das offene Fenster.

»Weshalb sollte jemand den armen Symonds ermorden?« hauchte Nelson.

Segalla löste seinen Blick von dem blutdurchtränkten Leichnam auf dem Bett und zeigte in die Ecke, wo Nelsons und Symonds Habseligkeiten verstreut lagen. »Die haben etwas gesucht.«

Nelson rappelte sich auf und ging zu den Kleidern. Er hob einen abgetragenen Gürtel mit einer Ledertasche hoch.

»Leer«, klagte er. »Sie haben die paar Münzen mitgenommen, die wir noch hatten, und den Brief dazu.«

Segalla schloß kurz die Augen, hob eine dünne Decke vom Boden auf und deckte Symonds Leiche damit zu. Er trat ans Fenster und blickte hinunter auf die schmutzige Gasse. Die Mauern des Wirtshauses waren schief. Risse und Spalten im Mauerwerk machten es leicht, in die Dachkammer hochzuklettern und wieder hinunter. Er warf einen Blick zur Tür und sah, daß ihr gewaltsames Eindringen die Riegel auf der Innenseite hatte zerbrechen lassen.

»Wer wußte, daß ihr hier seid?« Nelson saß untröstlich auf dem Boden und schüttelte den Kopf. »Ich weiß nicht«, jammerte er. »Wir haben unser bißchen Hab und Gut genommen und sind heute morgen hierher gekommen. In Kirk o'Field hat mir einer von Bothwells Leuten, ich weiß nicht mehr wer, befohlen, nach Holyrood zu kommen.« Mit einem Kopfnicken deutete er zum Bett hin. »Symonds war noch schwach und nervös. Ich bat ihn, vorsichtig zu sein. Er hat die Tür von innen verriegelt.«

»Stand das Fenster offen?«

Nelson ging und drückte den Fensterflügel zu.

»Es hat gar keinen Riegel«, sagte er verzweifelt. Er schlang die Arme um sich, trat auf Segalla zu und blieb vor ihm stehen. »Monsieur, ich gehe fort. Ich habe die Nase voll von Schottland und seinen blutigen Machenschaften.«

Segalla nahm ihn bei den Schultern. »Nelson, schaut mich an!«

Ängstlich blickte der Diener auf.

»Die, die Darnley umgebracht haben, sind Euch und Symonds hierher gefolgt. Sie sind an der Wand hochgeklettert, haben das Fenster eingedrückt und ihm die Kehle durchgeschnitten. Dann haben sie Eure Habseligkeiten durchsucht nach etwas, was Ihr von Kirk o'Field vielleicht mitgenommen hattet.« Segalla ließ die Hände sinken. »Womöglich kamen sie her, um Euch zu töten, weil Ihr etwas Ungewöhnliches gesehen hattet. Ein roter Faden, der uns zu Darnleys Mördern zurückführt. Was war es, Thomas?«

Nelson drehte sich um und ging zum Bett. Er betrachtete das grobe Tuch, das seinen toten Kameraden bedeckte. »Ich weiß es nicht. Der Herr ist mein Zeuge, ich weiß es wirklich nicht.« Er warf einen Blick über die Schulter. »Aber hier bleibe ich nicht, Monsieur.«

»Ihr könnt mit uns kommen«, sagte Segalla und nahm seinen Umhang.

»Was wird mit Symonds?«

»Ihr kennt das Wort Gottes. Laßt die Toten die Toten begraben.«

Segalla fühlte sich unbehaglich. Als Priester war es seine Pflicht, die Leiche zu segnen oder ihr Worte der Absolution ins Ohr zu flüstern. Zudem müßte er nach dem kanonischen Recht eigentlich dafür sorgen, daß die Leiche angemessen bestattet wurde. Er fischte in seiner Geldbörse nach einer Münze und dankte Gott im stillen, daß Beaton ihn mit den nötigen Mitteln für die Reise ausgestattet hatte.

»Hier, bring das der Wirtin. Sie wird wissen wollen, was geschehen ist. Sagt ihr, sie soll dafür sorgen, daß Symonds

Leiche abgeholt, gekleidet und anständig beerdigt wird. Beeilt Euch!«

Als Nelson die Kammer verlassen hatte, kniete Segalla neben dem schmalen Lager nieder und zog das grobe Tuch beiseite. Die Augen des Toten starrten blicklos zu ihm hoch; der hängende Unterkiefer verbarg die klaffende Halswunde. Segalla sah zum Fenster hinüber, dann wieder auf die Leiche. Er versuchte, sich vorzustellen, was geschehen war: Symonds hatte nach dem Schrecken der vergangenen Nacht fest geschlafen; auf leisen Sohlen war der Mörder gekommen, hatte das Fenster geöffnet und war in die Dachkammer geschlüpft, hatte sich vorsichtig angeschlichen und Symonds das Messer an den Hals gesetzt, ehe dieser sich auch nur regen konnte. Segalla bekreuzigte sich und beugte sich, seinen Ekel überwindend, über die Leiche und sprach die Worte der Absolution, befahl der Seele im Namen Christi, den Toten zu verlassen und vor ihren Schöpfer zu treten. Segalla segnete hastig den Toten, nahm seinen Umhang und ging die Treppe hinunter. Die alte Vettel, der die Schenke gehörte, versprach zu tun, was Nelson wollte.

»Ich werde es nachprüfen«, sagte Segalla und näherte sich ihrem Gesicht bis auf wenige Zentimeter. »Einer der Leute des ehrenwerten Lord Bothwell wird kommen und nachsehen, ob die Leiche ein angemessenes christliches Begräbnis bekommen hat. Du hast die Münze?«

Die Frau nickte.

»Dann sorge dafür, daß alles erledigt wird.« Er wartete. »Du hast keinen Lärm gehört? Keinen Tumult, der den Mord an diesem Mann erklären würde?«

Die Vettel schaute gierig auf die Münze in ihrer Hand. Sie deutete auf Nelson. »Ich habe gehört, wie der Engländer weggegangen ist. Ich war auf der Treppe und habe ihn mit seinem Kumpel reden hören.« Sie wischte sich den Mund am Ärmel ihres schmutzigen Kleides ab. »Und meiner Seel'«, kreischte sie, »ich hab' nicht die Bohne gehört, bis Ihr zurückgekommen seid.«

Segalla bedankte sich bei ihr. Er und Nelson bestiegen die Pferde und ritten durch die belebten Gassen zurück zum Wirtshaus »Zur Feuerprobe«. Segalla rief sofort den Wirt herbei, er solle Nelson eine Unterkunft besorgen.

»Ihr könnt hierbleiben, Thomas«, sagte er freundlich. »Aber was dann?«

Nelson zuckte mit den Schultern. »Ich werde mir die Genehmigung von der Königin holen, und glaubt mir, dann verschwinde ich aus Edinburgh, so schnell ich kann.«

Segalla nickte und ging hinauf in sein Zimmer. Es war gefegt und gereinigt worden. In einem Krug auf dem Tisch neben seinem Bett standen ein paar kleine, weiße Christrosen. Segalla lächelte, denn er erkannte darin Janettes Handschrift; dann überlegte er, wo seine »liebe Gemahlin« und der Diener wohl stecken mochten. Müde legte er sich auf das Bett und blickte zu dem bunten Baldachin hinauf.

Eigentlich sollte ich eine Messe lesen, dachte er, entschied sich aber dagegen. Die Ordensregeln waren in diesem Punkt recht eindeutig. Befand sich ein Priester in Gefahr oder ließen die Umstände das Abhalten einer Messe zu riskant erscheinen, war er von seiner täglichen Pflicht entbunden. Segalla sprach ein Gebet und ließ seinen Gedanken freien Lauf. Vor seinem geistigen Auge tauchten Bilder auf: die Trümmer in Kirk o'Field; Darnleys Körper in dem eiskalten Obstgarten; Bothwell, nervös und erregt; die Königin unter Schock; Nelson, der unbedingt von hier fort wollte; Symonds mit durchgeschnittener Kehle. Segalla verschränkte die Arme hinter dem Kopf. Eins konnte er mit Sicherheit sagen: Darnley war aus Kirk o'Field geflohen. Seine Mörder hatten ihm Schutz und Hilfe angeboten, ihn so in die Falle gelockt und anschließend die alte Probstei gesprengt.

Aber wer war es?

Alle wünschten Darnley den Tod. Dennoch lagen Welten zwischen dem Gedanken an die Tat und deren Ausführung. War es Bothwell? War er wirklich nach Kirk o'Field geritten, um nachzusehen, ob dort alles in Ordnung war? Oder hatten er und seine Leute sich mit Darnley und Taylor getroffen und beide lautlos im Freien oder an einem anderen Ort erstickt? Und wenn es Bothwell war, hatte die Königin es stillschweigend gebilligt? Oder war es Ker von Fawdonside? Der Graf von Murray? Aber der war doch in Five gewesen, oder nicht? Und die anderen großen Lords hatten sich wohlweislich nicht in der Nähe aufgehalten. Segalla biß sich auf die Unterlippe. Beaton hatte ihn vor Walsinghams Spion, dem Raben, gewarnt. War er der eigentliche Mörder? Der Mann, wer immer er sein mochte, hatte mit brutaler Gründlichkeit gearbeitet. Aber wie konnte ein englischer Spion ohne weiteres an so viel Schwarzpulver herankommen und es mit derartiger Dreistigkeit in die königlichen Wohngebäude transportieren? War der Rabe ein Spion? Oder ein schottischer Adliger, der von Walsingham bezahlt wurde? Beaton hatte von einem Nahestehenden gesprochen, wie Bothwell zum Beispiel. Verfolgte dieser eigene geheime Pläne? Segalla dachte an die Botschaft, die der Rabe ihm hinterlassen hatte, und bewunderte die Unverfrorenheit des Mannes. Es klopfte an seine Tür, seine Hand fuhr unter das Kissen, wo der Dolch lag. »Herein! Herein!« rief er.

Eine dünne, bleiche Dienerin trat ein. Sie stand nervös im Türrahmen, das Gesicht hinter fettigen Locken verborgen. Segalla setzte sich auf.

»Was ist, Mädchen? Nur keine Angst.«

Sie kam auf ihn zu. »Das hat einer für Euch dagelassen.«

»Wer?«

»Unten.«

Sie überreichte ihm ein versiegeltes Päckchen. Er drehte es um; sein Name stand mit blaugrüner Tinte in kühner Handschrift darauf. Segalla fröstelte. Neben seinen Namen waren die Buchstaben »GJ«, die Abkürzung für »Gesellschaft Jesu« gekritzelt. Segalla verbarg seinen Schreck und lächelte das Mädchen an.

»Hast du es in Empfang genommen?«

»Ja, Herr. Ich hab' den Tisch abgewischt. Der Mann kam rein, einen Umhang hatte er an.«

»Wie sprach er?«

»Leise, und schottisch. Der Wirt hat gesagt, ich soll es raufbringen.«

Segalla bedankte sich. »Weißt du, was auf dem Päckchen steht?«

Sie wandte sich zum Gehen. »Nee. Ich kann nich lesen, aber er hat Euren Namen gesagt.« Rasch ließ sie die Tür hinter sich ins Schloß fallen.

Segalla betrachtete das Paket. Wer kannte seine wahre Identität? Nur die Königin? Rasch öffnete er es. Im Innern lagen zwei glänzende schwarze Federn. Die Botschaft auf dem Pergament war einfach. Betet für Symonds, betet für Euch und betet für die Königin. Es war elegant unterzeichnet: der Rabe.

Segalla hatte Mühe, seinen Zorn zu unterdrücken. Er warf

noch einen Blick auf das Stück Pergament und ging zur Zimmerecke, wo ein kleines abgedecktes Kohlebecken schwach glühte. Er hob den Deckel und warf die Botschaft hinein. Hastig füllte er einen Becher mit Wein und leerte ihn in tiefen Schlucken, den bitteren, abgestandenen Geschmack ignorierend. Eine Zeitlang stand er da, rollte den Becher zwischen den Händen und versuchte, seiner Panik Herr zu werden. Der Rabe kannte nicht nur seine Identität, sondern auch jeden seiner Schritte. Ganz gewiß war er für den Mord an Symonds verantwortlich und machte sich im stillen über Segalla lustig. Die kühle Unverfrorenheit des Raben war keine Prahlerei, sondern ein Zeichen dafür, wie klug er die Fäden in der Hand hielt.

Segalla setzte sich. »Ihre Majestät weiß«, sagte er zu sich, »daß ich Jesuit bin. Aber weiß es sonst noch jemand?« Walsingham vielleicht: Seine Agenten am französischen Hof nahmen gewiß jeden unter die Lupe und hatten seine Maske vielleicht durchschaut. Segalla fror. Und noch zwei Menschen wußten, wer er war: Janette Lindsay und Thomas Vartlett.

»Unmöglich!« Er redete die nackte Wand an, doch dann dachte er nach. »Nichts ist unmöglich«, gab er zu. Er verriegelte die Zimmertür und legte sich wieder auf das Bett. Warum waren Lindsay und Vartlett hierher geschickt worden? Um ihm zu helfen? Um ihm seine Maskerade zu ermöglichen? Gewiß, die Königin sprach mehr mit Segalla als den beiden, aber vertraute Beaton ihnen wirklich? Hatte Beaton ihn, Segalla, deshalb gewarnt, auf niemanden zu zählen? Konnte es sein, daß Lindsay und Vartlett von Walsingham bezahlt wurden? Sie kannten Segallas wahre Identität. Sie hielten sich sehr zurück; der Himmel mochte wissen, wo sie jetzt waren. An seinem ersten Tag in Edinburgh waren sie mit ihm nach Kirk o'Field geritten und hatten sich intensiv mit Dienern wie Paris und Sandy Durham unterhalten. Und in der Nacht der Explosion? Segalla warf sich unruhig auf dem Bett hin und her.

»Kann das sein?« fragte er sich. »Haben Janette und Vartlett bei der Ermordung des Königs eine Rolle gespielt?«

Er stand wieder auf und holte sein Tintenhorn hervor, die Schreibfeder, das Pergament und dazu sein Stundenbuch. Er schlug es ganz hinten auf und entwarf in der Verschlüsselung, die Beaton ihm beigebracht hatte, einen Brief an den Erzbischof in Paris, in dem er die Explosion und Darnleys rätselhaften Tod darstellte. Sachlich und unumwunden schilderte er in allen Einzelheiten, was er gesehen hatte, dazu die Reaktionen der Königin und die Gefahren, denen sie nun ausgesetzt war. Als er den Brief beendet hatte, schrieb er ihn noch einmal und versuchte, seine Sätze noch eindringlicher zu gestalten. Dann nahm er eine Kopie der von ihm angefertigten Zeichnung, steckte sie in den Brief, rollte ihn zusammen und versiegelte ihn.

Als er Janette und Vartlett draußen auf dem Gang hörte, war er gerade fertig. Er setzte eine gelassene Miene auf und öffnete. Janette drängte sich an ihm vorbei ins Zimmer und schlug die Kapuze zurück. Sie machte einen fröhlichen Eindruck. Auch Vartlett schien guter Dinge, rieb die Hände aneinander und blies in die Handflächen. Janette warf sich aufs Bett.

»Mein lieber Mann, warum verschließt Ihr die Tür vor uns?«

Segalla hob die Schultern und lächelte. »Wir leben in unruhigen Zeiten.«

»Und wie geht's Ihrer Majestät?«

Segalla beschrieb seinen Besuch in Holyrood und seine Begegnung mit der Königin und Bothwell. Er schilderte die Königin absichtlich stärker und entschlossener, als sie war. Janette musterte ihn neugierig. »Stimmt was nicht?« fragte sie. »Lügt mich nicht an, Priester!« flüsterte sie. »Euer Lächeln ist falsch; es reicht nicht bis in Eure Augen. Ihr habt Eure Seele verschlossen. Warum?«

»Liegt es an Symonds Tod?« fragte Vartlett. »Wir trafen Nelson unten im Schankraum. Er fraß wie ein Scheunendrescher und war froh wie ein Mops im Haferstroh. Er glaubt, Ihr würdet ihn beschützen.«

»Ja, ja, Symonds Tod.« Segallas Stimme klang gepreßt. »Nun fürchtet auch Nelson um sein Leben, so wie ich. Der Rabe« – er hielt Janettes Blick – »weiß, wer ich bin. Zweimal hat er mir gedroht.«

»Dann sollten wir verschwinden«, entgegnete sie. »Wir haben der Königin die Briefe des Erzbischofs überreicht. Unsere Aufgabe ist erfüllt.«

Segalla drehte sich um und trat ans Fenster, so daß sie sein Gesicht nicht sehen konnten. »Bevor ich Paris verließ«, sagte er mit Bedacht, »hat uns Beaton noch einen anderen Auftrag erteilt.«

»Die Schwingen des Raben zu kappen«, sagte Vartlett.

Segalla wandte sich um. »O nein, Master Vartlett, wir werden mehr als das tun. So wahr Gott mein Zeuge ist, ich werde ihn töten!«

»Töten?« Janette sprang auf. »Monsieur, seid Ihr von Sinnen?« Das Lachen war aus ihren Augen verschwunden. Händeringend stand sie vor ihm. »Wir sind Gesandte, keine Mörder!«

»Wir kamen, um Euch Neuigkeiten zu bringen«, unterbrach Vartlett und stellte sich zwischen die beiden. »Der Körper des Königs soll einbalsamiert werden. Und ...«

»Und was?«

»In der Nähe von Kirk o'Field ist das Faß gefunden worden, in dem das Schwarzpulver war.«

Neun

Bei Tageslicht wirkte Kirk o'Field noch trostloser. Der Staub hatte sich gelegt, und dem Betrachter bot sich ein Bild der Verwüstung. Die Bewohner der Stadt kamen in Scharen, um den Ort in Augenschein zu nehmen, an dem ihr König gestorben war; Soldaten in königlicher Uniform sperrten das Gelände weiträumig ab, während Diener der Königin unter der Anleitung ihres Zeremonienmeisters Archibald Bethon die Trümmer durchwühlten.

»Bis auf die Grundmauern«, hauchte Janette, die neben Segalla stand. »Wir war das nur möglich?«

Segalla warf ihr einen raschen Blick zu. Er hatte kaum ein Wort mit ihr oder Vartlett gewechselt, seit sie das Wirtshaus verlassen hatten. Der Verdacht gegen seine beiden Begleiter nagte noch immer an ihm. »Wartet hier!« befahl er.

Janette hielt ihn am Ärmel fest. »Nicholas.« Ihr Gesicht

war voller Angst. »Was ist los?« Sie deutete auf die Ruinen. »Hiermit haben wir nichts zu tun.«

Segalla entzog sich ihrem Griff und bahnte sich mit vorsichtigen Schritten einen Weg über die Trümmer. Einer der königlichen Bogenschützen wollte ihn anhalten, doch Archibald Bethon befahl ihm, den Gesandten durchzulassen. Der Zeremonienmeister hockte auf den Trümmern und wühlte, blind für den Schmutz auf seinen Kleidern, im Mauerputz herum. Sein schmales Gesicht mit den traurigen Zügen sah noch düsterer aus als sonst.

»Monsieur Segalla, kein Stein ist auf dem anderen geblieben«, sagte Bethon und kniff die Augen zusammen. »Wart Ihr heute morgen in Holyrood?«

Segalla nickte und hockte sich neben ihn.

»Die Königin schätzt Euren Rat«, sagte Bethon. »Sie möchte Euch bald wiedersehen.« Er schleuderte einen Steinbrokken weg. »Daß Ihr hierhergekommen seid, hat mir einen Gang in die Stadt erspart.« Er blickte sich um. »Hier habe ich genug Zeit verschwendet.«

»Wonach sucht Ihr?«

»Oh, nach allem, was wertvoll ist.« Der Zeremonienmeister führte ihn zu einem tiefen Loch, das man ausgehoben hatte. »Soweit ich mich erinnere«, erklärte er, »war das Zimmer der Königin unter dem des Königs; Darnleys Sachen sollten also in diesem Bereich liegen.«

»Und, habt Ihr etwas gefunden?«

Bethon warf einen Blick auf die vielen Menschen hinter den aufgereihten Bogenschützen. »Hier waren Plünderer am Werk«, bemerkte er. »Darum bin ich gekommen. Das eine oder andere haben wir gefunden, aber alles ist zertrümmert. Was ich jedoch nicht verstehen, ist, daß ich zwar die Überreste des Schreibtisches der Königin gefunden habe, aber keine Spur von Pergamenten, Tintenhorn oder Schreibfeder, die sie dort liegengelassen hatte.« Er stand auf, klopfte sich den Staub von der Hose und warf einen Blick zum verhangenen Himmel empor. »Wenn es schneit«, sagte er, »wird das Aufräumen unmöglich.«

»Glaubt Ihr, das Haus ist noch vor der Explosion geplündert worden?« fragte Segalla.

Bethon kratzte sich den ungekämmten roten Bart. »Um ehrlich zu sein, Monsieur, ja. Aber wie? Die Schlüssel der Königin hatte ich; der König hatte seine.«

»Vielleicht hat Darnley selbst die fehlenden Sachen an sich genommen?«

»Ihr meint, als er aus dem Haus floh?«

»Vielleicht ist er nicht geflohen«, sagte Segalla, »sondern aus eigenem Entschluß gegangen.«

»Warum sollte er dann die Schreibutensilien der Königin, ihre Federn und Siegel mitnehmen? Es gibt da eine Kassette«, fuhr Bethon fort. »Eine silberne. Sie stand auf dem Schreibtisch der Königin, aber jetzt ist sie spurlos verschwunden.«

Segalla überließ Bethon seiner Suche und ging zurück zu Janette und Vartlett.

»Was gibt's?« fragte Vartlett.

»Das Rätsel wird immer undurchsichtiger«, sagte Segalla. »Bethon glaubt, daß die Gemächer der Königin und vielleicht auch die Darnleys geplündert wurden, noch ehe das Haus in die Luft flog. Aber« – er lächelte schief – »Bethon meint, das sei unmöglich, außer der König persönlich hätte das getan.« Er schüttelte sich den Staub vom Umhang. »Wo ist das Pulverfaß?«

Vartlett erkundigte sich bei einem der Bogenschützen, und sie gingen durch die Gärten von Kirk o'Field zum kleinen Innenhof. In der Mitte befand sich ein Brunnen mit reich verzierter Abdeckung. Daneben stand ein großes, eisenbeschlagenes Faß.

»Dem Bogenschützen zufolge«, erklärte Vartlett und betrachtete das Faß, »fanden sie es neben dem Tor, das von den Außengebäuden zur Alten Probstei führt.«

Segalla warf einen Blick auf das Faß, ließ die Finger über die Innenseiten gleiten und roch an dem dünnen, gräulichen Belag. Schwefelgeruch stieg ihm in die Nase. Er wischte sich die Hände am Wams ab. »Das ist Schwarzpulver«, sagte er. »Aber wenn es dazu benutzt wurde, das Haus zu sprengen, woher kam es?«

Er schickte sich an, den Hof zu überqueren, da trat Janette ihm in den Weg, Vartlett an ihrer Seite. Sie schaute ihn berechnend an. »Nun kommt schon, mein lieber Gemahl«, flüsterte sie, »weder Ihr noch ich glauben diesen ganzen Unsinn.«

»Wie meint Ihr das?« fragte Segalla.

Janette deutete auf das Faß. »Das sollte doch gefunden werden. Das wißt Ihr ebenso gut wie ich. Die Mörder haben niemals die Gemächer der Königin geplündert, und Darnley war zwar haltlos, aber nicht dumm. Er würde wohl kaum des Nachts im Nachtgewand nach draußen gehen und einen Stuhl mitnehmen, wenn er wüßte, daß dort seine Feinde warten.« Sie trat näher. »Er ging aus freien Stücken, nicht wahr? Warum mißtraut Ihr uns so sehr, Gemahl?«

»Ich bin nicht Euer Gemahl«, zischte Segalla. »Und ich mißtraue Euch nicht. Aber, Mistress Lindsay, seit wir in Edinburg sind, seid Ihr und Vartlett Eurer Wege gegangen, und ich genauso. Ihr seid ein rätselhaftes Paar. Warum hat Beaton Euch mit mir geschickt?«

Segalla trat einen Schritt vor, doch weder Vartlett noch Janette gingen zur Seite.

»Sagt uns die Wahrheit, Gemahl.« Janette lächelte sarkastisch.

»Ich sage Euch meine Wahrheiten«, erwiderte Segalla, »wenn Ihr, Madame, Euch entscheiden könntet, mir die Euren zu sagen!«

Janette blickte Vartlett an; der nickte kaum merklich.

»Wir glauben«, begann Janette, »daß Darnley vorhatte, aus Kirk o'Field zu fliehen. Er verfolgte seine eigenen verrückten Pläne, wollte den kleinen Prinzen entführen und entweder ins Ausland fliehen oder mit Hilfe seines Vaters einen Aufstand anzetteln.« Sie sah den Zorn in Segallas Gesicht. »Nein, seid Eurem Herrn nicht böse. Ihr hattet den Auftrag, die Königin zu beraten. Wir hatten unsere eigenen Instruktionen. Wenn Darnley entkommen wäre, und ich wiederhole: wenn, dann sollten wir so tun, als unterstützten wir seine Sache, und ihm helfen, bis« – Janette hielt inne, als müsse sie die Worte sorgfältig abwägen –, »bis die Gefahr, die er darstellte, gebannt wäre. Nun ist Darnley tot und keine Gefahr mehr für die Königin. Unsere Aufgabe ist erledigt. Wenn Ihr wollt, daß wir bei Euch bleiben, dann werden wir das tun. Aber wenn nicht, Monsieur Segalla, dann nichts wie weg aus Schottland!«

Segalla blickte sie unverwandt an. »Ja, ich glaube, daß Darnley aus Kirk o'Field geflohen ist; jene, die behaupteten, sie wollten ihm helfen, brachten ihn statt dessen um, zogen ihm wahrscheinlich wieder jene Nachtgewänder an und ließen die Leiche im Obstgarten liegen. Danach sprengten sie

Kirk o'Field. Das Faß dort drüben ließ man absichtlich stehen; ob es benutzt wurde, spielt keine Rolle. Die Bühne ist jetzt bereitet; die nächsten Tage werden uns zeigen, wie sich das Spiel entwickelt.«

»Was, wenn Darnley selbst Schwarzpulver in einem dieser Außengebäude hat verstecken lassen; wenn er die Ladung persönlich angebracht und das Haus in die Luft gejagt hat?« fragte Janette. »Das hätte den Leuten immerhin genügend Rätsel aufgegeben, während er flüchtete; später wurde er dann von seinen sogenannten Verbündeten umgebracht.«

Segalla versuchte, seine Verblüffung zu überspielen.

»Liebster Gemahl«, sagte Janette, »Ihr seid nicht der einzige, der sich Gedanken macht. Was würde geschehen«, fuhr sie fort, »wenn es noch mehr Variationen zu dem Thema gäbe? Darnley sprengte Kirk o'Field, um sein Verschwinden zu vertuschen. Das Ganze war eine List, damit er später behaupten konnte, er sei dem Tode um Haaresbreite entronnen. Die Möglichkeiten sind endlos.«

Segalla wollte gerade antworten, als jemand seinen Namen rief; Bethon, der Zeremonienmeister, betrat den Innenhof, sich den Staub von der Kleidung schüttelnd.

»Monsieur Segalla, wollt Ihr mich begleiten? Der Leibarzt der Königin ist gerade bei der Leiche des Königs. Vielleicht ist es am besten, wenn auch Ihr anwesend seid, um Fragen zu stellen.«

»Dürfen wir mitkommen?« fragte Janette.

Segalla warf ihr einen Blick zu und schüttelte den Kopf. Er berührte ihre Lippen sanft mit den Fingern und blinzelte Vartlett zu. »Ich habe Euch großes Unrecht getan«, sagte er rasch auf französisch. »Eure Gedanken sind klarer als meine. Ich habe einen Brief für den Erzbischof in Paris. Vielleicht ist es am besten, wenn Ihr ihn nehmt?« Er lächelte sie beide an und eilte dann hinter Bethon her.

Segalla ließ ihn als ersten die Treppe hinaufgehen und behauptete, er müsse noch auf den Abtritt. Sowie Bethon außer Sichtweite war, setzte sich Segalla auf eine Bank und starrte seine Hände an.

»Du begehst einen Fehler, Nicholas«, sagte er zu sich. »Und du solltest es besser wissen.«

Er schloß die Augen, lehnte sich zurück und dachte über Janettes Worte nach. Verschwendete er seine Zeit? Es gab so viele Möglichkeiten: Janette hatte ihm gezeigt, daß jeder die Ereignisse auf seine Weise interpretieren konnte und deshalb Darnleys Ermordung so furchterregend makellos war; der Königin würde man, wenn nicht ganz, dann doch zum Teil, die Schuld geben. Wenn Darnley auf der Flucht gewesen war, wovor hatte er Angst gehabt? Wenn er gezwungen worden war zu fliehen, warum hatte seine Gemahlin ihn nicht besser geschützt? Und die Theorien von Vartlett und Janette? Segalla öffnete die Augen. Irgend etwas stimmte nicht, aber er konnte es nicht benennen.

»Monsieur Segalla, kommt Ihr?«

Er ging die Treppe hinauf. Oben stand Bethon, an eine Wand gelehnt. Die beiden Bogenschützen, die vor dem Zimmer Wache standen, grinsten verstohlen.

»Ich wünschte, ich wäre nicht hierher gekommen«, flüsterte Bethon. »Die Ärzte balsamieren die Leiche des Königs ein.« Die Hand vor den Mund gepreßt, rannte der Zeremonienmeister die Treppe hinunter.

Segalla nickte den Wachen zu und öffnete die Tür; sofort begriff er, weshalb Bethon so übel geworden war. Der Arzt und Chirurg der Königin, Master Pitcairn, stand an dem

Tisch, auf dem Darnleys Leiche lag. Er hatte den Körper von der Brust bis zum Schritt aufgeschlitzt: Die Gedärme lagen in Schüsseln, und die Luft war geschwängert vom ekelerregenden Verwesungsgeruch und dem Duft von Kräutern und Gewürzen, die Pitcairn mischte. Gehilfen mit schmutzigen Lederschürzen waren damit beschäftigt, die Gedärme in Eimern zu waschen und dann zu salzen, bevor sie in Kräutern gewälzt und in Kästen gesteckt wurden. Segalla biß die Zähne zusammen und versuchte, so flach wie möglich zu atmen. Sandy Durham, die Wache des Königs, stand am Fenster und hatte den Vorgängen im Zimmer den Rücken zugewandt.

Der Chirurg des Königs blickte auf: ein kleiner Mann mit sauber gestutztem Schnäuzer und Spitzbart. Er unterbrach seine Arbeit und sah Segalla fragend an.

»Müßt Ihr dabei sein, Herr? Um Himmels willen, diese Leiche ist wie alle anderen. Es ist wahrlich kein Mummenschanz auf einem Dorffest!«

Sandy Durham wirbelte herum, das Gesicht kreideweiß, und kam auf Segalla zu. Er war etwas unsicher auf den Beinen: Segalla vermochte nicht zu sagen, ob aus Nervosität oder weil er zuviel getrunken hatte. Er wollte Segalla gerade hinausschicken; plötzlich erkannte er ihn wieder und lächelte.

»Master Pitcairn, das ist Monsieur Segalla, der Sonderbeauftragte der Königin aus Frankreich.«

Der Chirurg lächelte entschuldigend und wandte sich wieder seiner Arbeit zu, während Durham Segalla aus dem Raum führte.

»Eine blutige Sache, Master Durham.«

»Ja, und meine Aufgabe ist es, die Leiche zu bewachen. Die Königin beabsichtigt, ihn in der königlichen Kapelle zu Holyrood beizusetzen.« Verlegen schaute Durham zur Seite. »Keine leichte Aufgabe«, sagte er leise. »Ich schaue aus dem Fenster, halte mir die Nase zu und bete zu Gott dem Herrn, daß der Arzt bald fertig ist.«

Segalla schob eine Hand unter Durhams Ellbogen und führte ihn über den Korridor zu einem Fenstersitz, der auf die Ruinen der Alten Probstei hinausging.

»Ich habe ein paar Fragen an Euch, Master Durham.«

Der Mann verzog keine Miene. »Alle haben Fragen, Monsieur Segalla.«

»Warum wart Ihr nicht bei Darnley, als er starb? Schließlich wart Ihr seine Wache.«

»Wieso, Herr, wollt Ihr, ich wäre tot?«

»Nein, aber ich wüßte gern, warum Ihr so erpicht darauf wart, Kirk o'Field zu verlassen.«

Durham wurde noch blasser, die Augen schossen unruhig hin und her, als sähe er jemanden hinter den Wandbehängen lauern. Er beugte sich vor. »Was wollt Ihr damit sagen, Herr?«

»Gerüchte, Master Durham. Es heißt, daß Ihr Kirk o'Field am Sonntag unbedingt verlassen wolltet.«

Durham senkte den Blick und betrachtete den billigen Ring an seiner Hand. »Ihr habt nicht die Befugnis, mir derartige Fragen zu stellen.«

»Nein, aber die Richter der Königin. Und die Folterknechte.«

»Ich habe Freunde«, murmelte Durham, ohne aufzublikken. »Mächtige Freunde.«

»Meint Ihr jene, die die Explosion in Kirk o'Field geplant haben?« höhnte Segalla.

»Nein, Franzose, Beschützer bei Hofe.«

»Ihr habt meine Frage noch nicht beantwortet. Der Tod

des Königs ist Verrat.« Segalla deutete auf das Gemach hinter sich. »Die Eingeweide des Königs werden entfernt, aber er ist schon lange tot. Was mag das für ein Gefühl sein, Master Durham, wenn man gehängt, dann halbtot abgeschnitten und ausgenommen wird und zusehen darf, wenn die Gedärme verbrannt werden?«

Durham lehnte sich zurück und verschränkte die Arme, um sein Zittern zu beherrschen. Er warf Segalla einen Blick zu, in dem sich Haß und Panik mischten. »Haltet Euch raus!« zischte er. »Franzose, Ihr wißt nicht, in was Ihr Euch da einmischt. Laßt mich in Ruhe.« Er machte Anstalten, aufzustehen.

Segalla zog rasch seinen Dolch und stellte sich ihm in den Weg. »Warum wolltet Ihr so unbedingt aus Kirk o'Field fort?«

»Ich war krank.«

Durham schien weich zu werden.

»Ihr lügt. Sagt mir die Wahrheit.«

Durham schaute zu den Ruinen hinüber. »Ihr habt das Haus gesehen. Ihr habt die Spannungen gespürt, Monsieur. Jeder mit ein bißchen Grips im Kopf wußte, daß Mord und Totschlag lauerten. Deshalb verließ ich Kirk o'Field. Außerdem wollte ich bei den Feierlichkeiten in Holyrood dabeisein.«

»Hatte Euer Herr, Lord Darnley, vor zu fliehen?«

Durham kicherte. »Mein Herr«, antwortete er langsam, »plapperte wie ein Kind: Seine Birne war voll verrückter Pläne und komplizierter Ränke. Ja, vielleicht hat er es vorgehabt.«

»Hat er mit Euch darüber gesprochen?«

»Nein.«

»Hattet Ihr einen Schlüssel zum Gemach des Königs?«

»Nein, ich hatte nur den Kellerschlüssel. Dort unten arbeitete Bonkle, der Koch.«

»Und in der Nacht der Explosion?«

»Bonkle hat das Feuer gelöscht, die Herde gereinigt, Platten mit kaltem Fleisch und Wein vorbereitet, für den Fall, daß der König Hunger bekäme, und dann ist er, wie wir alle, gegangen, um sich zu besaufen.«

»Und Ihr habt die Kellertür verriegelt?«

»Na klar! Kurz bevor die Königin nach Holyrood aufbrach.«

»Und Ihr hattet den einzigen Schlüssel?«

Durham prustete vor Lachen. »Herrgott, Monsieur, woher soll ich das denn wissen?«

»Ihr habt den Schlüssel niemandem geliehen? Oder es so eingerichtet, daß die Kellertür offenstand?«

»Warum hätte ich das tun sollen?«

»Weil ich mich mit Schwarzpulver auskenne«, entgegnete Segalla schroff. »Oh, ich habe das Faß gesehen, das draußen abgestellt wurde, aber das sollte nur unsere Neugier anspornen. Ich weiß allerdings«, sagte Segalla und zeigte aus dem Fenster, »daß man, um ein solches Haus mit Steinfundamenten und Bogengewölben als Stützen, um so etwas ganz in die Luft zu sprengen, mein Lieber, das Schwarzpulver schon in den Keller schaffen muß.« Er lächelte schmallippig. »Und wie hätten sie das tun sollen, wenn Ihr die Tür verschlossen habt?«

Sandy Durham sprang auf und kam so nah, daß Segalla seinen Atem spüren konnte. »Ich weiß es nicht, Franzose. Aber ich sage Euch eins: Es gibt Leute, die das wissen und was gegen Eure Einmischung haben.«

Ehe Segalla ihn aufhalten konnte, durchquerte Durham den Korridor, trat wieder ins Zimmer und schlug die Tür hinter sich zu. Segalla setzte sich auf den Fenstersitz und blickte über die Ruinen von Kirk o'Field. Er hatte mindestens eine halbe Stunde dort gewartet, als die Zimmertür erneut geöffnet wurde. Er hörte Pitcairn, den Chirurgen, mit den Bogenschützen, die vor der Tür Wache hielten, ein paar Worte wechseln, und trat aus der Fensterleibung.

»Master Pitcairn, auf ein Wort bitte, wenn es Euch recht ist?«

Der kleine Arzt lächelte, zuckte die Achseln und kam langsam auf Segalla zu. Er hatte die breite Lederschürze abgelegt und trug eine gesteppte Jacke mit Puffärmeln über einem hochgeschlossenen Leinenhemd, Kniehosen aus demselben dunkelroten Samt, elegante Strümpfe und hochhackige Schuhe mit goldenen Rosenknöpfen. In der Hand trug er einen Spazierstock mit silbernem Knauf, und seine Finger waren voller kleiner Ringe mit eingravierten Tierkreiszeichen. An einer Spitzenstulpe hing dekorativ ein seidenes Schnupftuch; in der anderen Hand hielt der Arzt eine mit Edelsteinen besetzte Parfümdose, an der er hin und wieder ausgiebig roch. Er streckte Segalla eine schlaffe Hand zum Gruß hin.

Segalla drückte die Hand des Mannes und bemerkte dessen undurchschaubaren Blick. »Ich habe ein paar Fragen«, sagte er.

Der Arzt lachte und hielt sich die Parfümdose an die Nase. »Fragen, Fragen, haben wir die nicht alle, Herr? Aber ich habe Hunger. Ich sage Euch, Herr«, dabei lehnte er sich auf seinen Spazierstock, »nichts regt den Appetit eines Mannes mehr an als das Öffnen einer Leiche und Konservieren der Innereien.«

Segalla wies auf die Treppe. »Dann seid mein Gast.«

Pitcairn nahm seinen Umhang und den hohen Hut und führte, den Spazierstock schwingend, Segalla aus Kirk o'Field zurück in Richtung auf das kleine Stadttor.

»Manchmal sind wir Schotten schreckliche Köche«, bemerkte er. »Ich habe in Frankreich an der Sorbonne studiert.« Er küßte sich die Fingerspitzen. »Wer einmal in den Wirtshäusern von Paris gegessen hat, ist für sein ganzes Leben verdorben. Aber kommt, ich will Euch eine kleine Oase in der Essenswüste zeigen«

»Seid Ihr gebürtiger Schotte?«

»O ja, und ich bin stolz darauf. Der Zweitgeborene eines verarmten Landadeligen. Ich ergriff so schnell wie möglich die Flucht. Erst nach Paris, dann studierte ich bei Vesalius, als er Anatomieprofessor an der Universität von Padua war. Habt Ihr je sein Werk *De humani corporis fabrica* gelesen?«

Segalla verbarg sein Lächeln und schüttelte den Kopf.

»Hervorragend«, fuhr der kleine Arzt fort. »Ein brillanter Geist. Wißt Ihr« – seine Stimme senkte sich zu einem heiseren Flüstern, als vertraue er Segalla ein großes Geheimnis an –, »er hat bewiesen, daß Galen Unrecht hatte.« Pitcairn seufzte. »Aber was spielt das hier für eine Rolle? Die Königin wollte mich in Schottland haben, also bin ich hier.«

»Und werdet Ihr bleiben?« fragte Segalla.

Der Arzt machte eine Pause und stützte sich, den Kopf schief gelegt, auf seinen Spazierstock. »Monsieur Segalla, ich bin kein Narr. Ich schaue einem Mann ins Gesicht, betrachte seine Augen, seine Haare, seine Nägel. Ich bin dazu ausgebildet, die bösen Säfte aufzuspüren, das Aufsteigen schwarzer Galle oder den Auswurf von gelbem Schleim.« Stockschwingend ging er weiter. »Mit dem Staatskörper ist es genauso. Die kleinen Leute in Schottland sind Gottes Kinder, aber der Adel ist verkommen. Wer seine Hände in einen stinkenden Körper steckt, muß ein Narr sein, und niemand bleibt in einem Zimmer, in dem die Pest wütet. Ich verbringe meine Zeit damit, Monsieur Segalla, Wunden zu reinigen und die Körpersäfte ins Gleichgewicht zu bringen. Ich mag keine Morde, und in Schottland wird das große Töten bald beginnen.«

»Ihr werdet die Königin verlassen?« fragte Segalla geradeheraus.

Pitcairn blieb stehen, zog ein Paar elegante Handschuhe vom Gürtel und streifte sie über. »Habe ich das gesagt, Monsieur? Aber die Königin ist fertig. Ich habe ihr meinen Rat gegeben.« Er nickte in Richtung Kirk o'Field. »Wie kann sie nach diesem Ereignis noch auf Erfolg hoffen? Sie ist krank, Monsieur Segalla. Sie hat einen stolzen, mutigen Geist, aber ihr Körper läßt sie im Stich.«

»Worin besteht ihre Krankheit?«

Der Arzt tippte sich mit dem Finger an die Schläfe. »Hier drinnen, Monsieur; denkt darüber nach.« Pitcairn blieb stehen; sie hatten das Stadttor fast erreicht. Der Arzt setzte sich auf eine Mauer. »Was ich jetzt sage, ist nur für Eure Ohren bestimmt, Monsieur Segalla. Nachdem Durham mir gesagt hat, wer Ihr seid« – er lächelte entschuldigend –, »hätte ich meinerseits eine Einladung zum Essen ausgesprochen, wenn Ihr mir nicht zuvorgekommen wärt. Die Königin ist eine schöne Frau«, fuhr er fort, als Segalla neben ihm Platz nahm. »Ihr Vater, Jakob V., starb eine Woche nach ihrer Geburt in einem Zustand von Wahnsinn, verfolgt von Visionen, die aus einer tiefen Melancholie herrührten. Eine Art verrückter Raserei, die sowohl den Körper als auch den Geist erschöpft.« Jetzt flüsterte Pitcairn. »Der Vater der Königin, das wissen nur wenige, litt an der Fallsucht. Maria geht es nicht anders. Nach ihrer Rückkehr aus Schottland lösten die Probleme diese Anfälle aus. Vor sechs Jahren stürzte sie bei einer plötzlichen Attacke vom Pferd. Weitere Anfälle folgten, und nach dem Mord an Riccio waren ihre Wehen verlängert. Die Geburt war außerordentlich schwer. Vor vier Monaten erlitt die Königin in Jedburgh die bisher schwerste Attacke. Sie lag da wie tot: die Gliedmaßen kalt, die Augen geschlossen, der Mund fest zu, Arme und Beine steif. Nur ich und die anderen Ärzte und dazu der unbändige Mut der Königin brachten sie wieder ins Leben zurück. Nach solchen Anfällen ist die Königin sehr schwach, zumindest körperlich. Ich kann Mixturen und andere Heilmittel verschreiben, aber der ehrenwerte Lord Bothwell, der im Ruf steht, sich mit Schwarzer Kunst zu befassen, verabreicht ihr ebenfalls Tränke.«

Segalla sprang bestürzt auf. »Monsieur Pitcairn, Ihr müßt Euch irren.«

»Nein, Monsieur Segalla, keineswegs. Die Königin ist erschöpft, in den falschen Händen, unter unheilbringendem Einfluß.« Pitcairn stützte sich auf seinen Stock und erhob sich ebenfalls. »Der Himmel weiß, was noch alles passieren kann.« Er packte Segallas Handgelenk. »Die Königin muß fort. Sie muß nach Frankreich fliehen, ihren kleinen Sohn mitnehmen, ihrem Körper und ihrer Seele Erholung gönnen. Ihre Verwandten dort, die Familie Guise, werden sie bei sich aufnehmen, und später, zu einem günstigeren Zeitpunkt, kann sie nach Schottland zurückkehren.« Pitcairn lächelte und schüttelte sich. »Aber kommt, es ist kalt, und das versprochene Mahl erwartet uns.«

Zehn

In dem kleinen Gasthaus gleich hinter der Stadtmauer bekam Pitcairn einen besonderen Tisch, der durch eine Stellwand vom übrigen Schankraum abgetrennt war. Eine Zeitlang saß Segalla dem kleinen Arzt gegenüber und beobachtete amüsiert, wie der Mann, der gerade noch einen Leichnam gereinigt hatte, mit großem Appetit zulangte: Makrelenfilets, Gänseklein in Sauce und Schweinefleisch mit Meerrettich. Immer wieder nahm er einen Schluck Rotwein aus einem großen Becher. Segalla fühlte sich noch ein wenig unwohl und beschränkte sich auf kleine Brötchen und eine französische Pastete. Schließlich tupfte Pitcairn sich den Mund ab und prostete Segalla zu.

»Nun, Monsieur, ich kann zwar keine Gedanken lesen, aber ich vermute, daß die Toten Euch mehr Sorgen bereiten als die Lebenden.«

Segalla nickte. »Wir wollen französisch miteinander reden«, erwiderte er. »Und leise.« Er schaute sich um. »Auch an diesem abgeschirmten Ort können die Wände Ohren haben.«

Pitcairn war einverstanden.

»Wie ist Darnley gestorben?«

Der Arzt nippte an seinem Wein und schmatzte. »Er war groß und von guter körperlicher Verfassung, wenn auch die Syphilis ihre Spuren hinterlassen hat.«

»Gift?« fragte Segalla.

»Soweit ich sehen konnte, nein. Die wichtigsten Gifte wie Arsen, Tollkirsche, Bilsenkraut oder Fingerhut sind im Magen feststellbar und verursachen einen äußerst durchdringenden Geruch. Alles, was ich sagen kann, Monsieur, ist, daß unser König am Abend vor seinem Tod viel getrunken hat.«

»Und keine Schnittwunden am Körper?«

»Keine Spur!« Pitcairn lachte. »Auch ich habe die lächerlichen Geschichten gehört. Der König sei durch die Luft geflogen und in einem Obstgarten neben einem Dolch, Schuhen, einem Stuhl und einem Netz gelandet.« Er bemerkte Segallas Verwunderung. »Ihr glaubt doch nicht etwa, daß der König in die Luft gesprengt wurde?«

Segalla schüttelte den Kopf. »Nein, ich war nur verwirrt, weil ihr von einem Netz spracht. Ich habe nur Tauwerk gesehen.« Segalla hielt inne, ihm wurde klar, daß er nur einen flüchtigen Blick darauf geworfen hatte, und noch dazu im fahlen Licht des frühen Morgens.

»Tja, ich habe es mir angesehen«, sagte der Arzt. »Zusammengelegt sieht es aus wie Tau, war aber eigentlich ein großes Netz, wie man es in Lagerhäusern benutzt, um Waren in den

Frachtraum eines Schiffes zu schaffen. Darnley muß es benutzt haben, um aus Kirk o'Field zu verschwinden.«

Segalla fuhr mit den Fingern die Tischkante entlang und dankte Gott, daß zwei Wandermusikanten mit Trommel und Flöte nun ihr Gespräch übertönten. »Wenn Darnley nicht durch die Explosion umkam und auch nicht erstochen oder erdrosselt wurde, wie starb er dann?«

»Ich vermute, sein Atem wurde angehalten.«

»Erstickt?«

»Möglicherweise.«

»Aber hätte er sich nicht gewehrt?«

Der Arzt breitete die Hände aus. »Darüber habe ich auch nachgedacht, Monsieur. Vielleicht waren Betäubungsmittel im Spiel, oder Darnley wurde festgehalten.«

Segalla fielen Nelsons Worte ein: Darnley hatte mit ihnen noch Wein getrunken, ehe sich alle zurückzogen. »Wäre es möglich, daß Darnley und seine Leute betäubt wurden?«

»Wäre möglich, Monsieur, vielleicht ein starkes Schlafmittel. Die Mörder schlichen ins Zimmer, brachten Darnley und seinen Knappen um und schafften die Leichen durchs Fenster nach draußen.« Der Arzt zuckte die Achseln. »So könnte es gewesen sein. In Edinburgh gibt es Einbrecher und Diebe, die unbemerkt in Häuser eindringen, sogar in Schlafzimmer, dort etwas stehlen und wieder fortschleichen.« Er betrachtete Segallas besorgte Miene. »Aber Ihr glaubt das nicht, oder?«

»Nein.« Segalla stellte seinen Weinbecher ab und beugte sich vor. »Wer hätte Darnley das Mittel verabreichen sollen?« Er schüttelte den Kopf. »Und sie hätten Schlüssel haben müssen, um ins Haus zu kommen. Ich glaube, Darnley und Taylor haben aus eigenem freien Willen das Haus verlassen und sind draußen ihren Mördern begegnet.«

Pitcairn spielte mit den Krümeln auf dem Tisch. »Wenn ich also Eurer Logik folge, Monsieur, dann ist Darnley aufgestanden, hat sich angezogen und ist mit Taylor aus Kirk o'Field verschwunden. Sie gehen irgendwohin, werden von ihren Mördern überwältigt und dann erstickt. Dann ziehen diese die Toten aus, ziehen ihnen ihre Nachthemden an und bringen sie mitsamt Stuhl und Netz in den Obstgarten hinaus, weil es so aussehen soll, als wären sie auf der Flucht vor ihren Mördern gestorben?«

Segalla grinste. »Ihr könnt Gedanken lesen, Master Pitcairn.«

»Aber hätte Darnley nicht seine Habseligkeiten mitgenommen?«

»Wahrscheinlich ein Schwert und einen Dolch.«

Pitcairn lehnte sich an die hölzerne Trennwand. »Darnley war ein Prinz«, sagte er. »Eurer Meinung nach, Monsieur, floh er mitten in der Nacht, weil er um sein Leben bangte. Warum, weiß der Himmel. Auch ich bin überzeugt, daß er sich anziehen und Schwert und Dolch mitnehmen würde. Aber zurück zu dem Zimmer. Wenn Ihr fliehen wolltet, Monsieur Segalla, würdet Ihr Euch die Mühe machen, Euer Nachthemd mitzunehmen?«

Segalla hob verblüfft den Kopf. »Daran ... daran habe ich nicht gedacht«, stammelte er. »Darnley hätte es natürlich nicht mitgenommen; die Mörder wären wohl kaum deswegen nach Kirk o'Field zurückgekehrt, und ein anderes hätten sie genausowenig benutzt.«

»Was auch geschehen sein mag«, fuhr Pitcairn fort, »ich glaube nicht, daß Darnley geflohen ist. Nicht nur wegen der Dinge, die ich erwähnt habe. Als ich Darnleys Beine und Füße gewaschen habe, trugen sie weder Schrammen noch

Schmutzspuren. Keine Anzeichen dafür, daß sie angezogen waren, dann ausgezogen und wieder neu angezogen wurden. Vielmehr das Gegenteil. Sein Nachthemd war aus Wolle; Partikelchen von dieser Wolle hingen noch in den Haaren seiner Beine. Nein, nein, Monsieur, meiner Ansicht nach wurde Darnley in seinem Bett erstickt und dann aus Kirk o'Field herausgeschafft; danach wurde das Haus in die Luft gejagt.«

»Aber zwei Menschen haben überlebt: Nelson und Symonds.«

Pitcairn verzog das Gesicht zur Grimasse. »Dann müssen wir noch einmal durchgehen, was ich vorhin gesagt habe. Wenn Darnley und seinen Gefährten ein schweres Opiat in den Wein gemischt wurde oder ...«

»Oder was?«

»Es gibt noch eine Möglichkeit: Haben Darnley und Taylor den Wein der Diener mit einem Mittel präpariert, ehe sie leise aus dem Zimmer schlichen? Sind sie an anderer Stelle in Kirk o'Field ihren Mördern begegnet? Die beiden Männer waren noch im Nachthemd. Ihre Mörder haben sie umgebracht und ihre Leichen in den Obstgarten geschafft.«

Pitcairn trommelte auf den Tisch und lächelte Segalla an. »Es ist wie ein Schachspiel, nicht wahr?« Er wurde wieder ernst. »Wir wissen nicht, Monsieur, ob Darnley mit seinen Mördern in Kirk o'Field verabredet war oder ob er, nachdem er Geräusche vernommen hat, seinen Diener weckte und entweder in den Saal ging oder ins Gemach der Königin, das unter dem seinen liegt.« Pitcairn blickte auf. »Aber wenn es so war«, flüsterte er, »dann stellt sich die Frage: Wer hatte die Schlüssel für Kirk o'Field? Und die Antwort lautet: die Königin. Ist sie zurückgekehrt? In ihrer Jugend zog Ihre Majestät zu Maskenbällen mit Vorliebe Männerkleidung an. Oder hat sie die Schlüssel jemandem gegeben?«

»Wäre Ihre Majestät in der Lage, so etwas zu tun?« fragte Segalla.

Pitcairn wandte den Blick ab und nagte an der Unterlippe. »Die Königin, der ich diene...« Er schüttelte den Kopf. »Nein, ich glaube nicht. Aber, Monsieur Segalla, was ist, wenn der Geist der Königin, wie ich es Euch geschildert habe, von Furcht gelähmt war?« Er hob den Zeigefinger. »Bedenkt, daß Darnleys Krankheit und Rekonvaleszenz offiziell zu Ende gingen. Am Montag, dem zehnten Februar, sollte er wieder an den Hof zurückkehren.« Pitcairn ergriff Segallas Hand. »Könnt Ihr Euch das vorstellen, Monsieur?« fragte er heiser. »Die Königin wußte, daß der unwürdige Darnley, der Gemahl, der sie betrogen und den Mord an Riccio befohlen hatte, in ein paar Stunden wieder Tisch und Bett mit ihr teilen würde.« Pitcairn schüttelte den Kopf. »Könntet Ihr es der Königin verübeln, wenn sie mit Mordgedanken spielte?«

»Aber die Tat war geplant«, sagte Segalla. »Das Schwarzpulver mußte vorbereitet gewesen sein.«

Pitcairn nippte an seinem Wein. »Ja, Monsieur, man kann das Schießpulver auslegen, aber ein flüchtiger Gedanke reicht, um die Lunte zu zünden.«

In Whitehall zu London saß Elisabeth von England mit ihren roten Haaren und grünen Augen, in eine zobelgefütterte Robe gewickelt, in ihrem Gemach vor dem heißen Kamin. Die Fensterläden waren geschlossen, und die Luft war schwer vom Duft der Kräuter, die zwischen den Holzscheiten steckten und in silbernen Kohlebecken lagen, die über den Raum verteilt waren, um die Februarkälte abzuwehren.

Unten, auf dem alten Turnierplatz ihres Vaters, ließ der Wind die Holzbarrieren rattern. Das uralte Gemäuer ächzte und stöhnte. Es hatte, so fluchte Elisabeth stumm, wahrlich schon bessere Zeiten erlebt. Sie hielt den Becher mit warmem Würztrunk in beiden Händen.

»Ich sollte in Richmond sein«, murmelte sie und rieb sich leicht die rechte Wange. Wenn doch nur die Zahnschmerzen aufhörten! »Der Herr bewahre uns vor Ärzten!« Früher oder später würde sie zum Bader gehen und sich seinen geschickten Händen überlassen müssen.

Unwillkürlich lächelte sie. Der Mann war so nervös, daß nicht sicher war, wer mehr Angst hatte: sie, bei dem Gedanken daran, einen Zahn zu verlieren, oder er, weil er ihn ziehen mußte. Draußen auf der Galerie ertönten Schritte. Dann klopfte es.

»Herein!« rief sie ungehalten.

»Majestät, Sir Francis Walsingham wartet unten.«

Elisabeth wandte den Blick nicht von den lodernden Flammen. »Er soll warten«, erwiderte sie und warf einen Blick auf die Stundenkerze in der Ecke. »So, wie ich warten mußte. Sagt meinem schwarzen Tom«, sie streckte eine Hand dem Feuer entgegen, »Untertanen sollten ihre Prinzessinnen nicht warten lassen.«

Elisabeth hörte, daß die Tür geschlossen wurde, und lächelte; das schmale, längliche Gesicht nahm die Züge eines jungen Mädchens an, das einst froh war, wenn der Vater sie in seine Privatgemächer rief. Dann pflegte sie sich zu verstecken, denn sie fürchtete sich vor dem hünenhaften Mann mit den kräftigen, baumstarken Beinen, den schmalen Augen und der dröhnenden Stimme, der auch den mächtigsten Adeligen in ein Häufchen Elend verwandeln konnte. Elisabeth ließ den

Blick durch den Raum schweifen. So viele Gespenster; Maria, ihre spanische Halbschwester mit den harten Gesichtszügen, den schmalen Lippen und dem abgrundtiefen Mißtrauen. Der junge Edward mit seinen sanften Augen und dem quälenden Husten. Elisabeth legte die Hände fester um den Weinbecher. Nun hielt sie Reichsapfel und Zepter in der Hand und trug die Krone. Seit neun Jahren war sie Königin und hatte bereits vom Kelch der Bitternis getrunken. Sie berührte das entzündete Zahnfleisch mit der Zunge und schaute leidenschaftslos das Gemälde an, das Holbein von ihrem Vater angefertigt hatte. Es hing über dem Kamin. Der Vater hatte die Mutter hinrichten lassen, sie öffentlich als Hure beschimpft und Elisabeth für unehelich erklärt. Dennoch faszinierte er sie.

»Keiner ist wie er!« murmelte sie. »Nur Dudley, mein Herzblatt!«

Wieder hörte Elisabeth Schritte auf der Galerie: Walsingham, der »Schwarze Tom«, wartete darauf, ihr von einer Königin zu berichten, die sich den Luxus zweier Gemahle geleistet hatte. Elisabeth öffnete den kleinen Beutel, der an einer Armlehne hing. Sie nahm die Miniatur ihrer Kusine heraus und las die goldene Inschrift auf dem Rahmen.

»Marie, Reine d'Ecosse, France et Angleterre.«

Vor sieben Jahren hatte Throckmorton, Elisabeths Botschafter in Paris, ihr dieses kleine Bild geschickt. Elisabeth spürte Wut in sich aufsteigen. Starr blickte sie auf das liebliche, blasse Gesicht, das ihr entgegensah.

»Wie kann sie es wagen?« hatte Elisabeth wütend aufgeschrien. »Wie kann sie sich mit dem Titel Königin von England schmücken?«

Ihre beiden Vertrauten, Walsingham und Cecil, waren wie

Hiobströster um sie herumgeschlichen. Sie entwarfen alptraumhafte Bilder: eine katholische Königin, die, unterstützt von Frankreichs Truppen, über den Kanal kam wie ihr Großvater Henry Tudor vor beinahe fünfundsiebzig Jahren. In Schottland würde sich der Hochadel, der gierig war, die Niederlagen von Flodden und Solway Moss zu rächen, an der Grenze sammeln – zwei Schwerter an Englands Hals. Doch Franz war gestorben, und Maria war nach Schottland zurückgekehrt. Insgeheim hatte Elisabeth die Kusine bewundert, die mit ihren rebellischen Adeligen so gut fertig wurde und sich geduldig die Vorträge des rebellischen Knox über die Doktrinen aus Genf anhörte. Maria war zu einer immer größeren Gefahr geworden – bis Darnley dem ein Ende machte. Elisabeth verzog die Lippen zu einem Lächeln, das ihre schwärzlichen Zähne entblößte. Sie warf noch einen Blick auf das Porträt.

»Vertraue einem Mann«, sagte sie, »vertraue ihm, und du verlierst alles.« Sie nahm das silberne Glöckchen vom Tisch und klingelte heftig. Als die Tür sich leise hinter ihr öffnete und schloß, blieb sie regungslos. »Und wie geht es meinem schwarzen Tom?« fragte sie, ohne sich umzudrehen.

Walsingham hustete. »Wie immer, Majestät, bin ich hocherfreut, Euch zu sehen. Stets Euer getreuer Diener.«

»Ihr seid ein verdammter Lügner!« entgegnete Elisabeth und lächelte ihm über die Schulter hinweg zu. »Spielt hier nicht den Höfling, Francis, es steht Euch nicht.« Sie wies ihm einen Stuhl auf der anderen Seite des Kamins zu. »Kommt, setzt Euch, mein Intrigenspinner.«

Walsingham ließ sich auf den Stuhl sinken und legte das Barett ab. Er machte einen gelösten Eindruck. Wenn sie allein waren, verzichtete Elisabeth stets auf das übliche Zeremoniell. Walsingham betrachtete das rote Haar, das unter dem juwelengeschmückten Silberkamm hervorquoll. Er bemerkte, daß sich die Königin immer wieder über die rechte Wange strich und fast in den Falten ihres großen Pelzumhangs verschwand.

»Majestät haben Schmerzen?«

»Ihre Majestät, Tom, friert bis auf die Knochen«, entgegnete sie sarkastisch und warf wütende Blicke auf die Holzverkleidung an den Wänden. »Eines Tages werde ich das alles hier den Flammen übergeben. Nun«, sagte sie, »Ihr habt mich nach London gebracht.«

Walsingham schüttelte den Kopf. »Nein, Madame, das war Euer Entschluß. Bald wird das Unterhaus zusammentreten, und Graf von Leicester kehrt aus dem Westen des Landes zurück.«

Elisabeth warf den Kopf in den Nacken und lachte. »Was Ihr nicht sagt!«

»Darnley ist tot.«

Elisabeth ließ den Becher zu Boden gleiten. »Tot!« rief sie. »Die bewußte Krankheit oder die Pest?«

»Ermordet, Majestät.«

Walsingham hob den Weinbecher auf, wischte ihn mit einer Serviette ab und füllte ihn aus dem Krug nach, der zum Aufwärmen auf einem Stein in der Kaminecke stand. Er reichte ihn der Königin.

»Trinkt«, drängte er. »Das lindert Euren Zahnschmerz. Ich werde mit Lord Leicester über einen Bader sprechen...«

»Hört auf damit!« fauchte Elisabeth. »Ich will wissen, was geschehen ist.«

Walsingham schilderte ihr in knappen Worten, was er von einem Eilkurier aus Edinburgh erfahren hatte. Elisabeth vergaß den schmerzenden Zahn und hörte mit aufgerissenen Augen zu. Als Walsingham seinen Bericht beendet hatte, saß sie eine Weile schweigend da.

»Die Stuarts sind verflucht«, sagte sie. »Marias Vater starb im Wahnsinn. Ihr Großvater und ihr Urgroßvater wurden umgebracht. Jetzt liegt der Fluch auf ihr. Was wird geschehen?«

»Bürgerkrieg«, sagte Walsingham. »Die katholischen Mächte werden schockiert sein.«

»Schockiert?«

»Ja, Majestät, schockiert. Während Euer lieber Verwandter Darnley starb, feierte Maria auf einem Bankett.«

»Und wer ist verantwortlich?« fragte Elisabeth scharf, sich plötzlich daran erinnernd, daß sie mit dem Toten verwandt war.

Walsingham wich ihrem Blick aus.

»He, ich habe etwas gefragt!«

»Alle großen Lords hatten die Hand im Spiel. Vielleicht haben sie nicht die Lunte gezündet, aber sie haben weggeschaut, als es geschah. Die Hauptschuld wird man Lord Bothwell geben.«

»Und habt Ihr Beweise?«

»Bald werden wir jeden Beweis haben, den die Welt braucht. Bothwell ist ein Mörder, und Königin Maria war sein Liebchen.«

Verblüfft ließ Elisabeth die Pelzrobe von den Schultern sinken. »Eine Königin des Ehebruchs zu bezichtigen, Master Walsingham...« Sie versuchte, die aufsteigende Erregung zu verbergen, und versteckte die juwelengeschmückten, verkrampften Hände in den Falten ihrer Robe. »Eine Königin des Ehebruchs zu beschuldigen«, wiederholte sie, »das allein ist schon Verrat.«

»Ich glaube, es gibt Beweise.«

»Welche Art von Beweisen?«

»Briefe von der Königin an Lord Bothwell.«

Nun wich Elisabeth seinem Blick aus und versuchte, den Schauer der Furcht zu unterdrücken. In ihrem ganzen Leben hatte sie nur zwei Männer gefürchtet: ihren Vater und Walsingham. Sie dachte an ihre tiefe Zuneigung zu Robin und bewunderte die geschickten Schachzüge von Cecil, aber Walsinghams Verstand! Sie hatte Darnley nicht nach Schottland schicken wollen, aber er hatte darauf bestanden. Sie war gegen seine Heirat mit Maria gewesen, aber er hatte sie stillschweigend gefördert. Nun war Darnley tot. Maria würde zur Verantwortung gezogen, und Bothwell wurde zu ihrem Liebhaber gemacht. Elisabeth dachte an Amy Robsart und fragte sich zum hundertsten Mal, ob Amy gefallen oder gestoßen worden war.

»Und wer hat Lord Darnley umgebracht?« fragte sie plötzlich. »Wer hat die Lunte gezündet?«

Walsingham schaute sie mit festem Blick an.

»Ihr habt einen Agenten in Schottland«, beharrte Elisabeth. »Der Mann, den Ihr den Raben nennt.«

»Majestät, wer sagt, daß er ein Mann ist?«

Elisabeth hob eine geballte Faust aus den Falten der Robe hervor. »Haltet mich nicht zum Narren.«

»Majestät«, sagte Walsingham und hielt inne, um tief Atem zu holen; er war im Begriff, die Höhle des Löwen zu betreten. »Wenn dieses Königreich und Eure Majestät vom Tode Darnleys profitieren – und glaubt mir, das werdet Ihr –, wen kümmert es da, wenn wir das Leben eines glücklosen jungen Mannes auslöschen und das Haus der Stuarts zum Einsturz bringen? Vor sieben Jahren«, fuhr er kühl fort, »saß Maria von

Schottland auf dem französischen Thron und bedrohte England, hielt einen Dolch an das Herz, den anderen an die Kehle unseres Landes. Beide Dolche sind ihr jetzt aus den Händen geschlagen, und die Gefahr ist vorüber. Der Rabe wird – wenn er denn ein Mann ist – zu Eurer Sicherheit mit seinem Zerstörungswerk fortfahren. Das ist alles, was ich dazu zu sagen habe.«

Elisabeth tippte ungeduldig mit dem Fuß auf den Boden. In Gedanken entwarf sie bereits einen Brief an Maria Stuart, formulierte die versteckten Hinweise und seidenweichen Drohungen. Sie warf Walsingham einen Blick zu, und er hätte schwören können, daß sie ihm zublinzelte.

»Schwarzer Tom, schwarzer Tom«, murmelte sie, »kehrt zurück in Euer Spinnennetz. Haltet mich und Master Cecil auf dem laufenden.« Ihre Miene wurde ernst. »Es ist an der Zeit, Sir Francis, daß Ihr im Kronrat aufsteigt. Derart hingebungsvolle Treue wird nicht vergessen werden.«

Walsingham erhob sich. Elisabeth reichte ihm die Hand zum Kuß und drückte ihm die Finger.

»In Gegenwart Eurer Herrscherin«, flüsterte sie heiser, »habt Ihr niederzuknien.«

Walsinghams Blick blieb unverändert. Kein Muskel zuckte in seinem versteinerten Gesicht. Er sank auf ein Knie und schaute seiner Königin in die grünen Augen.

»Sagt Eurem Raben«, flüsterte Elisabeth, »daß getan werden soll, was zu tun ist, und daß es am besten schnell geschieht.« Erneut drückte Elisabeth seine Finger. »Aber sagt ihm auch, und das gilt ebenso für Euch, daß Maria Stuart kein Haar gekrümmt werden darf. Kein Mann und keine Frau hat das Recht, die Hand gegen eine Herrscherin von Gottes Gnaden zu erheben. Habt Ihr verstanden? Es ist das Vorrecht von Monarchen, sich um andere Monarchen zu kümmern. Ihren Untertanen steht das nicht zu. Sir Francis, gebt mir Euer Wort darauf! Nicht ein Härchen.«

Walsingham nickte, und Elisabeth ließ seine Hand los.

»Ihr seid entlassen«, sagte die Königin.

Der Meisterspion ging zur Tür.

»Walsingham!«

Sir Francis wandte sich um, die Hand bereits an der Klinke.

»Maria von Schottland besitzt eine Kette aus schwarzen Perlen. Wenn das Haus Stuart gefallen ist, sollen mir diese Perlen gebracht werden.«

»Ich verstehe, Majestät.«

»Oh, und Walsingham.«

»Ja, Majestät?«

»Vor sechs Jahren starb Amy Robsart in Cumnor.«

»Ja, Majestät, der Herr sei ihrer Seele gnädig.«

»Ja, Master Walsingham, der Herr sei ihrer Seele gnädig. Irgendwann werde ich Euch fragen müssen, wo Ihr an diesem wunderschönen Herbsttag wart!«

»Wie immer, Majestät, stehe ich Euch zur Verfügung.«

Elisabeth hörte, wie sich die Tür hinter ihm schloß. Sie warf einen Blick auf das Porträt ihres Vaters.

»Die Bibel hat recht«, murmelte sie. »Es gibt nichts Neues unter der Sonne, und alle Menschen sind Lügner.«

Segalla, den nach der Unterhaltung mit Pitcairn ein ungutes Gefühl beschlichen hatte, verließ das Wirtshaus beim kleinen Stadttor und machte sich auf in Richtung Tolbooth.

Die Glocke einer naheliegenden Kirche schlug die volle Stunde, und Segalla, die Hand am Schwert, eilte vorwärts.

Vor der Treppe des Gerichtes hatten sich viele Menschen versammelt. Bogenschützen des königlichen Haushalts bahnten eine Gasse durchs Getümmel. Voran gingen Herolde, die lauthals verkündeten: »Platz da! Dem Statthalter der Königin, dem Grafen von Argyll!«

Segalla blieb in einem Hauseingang stehen und schaute sich um. Auf dem Marktplatz herrschte Hochstimmung, doch er spürte die Gefahr und sah, wie viele Soldaten Bothwells, bewaffnete Strauchdiebe in der Uniform der Hepburns, sich unter die Menge gemischt hatten. Er überquerte den Platz, und es gelang ihm – teils mit Geldgeschenken, teils mit Hilfe der Urkunden, die er bei sich trug –, in die dunkle, abgestandene Luft der Eingangshalle vorzudringen. Ein Teil des großen Raumes war abgeriegelt, und auf einem Podium saßen der Graf von Argyll, offizielle Vertreter der Stadt, Beamte und Schreiber an einem grün bezogenen Tisch. Menschen drängten sich rufend und fluchend vor den Balustraden und warteten auf den Beginn der Verhandlung. Zerlumpte Gestalten boten lautstark Essen und Trinken feil. Endlich hoben die beiden Herolde ihre Trompeten und bliesen kurze, grelle Töne. Segalla kletterte auf einen Fenstersims und versuchte, über die Köpfe der Menschen hinweg etwas zu sehen. Die Herolde nahmen vor dem Grafen von Argyll Aufstellung.

»Hört! Hört!« rief einer von ihnen. »Alle, die ein Anliegen an den Statthalter der Königin haben!«

Der Rest seiner Rede, in der er eine Untersuchung des Todes von Lord Darnley ankündigte und eine Belohnung Ihrer Majestät für die Ergreifung seiner Mörder, ging in gellendem Pfeifkonzert unter. Segalla drehte sich der Magen um, als er die Menge betrachtete. Die Feinde der Königin hatten offenbar Sprechchöre organisiert. Segalla hörte Rufe wie »Bothwell!« und »Hängt den Mörder!« Erst weitere Fanfaren und eine Abteilung königlicher Bogenschützen, die aus der Tür traten, machten dem Tumult ein Ende.

Argyll erhob sich und verlas eine Proklamation, die ihn dazu ermächtigte, in der Sache zu ermitteln; dann wurde der erste Zeuge aufgerufen. Von zwei Bogenschützen flankiert, trat Thomas Nelson aus einer Seitentür und nahm auf einem Stuhl vor dem grünen Tisch Platz. Argyll beugte sich vor.

»Name!« bellte er ihn förmlich an.

Nelson gehorchte. Mit unsicherer Stimme schilderte er seine Stellung am Hofe Darnleys.

»Berichtet nun, was Ihr über die Ereignisse von dem Tag wißt, an dem Euer edler Herr ermordet wurde«, befahl Argyll.

Nelson räusperte sich und gab eine überzeugende Schilderung all dessen, was sich zugetragen hatte. Als er fast fertig war, sagte er unsicher: »Ich weiß nur, daß ich aufwachte und das Haus über mir zusammenbrach.«

»Wer hatte die Schlüssel für das Haus?« fragte einer der neben Argyll sitzenden Anwälte.

Nelson senkte den Kopf und murmelte etwas.

»Lauter!« rief Argyll.

»Ja«, ertönte eine Stimme aus der Menge, »wir wollen die Wahrheit hören.«

»Der Zeremonienmeister der Königin hatte die Schlüssel.«

Nelson sagte hier dasselbe, was er auch Segalla geantwortet hatte, und sogleich brach Tumult aus. Rufe und Schreie, Flüche gegen Bothwell, der Macht über die Königin hatte. Segalla betrachtete die Menge, die das Gericht und den ganzen

Marktplatz füllte. Die Sprechchöre und jene, die dahintersteckten, leisteten ganze Arbeit.

»Die Wahrheit! Die Wahrheit! Die Wahrheit!«

Der Ruf wurde aufgegriffen und schwoll zu einem Chor an. Argyll und der Herold versuchten, die Ordnung wiederherzustellen, aber es war zwecklos. Schließlich warf der Graf verzweifelt die Hände hoch und stapfte aus dem Saal. Der Herold schrie, das Verfahren sei vertagt, und Segalla, der den Ausbruch von Gewalt fürchtete, rutschte vom Fenstersims und verließ das Gericht.

Die Menge auf dem Marktplatz war nicht freundlicher als die im Saal. Eine Gruppe von Lehrlingen näherte sich einigen Soldaten in Bothwells Uniform und hörte erst dann auf, sie mit Spott und Hohn zu überhäufen, als die Soldaten ihre Schwerter zogen.

Durch Seitenstraßen eilte Segalla geschwind zum Wirtshaus »Zur Feuerprobe« zurück. Er wollte sich in die Stille seines Zimmers zurückziehen und nachdenken, aber Janette und Vartlett warteten im Schankraum auf ihn.

»Seid Ihr im Tolbooth gewesen?« Janette wartete, bis Segalla sich gesetzt hatte, und beugte sich mit besorgter Miene über den Tisch. »Liebster Gemahl, Ihr seht aus, als hättet Ihr ein Gespenst gesehen.«

Segalla betrachtete die beiden und bewunderte ihre Gelassenheit.

»Ich habe gesehen, wie die Sache der Königin verlorenging«, sagte er und schilderte kurz die Szene im Gericht.

»Es wird noch schlimmer kommen«, flüsterte Vartlett, langte in sein Lederwams, zog ein paar zerfetzte Pergamentstücke heraus und reichte sie Segalla.

Dieser studierte sie gründlich. Das erste war eine anonyme

Flugschrift, deren Verfasser die zweitausend Pfund Belohnung, die die Königin für die Ergreifung der Mörder ihres Gemahls ausgesetzt hatte, für sich beanspruchte.

Dort hieß es: MIR STEHT DIE BELOHNUNG ZU, WEIL DER GRAF VON BOTHWELL DER HAUPTRATGEBER DES MÖRDERS IST UND DIE KÖNIGIN AUSSERDEM ZUGESTIMMT HAT. NACHDEM EBENDIESER GRAF VON BOTHWELL SIE ÜBERREDET HAT.

Es wurden noch andere Namen genannt: Balfour, dem das Haus gehörte; Chalmers, den Segalla als einen der Rechtsberater der Königin kannte, und Black John Spens.

»Wer ist das?«

»Einer von Bothwells wichtigsten Leuten«, erwiderte Janette. Sie nahm dem Diener den Weinbecher ab, drückte ihn Segalla in die Hand und streichelte seine Finger. Der Jesuit wurde rot und blickte auf, aber Janette schmunzelte nur.

»Macht Euch keine Sorgen.«

Segalla beneidete sie um ihre Ruhe; ihr Gesicht wirkte frisch und ihre Augen leuchteten.

»Macht es Euch etwas aus?« fragte er.

Janette sah rasch zu Vartlett hinüber.

»Was passiert, wenn das alles stimmt?« fragte sie. »Was geschieht, wenn der Kampf verloren ist, bevor er richtig angefangen hat?«

»Ihr meint, Bothwell ist der Mörder, und die Königin hat es stillschweigend geschehen lassen?«

»Vielleicht«, sagte Janette. »Aber sagt mir bitte: Woher wissen die so viel? Kann sein, daß es einen englischen Kundschafter gibt, den Raben, der den Ruf Ihrer Majestät zerstört. Was geschieht, wenn trotz all des Gekrächzes die Wahrheit so aussieht, wie diese Flugschriften sie schildern?«

Segalla schüttelte den Kopf und widmete sich wieder den Schriften; allesamt anonyme Proklamationen, die unverhohlen Bothwell als den Mörder hinstellten: Er habe die Schlüssel zu Darnleys Wohnräumen gehabt, und ein Schmied, der diese Duplikate hergestellt habe, sei bereit, alles zu gestehen. Die letzte Schmähschrift war verleumderisch bis zum äußersten. Sie zeigte Maria als Meerjungfrau, machte sich damit über die Delphine in ihrem Wappen lustig, und stellte sie zudem als Hure dar. Bothwell war als Fuchs gezeichnet, eine Anspielung auf sein Wappen. Die Meerjungfrau trug eine Krone und lag in aufreizender Pose da. Segalla bewunderte das Können des Verfassers: Selbst der ärmste Bettler in Edinburgh, der nicht lesen konnte, würde nach einem kurzen Blick auf diese Zeichnungen wissen, was sie zu bedeuten hatten. Die Meerjungfrau war in der Sprache der Seeleute eine Metapher für Prostituierte. Der Fuchs, bekannt für seine Schläue, symbolisierte Bothwell; und die Art und Weise, wie beide Gestalten angeordnet waren, eine über der anderen, machte deutlich, daß Maria und Bothwell ein Liebespaar waren, das sich zu einem mörderischen Plan vereinigt hatte. Segalla warf die Pergamentfetzen auf den Tisch.

»Wer das getan hat, ist kunstfertig, gerissen und bösartig«, sagte er.

»Sie werden in ganz Edinburg herumgereicht«, sagte Vartlett. »Außerdem Bilder, auf denen Bothwell mit einem Schwert gezeigt wird. Darunter steht das Wort ›Mörder‹.« Er ergriff Segallas Hand. »Monsieur, was können wir denn noch tun?«

Segalla dachte an den Brief, den er an den Erzbischof Beaton in Paris geschrieben hatte. Kurz spielte er mit dem Gedanken, Vartlett und Lindsay anzuweisen, die Sachen zu packen und aus der Stadt zu fliehen, doch dann sah er Marias umschattete Augen und ihr bleiches Gesicht vor seinem inneren Auge. Er nippte an seinem Weinbecher.

»Bitte, Herr«, betete er. »Die Königin ist keine Mörderin.«

Elf

»Monsieur Segalla?«

Der Jesuit hob den Kopf, als Nelson ihm gegenüber auf die Bank glitt. Der Mann war völlig verstört. Janette bestellte ihm einen Becher Wein, den Nelson mit lauten Schlucken herunterschüttete. Den leeren Becher donnerte er auf den Tisch.

»Das war's!« rief er und blickte Segalla wütend an. »Wart Ihr dort?«

Der Jesuit nickte.

»Morgen früh«, fuhr Nelson fort, »werde ich mich der Königin zu Füßen werfen und darum bitten, Schottland verlassen zu dürfen.«

»Wohin wollt Ihr?« fragte Vartlett.

»Nach Berwick, dann weiter zu Lady Lennox' Gütern. Dort werde ich mich verstecken, für ein paar Jahre vergraben. Lord

Darnley ist tot. Die anderen sind ermordet oder in alle Winde zerstreut. Symonds ist umgebracht worden.« Er sah auf seine zitternden Hände hinab. »Gestern abend hat draußen auf der Gasse jemand ein Messer nach mir geworfen.«

Segalla packte ihn bei den Schultern. »Warum?« fragte er. »Die Mörder Eures Herrn haben doch einen Grund, wenn sie Euch noch immer verfolgen. Was habt Ihr gesehen?«

Nelson vergrub das Gesicht in den Händen und begann leise zu schluchzen. »Ich weiß es nicht«, jammerte er. »So wahr mir Gott helfe, Monsieur, ich weiß es nicht!«

»Lord Bothwell schafft noch mehr Truppen nach Edinburgh«, verkündete Janette unvermittelt.

»Ist die Lage so gefährlich?« fragte Segalla.

»Heute morgen tauchte eine Flugschrift auf, in der es heißt, daß Darnleys Vater Maria gebeten hat, den Fall vor Gericht zu bringen. Indirekt beschuldigt er Bothwell des Mordes an seinem Sohn.«

»Er war es«, sagte Vartlett düster. »Bothwell hat mit hohem Einsatz gespielt, und noch kann er gewinnen.«

»Wie meint Ihr das?«

»Darnley war nicht beliebt. Keiner mochte ihn, deshalb ist der Pöbel da draußen gut belohnt worden, aber von wem, das weiß der Himmel.«

»Sollen wir das nachprüfen?« fragte Segalla.

Vartlett lachte. »Du liebe Zeit, Master, Ihr habt ähnliche Flugschriften schon in Paris gesehen. Es würde Monate dauern, den Drucker zu finden, der dann doch nur von einem anderen ersetzt wird.«

»Was wolltet Ihr über Bothwell sagen?« fragte Segalla und versuchte, Nelson nicht anzuschauen, der mit Tränen in den Augen dasaß.

Segalla zwinkerte Vartlett zu, ein Zeichen, daß dieser nichts sagen sollte, was sie verraten könnte.

»Bothwell mag seine Ankläger überlisten«, erklärte Vartlett. »Vielleicht spielt er sich sogar als Rächer auf; Darnley hatte nur wenig Rückhalt außerhalb seiner Familie.«

»Oder man stellt Darnley als unschuldiges Lamm hin«, warf Segalla ein. »Und dann gnade uns Gott!« Segalla griff in seine Geldbörse und gab Nelson eine Münze. »Holt Euch etwas zu essen«, sagte er. »Bleibt im Wirtshaus. Packt Eure Sachen. Morgen gibt Euch Vartlett die Mittel, damit Ihr bis zur Grenze kommt.«

Nelson sprang förmlich auf. Segalla hielt ihn am Arm fest.

»Wenn Euch noch etwas einfällt, Thomas, sagt es mir!«

Der Diener schüttelte den Kopf und schlurfte davon.

Janette, die mit einem Ohrring spielte, blickte ihm nach.

»Wir sollten es ihm gleichtun, Master. Wir haben hier nichts mehr zu suchen. Wir sollten verschwinden.«

Segalla mußte ihr zustimmen. »Ich habe einen Brief für den Erzbischof in Paris«, sagte er, »und eine meiner Zeichnungen von Kirk o'Field. Brecht in zwei Tagen nach Frankreich auf.«

»Und Ihr?«

Segalla betrachtete einen Straßenköter, der ein paar Knochen abnagte. »Ich weiß nicht«, sagte er. »Ich habe mich noch nicht entschieden.« Er zuckte die Achseln. »Nur ein einziger hat etwas gesagt, was nicht ins Bild paßt: Sandy Durham, Darnleys Wache. Erinnert Ihr Euch an ihn, Vartlett?«

»Ja, vage.«

»Ich möchte, daß Ihr ihm eine Botschaft bringt: Sagt, daß ich ihm nichts Böses will. Wenn er jedoch mit mir redet und meine Neugier befriedigt, dann wird er die reichste Wache von Schottland sein.« Segalla erhob sich. »Und wenn ich das hinter mir habe« – er atmete heftig aus –, »dann kann auch ich vielleicht diese Schlangengrube hier verlassen und zu unserem Herrn zurückkehren.«

Segalla ging in sein Zimmer. Dort blieb er die nächsten beiden Tage und schrieb alles auf, was er erfahren hatte. Er brütete über den Plänen von Kirk o'Field und versuchte, sich an alle Gespräche zu erinnern. Hin und wieder kamen Janette und Vartlett, und die Nachrichten, die sie aus der Stadt mitbrachten, klangen von Mal zu Mal schlimmer. Schottland trieb auf einen Bürgerkrieg zu. Immer mehr Flugschriften wurden auf den Straßen verteilt, und die darin enthaltenen Beschuldigungen wurden immer deutlicher. Nachts hörte man auf den Straßenkreuzungen und von den Dächern Grabesstimmen, die behaupteten, Darnley sei hinterrücks ermordet worden und Bothwell sei der Täter.

Segalla arbeitete weiter und versuchte, den vielen widersprüchlichen Tatsachen einen Sinn abzuringen, doch immer wieder landete er in einer Sackgasse. Vartlett berichtete, er habe Durham die Botschaft überbracht, aber Segalla bezweifelte, ob er je eine Antwort erhalten würde. Statt dessen erreichten ihn Botschaften aus Holyrood: Die Königin wollte seinen Rat, doch Segalla ließ ausrichten, er fühle sich nicht wohl. Er wagte nicht hinzugehen. Wie sollte er der Königin gegenübertreten? Sie würde ihm die Gedanken von den Augen ablesen, und wenn sie Segalla als für ihre Sache verloren erkannte, würde sie ihm nie wieder eine Audienz gewähren.

Vier Tage, nachdem Vartlett die Botschaft an Durham weitergegeben hatte, erhielt Segalla am späten Abend seine Antwort: Der Mann kam, klopfte an seine Tür, seine Feindseligkeit bei ihrer ersten Begegnung war offenbar vergessen.

»Ich danke Euch, daß Ihr gekommen seid«, sagte Segalla und schüttelte dem Mann die Hand. Er bedeutete ihm, Platz zu nehmen, doch Durham lehnte ab.

»Wenn Ihr die Wahrheit erfahren wollt, Monsieur, dann müßt Ihr mit mir kommen.«

Segalla wich zurück. »Wohin?«

»Ihr müßt mir vertrauen.«

»Wen werde ich treffen?«

Durham sah ihn mit einem jungenhaften Lächeln an. »Ihr müßt mir einfach vertrauen.«

Segalla warf einen Blick auf die offene Tür.

»Und allein, Monsieur. Zieht Eure Stiefel an und nehmt Euren Umhang. Laßt Schwert und Dolch hier und kommt mit.«

»Ich... ich bin akkreditierter Gesandter«, stammelte Segalla.

»Die, die Ihr treffen werdet, führen nichts Böses im Schilde«, beschwichtigte Durham ihn.

Segalla bat den Mann, unten im Schankraum auf ihn zu warten. Dann schloß er alles ein, zog sich an und ging hinunter. Vartlett und Janette waren ausgegangen. Die Nacht war eiskalt. Segalla ging auf die Ställe zu, aber Durham zog ihn am Ärmel.

»Ihr braucht kein Pferd«, sagte er und lächelte im Dunkeln.

Kaum hatten sie den Hof des Wirtshauses verlassen, schon schloß sich ein Ring von Männern um sie. Segalla hatte keine Zeit, sich zu wehren oder zu schreien. Man packte ihn bei den Armen und fesselte ihn, stieß ihm einen Knebel in den Mund

und zog ihm einen groben Sack über den Kopf. Er hörte Stimmen. Hufgetrappel; dann wurde er in einen Sattel gehoben und galoppierte mit seinen Häschern davon. Panik ergriff ihn, als er im Sattel hin und her schwankte. Obwohl die Reiter zu beiden Seiten ihn festhielten, hatte er Angst, hinunterzufallen. Ihm wurde klar, daß man ihm nicht sofort an den Kragen wollte; er kämpfte mit dem Knebel und versuchte, ruhig durchzuatmen, während er auf die Geräusche ringsum lauschte. Er hörte den Lärm der Stadt, Trinkgelage in den Schenken und die Rufe von Bettlern. Dann wurde es still, und die Gerüche der Stadt verflogen, als sie offenes Feld erreichten. Immer weiter ritten sie, kein Laut war zu hören, niemand sprach, nur die galoppierenden Hufe auf holprigen Wegen, das Knirschen der Harnische und hin und wieder der markerschütternde Schrei eines Nachtvogels.

Segalla begann zu frieren. Wie betäubt ließ er Träume und Bilder aus seiner langen Vergangenheit an sich vorüberziehen – Eindrücke und Erinnerungen, die er tief in sich vergraben hatte. Er versuchte zu reden, doch der Knebel erstickte ihn fast. Er wollte die Hände bewegen, aber sie waren fest an den Sattelknauf gebunden. Es war wie in einem Alptraum, in dem er von Dämonen auf dunklen Schwingen durch die Luft getragen wurde; schließlich hörte er Rufe. Ein Tor wurde geöffnet, und durch das Sackleinen hindurch sah Segalla Fackeln flackern. Hände zerrten ihn grob aus dem Sattel; der Sack wurde ihm vom Kopf gezogen und die Fesseln durchgeschnitten. Er begann zu husten und wäre hingefallen, wenn ihn nicht Männer in halber Rüstung mit scheppernden Schwertern und Dolchen an den Hüften festgehalten hätten. Segalla erhaschte einen flüchtigen Blick auf Kerzenlicht und Fenster, auf Türme und Giebel, und begriff, daß man ihn in ein Herrenhaus außerhalb der Stadt gebracht hatte.

Die Korridore im Innern des Gebäudes rochen frisch, und die Wände waren vor kurzem gestrichen worden. Segalla versuchte, den Kopf zu wenden, doch die Bewegung löste heftige Schmerzen in seinem Rückgrat aus. Deshalb blickte er starr auf die Soldaten, die vor ihm hergingen. Polierte Eichentüren wurden aufgerissen. Sie überquerten gefliesten Boden; der Raum war warm, und der Duft nach Sommer lag in der Luft. Wandleuchter verbreiteten angenehmes Licht, in dem die Gold- und Silberfäden der Wandbehänge glitzerten. Man schob Segalla sanft auf einen Stuhl mit hoher Rückenlehne. Er saß auf weichen Kissen, Arm- und Rückenlehnen waren gut gepolstert. Er hob den Blick. Auf dem Podest vor ihm stand ein langer Tisch; die Männer, die dahinter saßen, konnten ihn im Schein der Bienenwachskerzen deutlich sehen. Segalla blinzelte und rieb sich die Augen.

»Was ... was ist los?« stammelte er.

»Seid willkommen, Monsieur Segalla. Verzeiht die grobe Überführung. Wir wollen Euch nicht ängstigen, aber Ihr stellt so viele Fragen, also werden wir Euch Antworten liefern.«

Segalla hob eine Hand. »Ich kann Euch nicht sehen.«

»Bringt ihn näher heran!« befahl eine Stimme.

Stämmige Soldaten hoben ihn mitsamt Stuhl hoch und trugen ihn dichter ans Podium. Andere Diener in der Uniform des Grafen von Murray mit dem königlichen Wappen von Schottland, das zum Zeichen unehelicher Geburt jedoch den schwarzen Balken trug, schoben die Kandelaber auf dem Tisch zur Seite. Man drückte Segalla einen Silberpokal voll Wein in die Hand.

»Trinkt«, befahl die Stimme. »Keine Angst, er ist nicht vergiftet.«

Segalla gehorchte; der vollmundige Bordeaux spülte den Mund und wärmte sein Inneres. Er entspannte sich und lehnte sich zurück. Sein Blick fiel auf das kantige Gesichte des Halbbruders der Königin.

»Ihr kennt mich, Monsieur Segalla?«

»Ja, Herr.«

»Und meine Gefährten? Darf ich vorstellen, James Douglas, Graf von Morton.«

Segalla schaute in ein bleiches Gesicht mit rotem Bart, umrahmt von der Halskrause und schwarzem Spitzhut. Douglas sah ihn an, ohne mit der Wimper zu zucken.

»Ihr kennt den Ruf des Grafen?« murmelte Murray.

Segalla wußte Bescheid, sagte aber nichts. Morton hatte sich während seiner Jugend vor der Krone versteckt und in den vergangenen zehn Jahren als führender Reformator Macht erlangt. Ein kaltblütiger, grausamer Mann, durchtrieben zu Friedenszeiten, grimmig im Krieg – so hatte Beaton ihn beschrieben. Morton herrschte mit eiserner Faust. Wer ihn beleidigte, wurde auf der Stelle gehängt, meist noch mit Spießen durchbohrt.

»Ich glaube nicht, daß der Franzose mir schon einmal begegnet ist.«

Der Mann auf der anderen Seite von Murray beugte sich vor. Das Kerzenlicht fiel auf einen schwarzen Schnäuzer und Bart, die nach französischer Mode geschnitten und sehr gepflegt waren. Das Gesicht unter einem Käppchen war engelsgleich: strahlende dunkle Augen, fein gezeichnete Augenbrauen, ein sinnlicher Mund und elfenbeinfarbige Gesichtshaut; jede seiner Bewegungen war zart.

»Ich habe von Euch gehört, Sir William.«

Er betrachtete Sir William Maitland von Lethington, Staatssekretär von Schottland; ein Mann, der sich hinter Wandbehängen zu verstecken pflegte und im verborgenen arbeitete. Er war selbst ein Schatten, aber einer, dessen Anwesenheit jeder spürte. Er lud die Pistole, die ein anderer abfeuerte. Sir William hielt Segallas prüfendem Blick stand und lächelte äußerst liebenswürdig.

»Ihr müßt uns die rüde Behandlung verzeihen, aber wir erfuhren von Master Durham, daß Ihr die Wahrheit sucht.«

»Ich konnte nicht ahnen, daß Master Durhams Freunde so hoch oben im Rat der Königin sitzen«, erwiderte Segalla. »Hätte ich es gewußt, dann hätte ich schon früher mit ihm gesprochen.« Er veränderte die Sitzhaltung und warf einen Blick hinter sich. Eine Reihe von Soldaten in Kettenpanzern stand hinter ihm. »Bin ich Euer Gefangener?« fragte er.

»Nein, Master Segalla, Ihr seid unser Gast.« Graf von Murray klopfte auf den Tisch. »Wenn Ihr wollt, könnt ihr auf der Stelle wieder gehen. Niemand wird Euch daran hindern. Aber wenn Ihr geht, werden die Fragen, die Euch auf dem Herzen liegen, nie beantwortet.«

»Also werde ich die Wahrheit erfahren?«

»O ja, und wir wünschen, daß Ihr diese Wahrheit Euren Freunden in Paris mitteilt.«

»Habt Ihr Beweise?« fragte Segalla.

Murray erhob sich. »Kommt mit.«

Die drei Adeligen verließen das Podium und durchquerten den Saal; Segalla und seine Militäreskorte folgten.

Murray führte sie einen Gang hinunter bis zu einer eisenbeschlagenen Tür, die zu beiden Seiten von Soldaten bewacht wurde. Murray schnippte mit den Fingern; ein Soldat öffnete ihm die Tür, nahm eine Fackel aus der Wandhalterung und führte den Grafen und die anderen auf kalten Stufen in das Kellergewölbe hinab. Sie betraten einen runden, höhlenartigen Raum, der einst wahrscheinlich als Küche gedient hatte. Er wurde von Fackeln beleuchtet, die in ihren eisernen Halterungen blakten und den Mann, der dort auf einer Folterbank ausgestreckt lag, in gespenstisches Licht hüllten: Sie verliehen seinem weißen Fleisch einen besonderen Schimmer und ließen das Blut an den gefesselten Händen und Füßen dunkel leuchten. Der Mann war nackt bis auf ein Lendentuch; das Gesicht war geschwollen und von Prellungen übersät, der kräftige Bart, Schnäuzer und das dichte Haupthaar starrten vor Blut und Schmutz. Die Kohlepfannen, die in dem Gewölbe standen, verbreiteten eine unerträgliche Hitze. Neben diesen standen, Dämonen aus der Hölle gleich, maskierte Folterknechte, die Zangen und Brenneisen zum Glühen brachten.

»Lebt er noch?« fragte Murray.

Einer der Henkersknechte, die obere Gesichtshälfte hinter einer roten Ledermaske verborgen, brummte etwas.

»Gut, gut!« Murray ging auf den Gefolterten zu und bedeutete Segalla, ihm zu folgen. »Es ist eine Schande«, sagte Murray, »aber so ist nun einmal das Leben, Monsieur Segalla. Ein leichter Schlag mit dem Hammer, die Haken und Zangen des Folterers, ganz zu schweigen von dem Häutungsmesser in einer entschlossenen Hand, können die Wahrheit schneller zutage fördern als alle Fragen der Welt.«

Der Mann auf der Folterbank wandte ihnen das Gesicht zu und schob die Zunge zwischen geschwollenen Lippen hervor. »Wasser!« keuchte er. »Habt Erbarmen, Wasser!«

Segalla wandte den Blick ab; er versuchte, nicht auf die leere Augenhöhle und die blutige Seilspur auf der Stirn des Mannes zu schauen. Mann hatte ihm ein Auge herausgerissen.

»Um der Barmherzigkeit willen«, flüsterte er, »so gebt ihm doch etwas Wasser.«

Murray schnippte mit den Fingern. Einer der Folterknechte eilte mit einem Eimer Wasser herbei und schüttete es dem Mann ins Gesicht.

»Dürfen wir Euch Patrick Wilson vorstellen«, bemerkte Lethington und umrundete die Folterbank, »einen der engsten Vertrauen unter den Soldaten des ehrwürdigen Bothwell.« Lethington lächelte auf den Mann herunter. »Master Wilson hat eine Geschichte zu erzählen, nicht wahr, Patrick, mein Junge?«

Er packte das Gesicht des Mannes und drehte es zu sich. Lautlos wie ein Schatten des Todes zog Murray einen Dolch und ritzte dem Mann auf beiden Seiten des Halses die Haut auf – Rasurschnitte, aus denen das Blut quoll.

Entgeistert beobachtete Segalla die unerbittliche, kalte Grausamkeit dieses Angehörigen des Hochadels.

»Wilson ist der Mörder«, verkündete Murray. »Er und andere Gefolgsleute Lord Bothwells waren an der Ermordung Lord Darnleys beteiligt. Natürlich ist Master Wilson längst daran gewöhnt, sich die Finger mit Bothwells schmierigen Angelegenheiten schmutzig zu machen.« Er beugte sich so dicht über Wilson, daß sein Mund nur noch wenige Zentimeter von dessen Gesicht entfernt war. »Er ist Bothwells Zuhälter: hier eine Frau, dort eine schmucke Dame – alle, die Bothwells Interesse wecken.«

»Gnade, Herr«, flüsterte der Gefolterte.

»Gnade?« Lethington tätschelte ihm die Wange. »Sag, was du zu sagen hast, Patrick. Laß uns die Geschichte nur noch einmal hören.«

Wilsons Gesicht war eine Grimasse des Schmerzes.

»Um Himmels willen!« flüsterte Segalla. »Verschafft ihm doch Erleichterung.«

Murray gab ein Zeichen, und die Folterknechte lockerten den Zug auf Armen und Beinen des Gefangenen.

»Rede, Patrick!«

»Um zehn Uhr«, begann der Gefangene, »erhielten ich und Willi Powrie die Befehle...«

»An welchem Tag?« wollte Lethington wissen.

»Sonntag, am Abend, bevor Darnley umgebracht wurde.«

»Weiter!«

»Wir erhielten den Befehl, Schießpulver zu holen, das Lord Bothwell aus Dunbar Castle mitgenommen hatte. Wir sollten es zum Blackfriars-Tor bringen. Das Pulver war in Polks verpackt.« Wilson warf Segalla einen Blick zu. »Das sind kleine Lederbeutel«, erklärte er. »Sie waren in einem Koffer. Wir schafften alles auf einem grauen Klepper hin und mußten zweimal reiten.«

»Von wo?« fragte Segalla.

»Vom Hof meines Herrn, Bothwell.«

»Nur ihr beide?«

»Nein, auch French Paris und andere von Bothwells Leuten. Ich half, die Beutel durch den Garten östlich von der Alten Probstei zu schleppen. Anschließend wollten wir wieder zum Pferd, doch das war durchgebrannt; deshalb warteten wir im Dunkeln. Dann gingen wir in die Alte Probstei. Ormiston, Bothwells Leutnant, zwang Paris, die Türen aufzuschließen. Er hatte nachgemachte Schlüssel. Wir brachten das Schießpulver in das Gemach der Königin.«

»Und was geschah dann?«

»Ormiston sagte: ›Du weißt, was du zu tun hast, wenn oben alles ruhig geworden ist. Zünde die Lunte und verschwinde.‹ Danach gingen die anderen. Paris schloß die Tür ab.«

»War Bothwell auch dort?«

»Ja, Master. Paris hatte vergessen, sich die Hände zu waschen. Er war über und über mit Dreck und Staub bedeckt.« Wilson hielt inne und leckte sich die Lippen. »Wasser, bitte, um der Liebe Christi willen!«

Wieder wurde ein Eimer gebracht; diesmal griff Segalla nach der Schöpfkelle und ließ das Wasser langsam in den Mund des Mannes rinnen. Wilson hustete und spuckte. Morton trat aus dem Schatten und setzte dem Mann das Messer an die Kehle.

»Erzähl doch dem Franzosen von der Königin«, sagte er mit schneidender Stimme.

»Ihre Majestät sah Paris und sagte: ›Jesus Christus, wie schmutzig ihr seid.‹ Dann machten sich alle auf nach Holyrood.« Wilson leckte sich die blutverkrusteten Lippen. »Nach Mitternacht zog Lord Bothwell sein Karnevalskostüm aus und ein schwarzes Leinenwams und einen Kavallerierock über. Er traf sich mit mir und den anderen auf dem Palastgelände und führte uns zum Kanonentor.«

»Und was geschah dann?«

»Die Wache wollte uns aufhalten, aber Bothwell sprach mit ihnen. Wir erreichten Kirk o'Field; Bothwell hatte die Schlüssel zur Alten Probstei und ließ uns ein. Hay und zwei andere aus Bothwells Bande hatten sich dort versteckt gehalten. Sie bereiteten das Schwarzpulver vor, zündeten die Lunte, und wir verstecken uns alle im Garten.«

»Was geschah mit dem König?« fragte Segalla.

Wilson schüttelte den Kopf. »Das weiß der Himmel. Er hat wohl Geräusche gehört und das Haus durch eines der Fenster verlassen. Lord Bothwell muß es gewußt haben: Im Obstgarten hatten sich noch mehr Leute versteckt, aber ich habe nichts gesehen.« In panischer Angst rollte Wilson das unverletzte Auge. »Ich schwöre bei Gott, daß ich davon nichts gesehen habe! Die Lunte wurde gezündet, und das Haus ging mit einem lauten Knall hoch, Steine und Balken flogen durch die Luft.«

»Aber zu dem Zeitpunkt glaubtest du, der König wäre noch in seinen Gemächern?« fragte Segalla ruhig.

»Ja«, flüsterte Wilson. »Erst am nächsten Tag beim Morgengrauen haben wir Gerüchte gehört, daß der König ermordet im Obstgarten in der Nähe gefunden wurde.«

»Und du schwörst, daß das die Wahrheit ist?« fragte Lethington.

»So wahr mir Gott helfe. Habt Erbarmen, Herr.«

»Erbarmen?« Murray schob sich zwischen Segalla und die Folterbank. Erneut beugte er sich über Wilson. »Erbarmen? Hast du denn Erbarmen mit Lord Darnley gehabt? Du bist ein Verräter, Mann. Du wirst gehängt, gestreckt und gevierteilt werden, und die Gliedmaßen deines armseligen Körpers werden in Salz und Lauge eingelegt, in einen Weidenkorb gepackt und über den Toren der Stadt aufgespießt.« Murray richtete sich wieder auf. »Macht weiter!« befahl er seinen Folterknechten, die im Schatten standen. »Seht zu, wie groß ihr diesen kleinen Mann machen könnt und ob ihr noch mehr Wahrheiten aus ihm herausbekommt!« Murray blickte seine beiden Gefährten an, aber Lethington und Morton schritten bereits zur Tür. Murray folgte und nahm Segalla beim Arm. »So, Monsieur, damit dürften Eure Fragen beantwortet sein.«

Segalla zuckte nur mit den Schultern, erleichtert, dem Kellergewölbe entkommen zu sein. Die Adligen führten ihn wieder ins Beratungszimmer. Die Diener hatten die Stühle inzwischen so vor den Tisch gerückt, daß sie um Segallas Stuhl einen Halbkreis bildeten. Zwischen ihnen stand ein kleiner Tisch, auf den man ein Tablett mit einem Silberkrug und Trinkbechern gestellt hatte. Sie nahmen Platz; Lethington, höflich lächelnd wie immer, goß Segalla Wein ein.

»Habt Ihr nun Eure Antworten, Monsieur Segalla? Oder sollte ich lieber sagen, Pater Segalla, Mitglied des Jesuitenordens?«

»Was ich auch sein mag«, entgegnete Segalla, »ich bin akkreditierter französischer Gesandter. Ihr habt weder Macht noch Rechtsgewalt über mich. Und glaubt mir, Sir, wenn Ihr mich zu dieser Folterbank brächtet und mich strecktet, bis Arme und Beine knacken: Ich würde gestehen, die Märchenkönigin zu sein oder sogar Macbeth, frisch aus der Hölle entkommen. Ein Geständnis, das mit Folter erzwungen ist, hat vor keinem Gesetz Bestand.«

Lethington schüttelte den Kopf. »Andere werden dasselbe gestehen.«

»Auf der Folterbank singen alle dasselbe Lied«, fuhr Segalla ihn an.

»Aber wir haben noch mehr Beweise«, sagte Murray. »O ja, Monsieur Segalla, wir haben den schriftlichen Beweis, daß Ihre Majestät und Lord Bothwell ein Liebespaar sind. Nun, was sagt Ihr dazu?«

»Ich fresse einen Besen, wenn das bewiesen werden kann«, erwiderte Segalla und versuchte, seine Unruhe zu unterdrükken.

»Wir haben Briefe«, sagte Murray, »Liebesbriefe der Königin an Bothwell. Darin verrät sie ihre wahren Gefühle gegenüber Lord Darnley.«

»Das glaube ich Euch nicht!«

Murray beugte sich vor und zog aus einer Ledertasche eine dünne Pergamentrolle, die er Segalla reichte.

»Lest das, Monsieur. Es ist zwar nicht das Original, aber eine gute Kopie.«

Segalla entfernte das rote Band; es war ein Brief ohne Datum, und beim Überfliegen erkannte er, daß es ein Brief der Königin an den Grafen von Bothwell war. Er begann ohne Anrede.

»Fern von dem Orte, an dem mein Herz dich ließ, ist's leicht zu urteilen, wem meine Gunst ich schenkte...«

Der Brief fuhr fort mit Worten der Zuneigung und Liebe und beschrieb Marias Reise nach Glasgow, wo sie Darnley abholen wollte, um ihn nach Edinburgh zurückzubringen. Segalla blickte auf. Die drei Adligen sahen ihn unverwandt an, und Segalla versuchte, die Panik, die sich seiner bemächtigen wollte, zu unterdrücken. Zunächst war er versucht, den Brief als Fälschung abzutun, aber was darin geschildert wurde, konnte nur Maria wissen: daß Darnley sie gebeten hatte, neben ihm zu wohnen, daß er Maria die Schuld an seiner Krankheit gab, weil sie sich ihm gegenüber »so kühl« verhielt, und daß er Maria der Grausamkeit bezichtigte, weil sie sein Angebot der Reue nicht annehmen wollte. Der Brief – Segalla schätzte, daß er mindestens zweitausend Wörter lang war – schilderte dann andere Dinge, die nur die Königin wissen konnte, einschließlich der Pläne Darnleys, auf einem englischen Schiff zu fliehen.

»Monsieur Segalla, was haltet Ihr davon?«

Der Jesuit schaute Lethington ins lächelnde Gesicht.

»Seht doch«, murmelte der Staatssekretär, »was die Königin über Lord Darnley schreibt: daß er glaube, Maria werde ihm niemals Schaden zufügen, es gebe aber andere, die genau das im Sinn haben. Lest weiter, Monsieur.«

Segalla gehorchte, und das Grauen, das er verspürte, wuchs.

»Herr, vergib mir«, hieß es in dem Brief, »aber Gott hat uns für immer vereint. Als treuestes Paar ... Dies ist mein Glaube, dafür werde ich sterben.«

Ein Satz sprang ihm ins Auge. »Ach, ich habe nie jemanden betrogen, aber ich unterwerfe mich völlig Eurem Willen ... Was immer mir auch zustoßen mag, ich werde Euch gehorchen.«

Segalla las ihn und ließ sich nichts anmerken. Mir unbewegter Miene gab er den Brief Murray zurück. »Wo ist das Original?«

Der Graf lächelte. »Aber, aber, Monsieur Segalla. Spielt hier nicht den Jesuiten. Ihr wißt genau, daß Maria diesen Brief geschrieben hat.«

»Das beweist noch lange nicht, daß sie ihren Gatten ermordet hat.«

»Es beweist, daß sie eine Lügnerin ist!« fauchte Morton. »Sie säuselte ihm ins Ohr, sie wolle ihn beschützen, aber Ihr müßt doch zugeben, Franzose, daß sie es nie getan hat. Oder?«

Segalla konnte nicht anders, als ihm wortlos zuzustimmen.

»Es beweist auch«, sagte Lethington mit samtener Stimme, »daß Bothwell und die Königin Ehebrecher sind; der Brief ist geschrieben worden, als beide verheiratet waren. Und habt Ihr nicht die Gerüchte gehört? Lady Bothwell kränkelt ebenfalls. Nun, Ihr habt das Geständnis von Master Wilson vernommen. Ihr habt unseren Beweis gelesen, aber wir haben noch mehr.«

»Die übrigen Kassettenbriefe« – Murray spuckte die Worte förmlich aus – »beweisen, daß meine Schwester eine Ehebrecherin ist, eine Lügnerin, und wenn sie ihren Gatten auch vielleicht nicht umgebracht hat, so war sie zumindest an der Entscheidung beteiligt und hat weggeschaut.« Murray lehnte sich in seinem Stuhl zurück und rollte das Stück Pergament sorgfältig zusammen. »Unser Bild ist noch nicht vollständig«, sagte er. »Zugegeben. Aber ich sage Euch eins, Franzose. Bothwell hat Kirk o'Field mit Zustimmung meiner Halbschwester gesprengt. Irgendwie ist es Darnley gelungen zu entkommen.« Murray strich sich über Schnäuzer und Bart. »Vielleicht hat Bothwell gewartet, und Darnley lief auf seiner Flucht einer anderen Gruppe seines Gefolges direkt in die Arme.«

»Trotzdem zog man Nelson und Symonds aus den Ruinen«, sagte Segalla. »Sie sollen vom eiligen Aufbruch ihres Herrn nichts gehört oder gesehen haben?«

»Habt Ihr denn kein Hirn im Schädel?« knurrte Morton. »Ich wette, Monsieur Segalla, wenn der Hofarzt...« Das grobgeschnittene, verschlossene Gesicht entspannte sich; Morton schien alles über Segallas Unterhaltung mit Master Pitcairn zu wissen. »Wenn der Hofarzt«, fuhr Murray fort, »die Leichen der anderen bedauernswerten Opfer öffnen würde, könnte er feststellen, daß ein Mittel sie in den Schlaf geschickt hat. Nelson und Symonds hatten Glück. Die Nebenwirkungen eines solchen Tranks würden der Tatsche zugeschrieben werden, daß sie bei der Explosion knapp dem Tode entronnen sind.«

»Und welche Rolle spielte Master Durham dabei?« fragte Segalla.

»Er wußte, daß Paris ein Verräter war. Eine Türwache beobachtet.«

»Was soll mit Wilson geschehen?«

»Er soll uns noch mehr Namen liefern«, fauchte Lethington. »Wenn er stirbt, dann stirbt er eben, und andere werden zum Tanz aufgefordert.«

Segalla betrachtete diese drei mächtigen Adligen. Sie sagten die Wahrheit, schloß er, auch wenn sie selbst voller Niedertracht waren. Möglich, daß sie von Bothwells Plan gewußt hatten, aber er trug die Verantwortung dafür und die Königin mit ihm.

»Warum sagt Ihr mir das alles?« fragte er.

»Ihr stellt Fragen, Franzose. Jetzt habt Ihr die Antworten«, sagte Murray. »Geht zurück nach Paris und erzählt Eurem Herrn die Wahrheit über unsere Königin. Verlaßt Schottland, Franzose, und verlaßt es bald. Ein Sturm zieht auf, und niemand weiß, wen er hinwegfegt.« Murray spreizte die Hände und lächelte. »Ihr habt unseren Zeugen gehört und den Beweis gesehen. Ihr könnt jetzt gehen.« Der Graf grinste. »Bequemer, als Ihr gekommen seid.«

Er schnippte mit den Fingern. Die Soldaten hinter Segalla traten vor, und im Nu hatte man ihn aus dem Saal hinaus in den Hof gebracht.

Wieder ein schneller Ritt, diesmal von Rittern umgeben, die ihm die Sicht raubten. Sie donnerten über die Landstraßen, klapperten durch eine Hinterpforte und zügelten ihre Pferde erst, als sie das Wirtshaus »Zur Feuerprobe« erreicht hatten. Ohne ein Wort ließen sie ihn absteigen: Der Hauptmann, das Gesicht von der Kapuze verhüllt, ritt näher.

»Noch eine Botschaft, Franzose.«

Segalla sah zu dem überschatteten Gesicht auf.

»Mein Herr, Graf von Murray, versteht keinen Spaß. Ihr müßt Schottland sofort verlassen.« Er wendete sein Pferd und galoppierte mit seinen Gefährten in die Finsternis.

Segalla zitterte. Er mußte an sich halten, um nicht Hals über Kopf in den Schankraum zu stürzen; gemäßigten Schrittes ging er hinein. Janette und Vartlett saßen mit Nelson in einer Ecke beim Kartenspiel. Sie blickten erwartungsvoll auf, aber Segalla wahrte den Schein.

»Habt Ihr Durham gesprochen?« fragte Vartlett.

Segalla schob die Hände unter den Umhang und zwang sich zu einem Lächeln. »Ja.«

»Und?« fragte Janette und beugte sich vor, das Kinn in die Hand gestützt. Sie lächelte.

»Morgen spreche ich noch einmal bei der Königin vor«, sagte Segalla. »Dann packen wir unsere Sachen. Master Nelson, ich möchte Euch raten aufzubrechen. In einer Woche hoffe ich, an Bord eines Schiffes zu sein und diesen mörderischen Ort zu verlassen.«

Segalla ging in sein Zimmer. Er traute niemandem, nicht seinen Gefährten und erst recht nicht den Adligen, denen er gerade begegnet war. Jetzt blieb nur noch die Königin. Segalla lächelte in die Dunkelheit; er war Jesuit, ein Priester, und das mochte der Schlüssel zu all diesen Geheimnissen sein.

Zwölf

Tags darauf ritt Segalla durch den frühen Morgendunst zum Palast von Holyrood und bat, vorgelassen zu werden. Traquair erkannte ihn sofort, und Segalla mußte nur kurz im Vorzimmer warten, ehe man ihn ins Privatgemach der Königin führte. Auch hier waren die Wände schwarz verhängt, und im Licht der Kerzen und der flackernden Fackeln wirkte es wie eine Gruft, dunkel und unheimlich. Die Königin saß auf einem hochlehnigen, gepolsterten Stuhl vor dem Kamin. Sie trug schwarze Seide; die gebauschten Ärmel ihres Kleides waren mit Gold- und Silberlitzen besetzt. Eine schwarze Samthaube verhüllte mit ihrem Spitzenschleier die Augenpartie.

»Monsieur, wie gütig von Euch, hierher zu kommen. Ich habe ein paarmal nach Euch schicken lassen.«

Ihre Stimme klang gebrochen. Segalla trat zu ihr, sank auf ein Knie und küßte die eiskalte Hand der Königin. Als er zu ihr hochschaute, erschrak er vor der Verzweiflung in ihrem Blick.

»Madame, ich konnte nicht kommen.« Segalla mußte sich wappnen für das, was er vorhatte.

Maria bedeutete ihm, auf einem Stuhl ihr gegenüber Platz zu nehmen.

»Setzt Euch! Noch Fragen, Pater, ehe Ihr das Schiff nach Frankreich besteigt?

Segalla warf ihr einen raschen Blick zu. Die Königin schüttelte nur den Kopf.

»Nein, ich habe keine Spione«, murmelte sie. »*Mais tout est perdu*, alles ist verloren. Aber vielleicht war es schon verloren, ehe es begann.«

»Keine Fragen, Madame«, erklärte Segalla. »Aber Ihr habt recht. Ich bin Priester. Ich bin gekommen, um die Messe zu lesen.«

Langsam hob Maria den Schleier. »Ach, Monsieur Segalla, ich danke Euch.« Sie zeigte auf einen kleinen Tisch hinter ihm. »Der kann Euch als Altar dienen.«

Segalla entschuldigte sich und öffnete seine Satteltaschen. Er breitete ein kleines Stück Leinen auf dem Tisch aus, stellte ein hölzernes Kreuz darauf, nahm die Pyxis heraus und lächelte die Königin, die ihm aufmerksam zusah, über die Schulter hinweg an.

»Majestät, ich brauche etwas Wein und einen Becher.«

Die Königin deutete auf ein Tablett. Segalla füllte Wein in einen mit Edelsteinen besetzten Pokal und trug ihn zum Altar. Er legte eine seiner kostbaren ungesäuerten Oblaten auf den Tisch und zog einen geweihten Seidenschal hervor, der ihm als Stola diente. Dann nahm er der Königin gegenüber Platz.

»Ich weiß, worum Ihr bitten wollt, Monsieur.« Maria lächelte ihn unter Tränen an. »Ihr lebt in der Stadt: Ihr habt gehört, was meine Feinde behaupten. Ich habe die Flugschriften gesehen.« Die Stimme zitterte. »Die barbusige Meerjungfrau. Ich weiß alles über die mitternächtlichen Stimmen.« Sie atmete schwer. Segalla spürte ihre stumme Wut, als würde die Königin am liebsten den Arm ausstrecken und ihre Feinde zerschmettern.

»Worum wollte ich bitten, Madame?«

»Ihr wollt meine Beichte hören.«

Noch ehe Segalla antworten oder die Königin zurückhalten konnte, sank sie graziös vor ihm auf die Knie und faltete die Hände zum Gebet. Sie stimmte das Ritual an. »Vater, vergib mir, denn ich habe gesündigt. Zwei Monate sind vergangen seit meiner letzten Beichte, und dies sind meine Sünden.« Der Königin fiel es schwer, die Stimme zu beherrschen. »Ich gestehe meine Fehler. Ich wurde zur falschen Zeit geboren. Ich zog Sommerkleider an, als ich im tiefen Winter geboren wurde. Ich habe geliebt und wollte geliebt werden, fand aber nur Haß. Ich war zweimal Königin, und jedesmal wurde mir die Krone entrissen. Ich habe in den finsteren Abgrund des menschlichen Herzens geblickt, und ich weiß jetzt, was es heißt zu hassen. Nein.« Maria hob eine Hand, ehe Segalla sie unterbrechen konnte. »Ich habe zwei Männer geliebt. Einer war noch ein Junge und starb, bevor er zum Manne wurde. Den anderen hielt ich für einen Mann, aber er war in Wirklichkeit ein kränklicher Wolf mit schrecklichem Hunger.« Sie hielt inne.

»Und Mord?« Segalla zwang sich zu der Frage.

»Ja«, flüsterte die Königin und nickte. »Ich gestehe, viele, viele Male gemordet zu haben! Im Geiste habe ich Murray, Morton, Lethington und alle großen Lords umgebracht!«

»Und Euren Gemahl Darnley?«

»Ja, auch er gehörte dazu. Wie oft habe ich ihn umgebracht: mit Stilett, Axt und Seil.«

»Aber die Sache in Kirk o'Field?« fragte Segalla leise.

Maria schlug die Hände vors Gesicht und stöhnte. »Alle meine Morde, Vater, geschahen im Geist, nicht tatsächlich. In der Wirklichkeit habe ich gegen keinen Menschen die Hand erhoben. Aber es stimmt, ich habe Darnley gehaßt.« Sie atmete ein und schwankte leicht, ihre Augen waren auf einen Punkt irgendwo hinter Segalla gerichtet, als hätte sie ihn vergessen und redete mit einem unsichtbaren Geist. »Ich habe Darnley gehaßt. Deshalb habe ich mir eine Buße auferlegt; ich habe ihm vergeben. In meiner Dummheit dachte ich, ich könnte lernen, ihn wieder zu lieben, und so vergessen, was war. Ich könnte Frau und Königin in meinem eigenen Haus und Reich sein. Als ich nach Kirk o'Field zog, war dies meine Absicht.«

»Und Lord Bothwell?« fragte Segalla.

Die Königin begegnete seinem Blick. »Ein lustiger Kerl, gutgelaunt, mir treu ergeben. Ein Mann mit vielen Fehlern, aber Verrat, Treuebruch und Mord wohnen nicht in seiner Seele.«

Sie schien die Überraschung in Segallas Zügen bemerkt zu haben.

»Was Ihr auch zu hören bekommt, Vater, was man Euch auch zeigen mag, es ist eine Lüge.« Sie kramte in ihrem Beutel unter dem Umhang und zog den hübschesten Perlenrosenkranz hervor, den Segalla je gesehen hatte. Die Königin hielt diesen am Kreuz in die Höhe. »Ich schwöre«, begann sie, »ich schwöre beim Kreuz, bei der Messe, die ich hören werde, beim heiligen Sakrament, das ich nehmen werde, bei meinem

Leben und meiner unsterblichen Seele, daß weder ich noch Lord Bothwell irgend etwas mit dem Tod meines Gemahls zu tun hatten.«

Segalla beugte sich vor und ergriff die kalte Hand der Königin. Er drückte sie sanft, als könnte er ihr etwas von seiner Wärme abgeben, und atmete erleichtert auf, als Maria wieder die alte wurde, leichte Ironie in den Augen, ein kokettes Lächeln auf den Lippen.

»Pater, Ihr hört meine Beichte.« Ihre Augen musterten Segalla. »Was habt Ihr gesehen, Pater? Was haben diese Höllenhunde – und glaubt mir, es sind Höllenhunde – Euch gesagt?«

Segalla wußte, daß Maria ehrlich war; die ganze Kraft ihrer Persönlichkeit und ihrer Seele lag in ihren Worten. Deshalb gestand er alles: sein Gespräch mit Master Pitcairn und seinen Verdacht gegenüber Vartlett und Janette; seine eigenen Gedanken und Überlegungen; und schließlich seinen nächtlichen Besuch beim Grafen von Murray und den anderen. Maria erhob sich, zog einen Stuhl näher heran und setzte sich. Zu guter Letzt kam er auf den Brief zu sprechen, und Maria vergrub das Gesicht in den Händen. Als Segalla fertig war, saß sie schweigend da und wiegte sich sanft vor und zurück. Kein Laut kam über die Lippen. Dann blickte sie auf, und Segalla erschrak vor der Wut, die ihre Gesichtszüge verzerrte.

»Sie haben mich in der Falle!« sagte sie. »O ja, sie haben mich in die Falle gelockt und mich schlau mit meinen eigenen Worten geschlagen.« Sie atmete geräuschvoll aus. »War der Brief unterzeichnet?«

Segalla schüttelte den Kopf.

»Habt Ihr das Original gesehen?«

»Habt Ihr ein Original?«

»O ja.« Maria lachte und fuhr über die Falten ihres Kleides. »Oh, mein kluger Bastard von einem Bruder hat das Original. Es ist der Entwurf eines Briefes, den ich an Erzbischof Beaton in Paris geschrieben habe. Wißt Ihr, was sie getan haben, Monsieur? Sie haben diesen Brief genommen und ihn geschickt in einen Liebesbrief eingefügt, den ich Darnley geschrieben habe.«

»Aber wie ist das möglich?«

Maria starrte ins Feuer.

»Ich habe Verräter an meinem eigenen Hof; auch Lord Bothwell vertraue ich nicht ganz. Aber ich will Euch antworten, Priester: In meinem Gemach in Kirk o'Field hatte ich eine Kassette mit solchen Dokumenten; Briefentwürfe, Memoranden und ähnliches. Ich dachte, sie wäre durch die Explosion vernichtet worden. Wie Ihr wißt, habe ich meinen Zeremonienmeister hingeschickt: Er konnte nichts finden, deshalb dachte ich, sie wären ein für allemal zerstört.« Sie hob die Schultern. »Nun kenne ich die Wahrheit. Als sie einbrachen, um meinen Gemahl zu ermorden, stahlen sie sich auch in mein Gemach und nahmen die Dokumente an sich.«

»Aber wie starb er, Madame?«

Maria schloß die Augen. Sie biß die Zähne zusammen. »Ich weiß es nicht«, sagte sie heiser. »Bei allem, was mir heilig ist, weder ich weiß es noch Bothwell. Wir verließen Kirk o'Field, um in Holyrood zu feiern. Von Traquair erfuhren wir, daß Ker von Fawdonside in der Nähe gesehen worden war, deshalb ging Bothwell mit einigen seiner Männer hinaus, um zu sehen, ob in Kirk o'Field alles in Ordnung war. Dann kehrten sie zurück.«

Die Königin hob mutlos die Hände. »Ich dachte, Lord

Bothwell sei mit seiner Frau zu Bett gegangen: Seine Gefolgsleute waren zu betrunken, um eine Kerze anzuzünden, geschweige denn eine Lunte. So haltet denn Eure Messe, Pater. Aber macht nach der Wandlung eine kurze Pause.«

Von den Worten der Königin verwirrt und bestürzt, erhob sich Segalla und trat an den Tisch. Er nahm sein kleines Meßbuch aus der Tasche, bekreuzigte sich und stimmte den ersten Vers eines Psalms an: »Ich will den Herrn loben, solange ich lebe, und meinem Gott lobsingen, solange ich hier bin.« Die Messe nahm ihren Lauf: Über Brot und Wein gebeugt, flüsterte Segalla die Worte der Wandlung und hob Hostie und Kelch. Das Seidenkleid der Königin, die hinter ihm auf einem Betstuhl gekniet hatte, raschelte, als sie sich erhob und auf den Altar zutrat. Sie legte beide Hände über Hostie und Kelch und richtete sich auf. Ihre Miene war ernst und majestätisch.

»Ich schwöre«, flüsterte sie, »bei diesem heiligen Sakrament, daß ich an dem Ende meines Gemahls nicht beteiligt war, daß ich es weder ausgeheckt noch jemanden dazu angestiftet habe. Ebenso schwöre ich nach bestem Wissen und Gewissen, daß Graf von Bothwell in dieser Angelegenheit keine Schuld trifft. Außerdem schwöre ich« – Maria ließ die Hand sinken –, »daß ich versucht habe, meinen Gemahl zu lieben: Ich gestehe einen furchtbaren Fehler, weil ich ihn in Kirk o'Field alleingelassen habe. Diesen Fehler werde ich bis ans Ende meiner Tage bereuen.«

Sie ging wieder zu ihrem Stuhl. Segalla fuhr mit der Messe fort. Er erteilte der Königin die Absolution, dann die heiligen Sakramente. Nachdem er die Messe beendet und seine Sachen eingepackt hatte, reichte ihm die Königin einen Becher süßen Wein und einen Teller mit Mandelgebäck. Sie lächelte entspannt zu ihm herunter.

»Ihr seid ein merkwürdiger Mann, Segalla. Laßt uns ein wenig über Euch reden. Ich bin sicher, ein Mann wie Ihr hat einst im Dienste meiner Mutter gestanden. Aber kann es sein, Monsieur, daß ein Mann niemals stirbt?«

Segallas Miene blieb unbewegt. »Es gibt schlimmere Schicksale als den Tod, Madame.«

Die Königin blinzelte und wandte den Blick ab. »Wohl wahr. Wohl wahr. Vater, glaubt Ihr, daß es Menschen gibt, auf denen ein Fluch lastet? Ich bin eine geborene Stuart. Mein Vater starb im Wahnsinn, mein Großvater kam bei Flodden ums Leben; sein Vater wurde ermordet, und dessen Vater auch. Glaubt Ihr, daß unsere Familie verflucht ist? Bringen wir uns und allen, mit denen wir in Berührung kommen, nur Tod und Verderben?«

Segalla entspannte sich, erleichtert, daß die Königin ihn nicht weiter ausgefragt hatte.

»Nicht verflucht, Madame«, erwiderte er. »Aber, wie Ihr schon sagtet, Menschen werden zur falschen Zeit am falschen Ort geboren und mischen sich wie Fremdkörper unter jene, die sie besser meiden sollten. Euer Halbbruder, Graf von Murray, will König werden. Elisabeth von England sieht eine Gefahr in Euch. Die Franzosen betrachten Euch als Unterpfand für ihren Traum von der großen Allianz.« Er seufzte. »Was aber wollt Ihr tun, Madame?«

Die Königin schüttelte den Kopf. »Ich weiß nicht. Ich, ich erkenne in allem die Handschrift meines Halbbruders und der anderen Lords der Kongregation. Ich höre ihren Spott: Bald werden Schwert und Dolch gezogen, und der Rest ist Gottes Wille.«

»Und Lord Bothwell?«

»Er tröstet mich und gibt mir Tat. Wenn ich ihn entlasse,

habe ich niemanden mehr und werde für den Kreis um meinen Halbbruder leichte Beute. Wenn ich Bothwell stütze, kommt es zum Krieg.« Maria blickte Segalla an. »Ist es falsch, sich den Tod zu wünschen, Monsieur? Manchmal überkommt mich der Wunsch, in den Kreis meiner Feinde hineinzureiten, ihnen mein Schwert zu Füßen zu legen und zu schreien: ›Macht mit mir, was ihr wollt!‹«

Segalla betrachtete sie besorgt und erinnerte sich an Master Pitcairns Worte. »Madame«, sagte er plötzlich, »gibt Lord Bothwell Euch Arzneien, Tränke oder Heilkräuter?«

Maria rieb sich die Schläfen. »Er gibt mir Pulver, damit ich schlafen kann. Ich brauche Frieden. Ich muß zur Ruhe kommen.« Sie ließ die Hände sinken. »Monsieur Segalla, glaubt Ihr mir?«

»Ja, Madame.«

Maria betrachtete den Ring an ihrem Finger. »Die großen Lords haben Darnleys Tod veranlaßt«, sagte sie. »Aber wer war der Verräter, Monsieur Segalla, und wie hat er meinen Gemahl umgebracht?«

»Madame, ich habe in dieser Frage versagt, und es ist mir zudem nicht gelungen, die Gefahr von Euch abzuwenden.«

Maria lachte wie ein junges Mädchen. Sie ergriff Segallas Hände. »Ihr habt nicht versagt. Ihr hättet nicht stoppen können, was geplant, vorbereitet und äußerst heimtückisch ausgeführt wurde.« Ihr Gesicht verhärtete sich. »Aber rächt mich, Monsieur Segalla. Ich, eine Königin, habe heilige Eide auf Euch geschworen.« Sie drückte Segallas Hand ans Herz. »Schwört nun, beim Herzen dieser Königin, daß Ihr den Mörder meines Gemahls jagen werdet.« In Marias Augen loderte blanke Wut. »Fangt die Viper! Zermalmt ihren Schädel!«

Sie ließ seine Hand fallen, stand abrupt auf, ging in die gegenüberliegende Ecke des Raumes und holte ein Schwert mit silbernem Griff, das in einer mit Edelsteinen besetzten Samtscheide steckte. Sie richtete sich vor Segalla auf.

»Dieses Schwert gehörte meinem Vater«, sagte sie. »Er brachte es aus Solway Moss mit. Jetzt gehört es mir, und ich bin Königin, die oberste Richterin in diesem Reich.« Sie hielt das Schwert wie ein Kreuz in die Höhe. »Ich, Maria, Königin von Schottland, England und Frankreich, Herrscherin über die Inseln, verpflichte Euch, Nicholas Segalla, feierlich in dieser Angelegenheit zu richten. Ihr sollt den Mörder meines Gemahls finden, denjenigen, der Lord Henry Lennox Darnley, Gemahl der Königin von Schottland, auf höchst hinterhältige, rätselhafte Weise umgebracht hat. Ich erteile Euch die königliche Vollmacht, und wenn Ihr diesen heimtückischen Mörder fangt, so richtet ihn nach Recht und Gesetz hin.« Maria ließ das Schwert sinken. »Tut dies, Monsieur«, drängte sie, »um meinetwillen und um der Gerechtigkeit Gottes willen!«

Dann schwieg sie. Schließlich trat sie neben Segalla und kniete nieder wie ein junges Mädchen vor dem Vater oder eine Frau neben dem Geliebten.

»Nicholas«, sagte sie, »schaut mich an.«

»Madame?«

»Wir werden uns nicht wiedersehen, Nicholas. Das wißt Ihr ebenso gut wie ich. Was in Kirk o'Field geschah, ist der Anfang meines Untergangs. Ich werde mich ihm entschlossen stellen, denn ich weiß, daß Gott durch Euch Gerechtigkeit walten läßt.« Sie erhob sich. »Nun müßt Ihr gehen. Ich habe eine Nachricht vom Erzbischof von Paris erhalten. Er warnte mich erneut vor einer großen Gefahr. Bald schon wird er erkennen, wie prophetisch er war: Über Darnleys Tod wird bereits in London und Paris geredet. Er schickte auch Euch eine Botschaft, einen Nachsatz: ›Sagt Segalla‹«, hielt Maria inne. »Ja, so lautete sie: ›Sagt Segalla, nur die Königin, Lindsay und Vartlett wissen, daß er ein Priester ist, ein Mitglied des Jesuitenordens.‹« Sie sah die Verwirrung in Segallas Augen. »Das war alles.« Sie streckte die Hand aus. »Geht jetzt, Nicholas. Kommt nicht wieder her. Mehr kann ich nicht sagen, aber Ihr könnt so viel tun.«

Segalla küßte ihr die Fingerspitzen. Flüchtig strich Maria ihm über den Kopf, dann erhob er sich, nahm seinen Umhang und seine Satteltasche und ging zur Tür.

»Nicholas.«

Segalla drehte sich um. Die Königin trat auf ihn zu. Tränen standen in ihren Augen, aber ihr Mund lächelte. »In einem anderen Leben, Nicholas, vielleicht in einem anderen Leben, werden wir uns wiedersehen. Ich werde einfach Maria sein und Ihr ein schöner Jüngling namens Nicholas.« Sanft küßte sie ihn auf beide Wangen, und der leichte Duft ihres Parfüms umhüllte ihn. »Geht!« flüsterte sie. »Vergeßt mich nicht!«

Nicholas verließ Holyrood, so schnell er nur konnte. Er hatte Mühe, die Tränen zurückzuhalten, die ihm in den Augen brannten. Beatons Worte, die Maria als Rehkitz beschrieben hatten, das von Wölfen umzingelt ist, gingen ihm durch den Kopf.

»Wie recht Ihr hattet«, sagte Segalla halblaut, »und jetzt kommen die Wölfe immer näher.«

Er kehrte zum Wirtshaus zurück und ging in sein Zimmer. Dort nahm er Schreibfeder und Pergament und schrieb noch einmal alle Erkenntnisse über Kirk o'Field nieder. Er versuchte, sich die Szene bildlich vorzustellen, und alle Theorien, denen er nachgegangen war, durchzuspielen. Verzweifelt suchte er nach der Lösung des Rätsels. Irgendwann bestellte er sich etwas zu essen. Ein schmuddeliges Weib brachte ihm ranziges Fleisch in wäßriger Sauce und einen Krug Wein.

Als er seiner Aufgabe müde war, zwang er sich, über seine Begegnung mit der Königin nachzudenken, bis er sich an Beatons verschlüsselte Botschaft erinnerte: »Sagt Segalla: Vartlett und Lindsay sind die einzigen, die wissen, daß er Jesuit ist.« Immer wieder murmelte er diese Worte vor sich hin. Beaton schickte ihm eine geheime Botschaft, aber was hatte sie zu bedeuten? Maria hatte mit niemandem darüber gesprochen. Dann fiel ihm Murrays Spöttelei ein, und es überlief ihn kalt. So einfach, so offensichtlich, so absolut boshaft! Er wendete seine neue Theorie auf die Ereignisse seit seiner Ankunft in Edinburgh an. Alles paßte, und diese Erkenntnis versetzte Segalla nicht in Zorn, sondern in eine Art Trance.

»So muß es sein«, sagte er laut. »Das ist der einzige Weg aus dem Labyrinth. Aber wie kann ich es beweisen?«

Er ging zu Bett. Nach traumlosem Schlaf wachte er am nächsten Morgen erfrischt auf und wußte, was er zu tun hatte. Er wusch sich, rasierte sich, sagte rasch ein Morgengebet und ging in den Schankraum hinunter, um zu frühstücken. Als Vartlett und Janette sich ihm anschlossen, lächelte Segalla ihnen zu.

»Verzeiht mein unhöfliches Benehmen in den letzten Tagen.« Er füllte ihre Becher und rief dem Schankgehilfen zu, er möge noch mehr Brot und Dörrfleisch bringen. »Aber diese ganze Angelegenheit hat mich erschöpft. Ihr müßt Edinburgh auf dem schnellsten Wege verlassen.«

Freude malte sich auf ihren Gesichtern. Vartlett ergriff

Segallas Hand; Janette beugte sich über den Tisch und drückte ihm einen Kuß auf die Wange. Ihre warmen Lippen standen in krassem Gegensatz zum kalten Mund der Königin.

»Danke«, sagte sie.

»Kommt Ihr mit?« fragte Vartlett.

»Nein.« Segalla grinste. »Ich weiß, wie Darnley gestorben ist«, verkündete er und weidete sich an ihrer Verblüffung. »Ich weiß, was wirklich in Kirk o'Field geschah.« Er schaute sich im Schankraum um und senkte die Stimme. »Mehr noch, ich weiß auch, wer der englische Agent, der Rabe, ist. Ich muß noch ein paar Beweise sammeln; dann werde ich der Welt die Wahrheit verkünden.«

»Sollen wir nicht solange warten?« fragte Vartlett hastig und warf Janette einen kurzen Blick zu.

»Nein, Ihr müßt aufbrechen«, beharrte Segalla. »Geht noch heute und sucht Euch eine Schiffspassage von Leith aus. Nehmt meinen Brief an Beaton und eine meine Zeichnungen von der Explosion in Kirk o'Field mit. Sagt ihm, wenn ich fertig bin, komme ich zurück nach Frankreich.«

Janette beugte sich vor. »Aber warum reist Ihr nicht mit uns?«

»Ich habe noch etwas zu erledigen.«

»Wollt Ihr hierbleiben?« fragte Vartlett.

»O nein. Ich suche nach weiteren Beweisen in Kirk o'Field. Die Katen in der Nähe des Gebäudekomplexes stehen leer. Ich werde um die Erlaubnis ersuchen, dort wohnen zu dürfen. Macht Euch um mich keine Sorgen. Euer Herr wird Euch bestimmt für das, was Ihr getan habt, belohnen.« Mit einer Handbewegung gebot er allen weiteren Protesten Einhalt. »Geht jetzt!« drängte er. »Packt und brecht auf. Master Nelson hatte recht: Schottland ist für Ausländer nicht mehr sicher.«

Vartlett und Janette sahen sich an und gehorchten dann wortlos. Sie packten und brachten ihr Gepäck in den Hof, wo Segalla mit dem Wirt über zwei Reitpferde und ein Saumpferd verhandelt hatte, die sie nach Leith bringen sollten. Beide schüttelten Segalla die Hand: Janette gab ihm noch einen Kuß und drückte die Lippen fest auf seinen Mund.

»Wer ist denn nun der Rabe?« flüsterte sie.

Segalla schüttelte den Kopf. »Bald, Janette, bald wird alles klar werden. Rechtzeitig.«

Sie schmollte kokett, als er ihr in den Sattel half. Er winkte ihnen nach, bis sie den Hof des Wirtshauses verlassen hatten. Dann ging er wieder in sein Zimmer, legte sich auf das Bett und schloß die Augen. Vor seinem geistigen Auge sah er Darnley in seinem Gemach, nur wenige Stunden bevor die Mörder zuschlugen. Segalla hatte eine Vorstellung dessen, was danach geschehen war, und war nun sicher, daß die Schlußfolgerungen, die er gezogen hatte, richtig waren. Die nächsten Tage verbrachte er damit, immer wieder zu überprüfen, was er erfahren hatte. Gleichzeitig wartete er auf die Antwort auf einen Brief, den er Master Pitcairn hatte bringen lassen. Schließlich traf sie ein: Pitcairn war verwirrt, aber bereit, ihm zu helfen. Er hatte Segallas Ersuchen der Königin vorgelegt, und sie hatte es großzügig gewährt: Er konnte eine der Katen neben Kirk o'Field bewohnen, solange er wollte. Die andere Angelegenheit, schrieb der Arzt, war einfacher zu lösen. Master Vartlett und Mistress Lindsay hatten Schottland nicht über Leith verlassen.

Segalla wartete noch ein paar Tage ab, bevor er seine Habseligkeiten zusammenpackte und sich in einem ziemlich verwahrlosten Häuschen neben den Ruinen der Alten Probstei niederließ. Der Strom der Neugierigen, die die Zerstörung betrachten wollten, hatte nachgelassen: Ruinen und Gebäude waren verlassen. Inzwischen kursierten Gerüchte, daß Darnleys Geist nun an dem Ort spuke, und sein Schrei, als die Mörder ihm die Kehle zudrückten, immer noch mitten in der Nacht zu hören sei. Segalla tat dies als albernes Gerede ab. Als die Nacht hereinbrach, zündete er eine Pechfackel an und untersuchte die Ruinen sorgfältig. Was er dort fand, bestätigte nur seinen Verdacht. Tagsüber ging er häufig in die Stadt und sah, daß die Königin verloren war. Bothwell mochte die Stadt noch so sehr mit seinen Truppen vollstopfen, die Zungen gaben keine Ruhe, und finstere Geschichten machten die Runde: Bothwell sei der Geliebte der Königin; Bothwell wolle die Königin nun heiraten, und Bothwell habe heilige Eide geschworen, daß er die anderen Adligen umbringen werde.

Segalla fragte sich, ob er noch einmal nach Holyrood gehen sollte, wußte jedoch, daß er nicht viel helfen konnte. Die meisten waren inzwischen gegen Maria, und die großen Lords der Kongregation, Murray, Morton und Lethington, tauchten allmählich aus ihren Verstecken auf. Die Königin verließ die Stadt und siedelte nach Seton über. Ihren kleinen Sohn Jakob ließ sie nach Stirling bringen, während Bothwell Kommandant ihrer Landtruppen und Gouverneur von Edinburgh wurde. Segalla wußte, was kommen mußte, und Pitcairn hielt ihn auf dem laufenden. Der Arzt, den Segallas Suche in Kirk o'Field neugierig gemacht hatte, lud ihn zum Essen ein und berichtete ihm vom neuesten Hofklatsch.

»Die Königin ist zutiefst verstört«, flüsterte Pitcairn ihm über den von Kerzen erhellten Tisch zu. »Sie kann das Tageslicht nicht ertragen und hat sich in ein verdunkeltes Gemach zurückgezogen. Auch das Licht der Kerzen schmerzt ihre Augen. In diesem Zustand war sie, als Killigrew, der neue englische Gesandte, ihr seine Beglaubigungsschreiben überreichte.«

»Und was soll nun geschehen?« fragte Segalla.

»Darnleys Vater, Graf von Lennox, beginnt sich zu regen. Er hat nicht nur ein Gerichtsverfahren gegen den Mörder seines Sohnes beantragt, sondern auch Bothwell direkt beschuldigt.« Der kleine Arzt nippte an seinem Wein und hob die Schultern. »Wenn das Gerichtsverfahren anderswo stattfindet, wird man Bothwell schuldig sprechen und hinrichten. Findet es in Edinburgh statt, wird Bothwell das Gericht einschüchtern, und Lennox wird sich weigern zu erscheinen und den ganzen Prozeß als eine Farce abtun.«

»Warum flieht die Königin nicht nach Frankreich?«

Pitcairn lachte leise. »Flucht käme einem Schuldbekenntnis gleich. Und die englischen Agenten in Paris waren nicht untätig, hieß es.«

»Was soll also werden?«

»Die Königin wird kämpfen. Gewinnt sie, gibt es ein Massaker: Bothwell will Morton und Murray den Kopf abschlagen.«

»Und wenn sie verliert?«

Pitcairn seufzte. »Flieht sie nach England.«

»Wie bitte?« rief Segalla. »Ins Lager ihrer Feinde?«

»Das ist nur eine Vermutung von mir«, fügte Pitcairn rasch hinzu. »Aber ich habe der Königin genau zugehört. Monsieur, wart Ihr je Soldat?«

Segalla nickte knapp. Er wollte dem neugierigen Arzt nicht noch mehr Informationen über sich liefern.

»Ich auch«, plauderte Pitcairn weiter, »ich habe als Arzt in Feldzügen gedient, und ich habe ein merkwürdiges Phänomen beobachtet, eine Angelegenheit, die eher die Seele als den Körper betrifft. Manchmal wird ein Soldat derart kriegsmüde, daß er den Tod herbeisehnt: Er empfindet ihn als Erlösung von den schrecklichen Dingen, die er erleben muß.« Er lächelte Segalla freudlos an. »Die Königin hat eine ähnliche Einstellung.« Er schlürfte an seinem Wein und stocherte auf dem Teller vor sich in den Überresten des Huhns herum. »Auf jeden Fall werde ich in einem Monat nicht mehr hier sein. Vielleicht gehe ich wieder ins Ausland. Und Ihr, Monsieur?«

»Ich bleibe noch eine Zeitlang in Edinburgh«, erwiderte Segalla. »Aber ich brauche Eure Dienste, Monsieur. Noch einen Gefallen. Zwei kräftige Männer.« Er hob eine Hand. »Nein, nein, keine Gewalt. Ich möchte, daß sie meine Kate in Kirk o'Field bewachen, wenn ich nicht da bin. Sie sollen gut achtgeben und mir alles berichten, was passiert, vor allem mich über jeden Fremden informieren, der dort auftaucht.«

Pitcairn war einverstanden, und am nächsten Morgen stellten sich zwei stämmige Gestalten bei ihm ein, denen es schlecht ergangen war – so zumindest schilderten sie Segalla ihre Lage in gutturalem Akzent. Sie sahen aus wie ehrliche Männer, auf die man sich verlassen konnte, hatten offene, kantige Gesichter, waren ungekämmt und schmutzig, aber begierig, für die wertvollen Münzen, die Segalla ihnen bezahlte, gute Arbeit zu leisten.

»Ihr sollt nur eines tun: die Ruinen beobachten. Wenn jemand kommt, tut so, als wärt ihr Arbeiter, die Schutt wegräumen. Wenn jemand nach mir fragt, zeigt ihm, wo ich wohne, nicht mehr. Könnt ihr das tun?«

Die beiden waren glücklich über die üppige Belohnung für eine so anspruchslose Arbeit und nickten freudig. Segalla wartete. Er ging in die Stadt und kaufte sich zwei Pistolen, die er lud. In seinem Häuschen vergewisserte er sich, daß das Fenster hinter den fest geschlossenen Fensterläden locker in den Angeln hing. Er machte sein Bett so, daß es im Dunkeln aussah, als schliefe jemand darin, während er es sich in einem dunklen Winkel neben dem Kamin bequem machte. Und er wartete. Die erste Märzwoche zog ins Land. Dann, am Nachmittag des neunten Tages, als er bei beginnender Dunkelheit zurückkehrte, warteten seine beiden Spione auf ihn. Für gewöhnlich lautete ihr Bericht immer gleich: Ein paar Neugierige aus der Stadt waren gekommen, aber niemand Besonderes. Diesmal war es anders.

»Da war jemand«, sagte der eine. »Er hatte sich die Kapuze tief ins Gesicht gezogen und wandte sich immer ab. Aber er hat uns trotzdem großzügig bezahlt und behauptet, er sei ein Freund von Euch. Er fragte, wo Ihr wohnt und was Ihr so tut. Wir gaben ihm die Antwort, die Ihr uns gesagt habt.«

Segalla bedankte sich. Er schüttelte ihnen die Hand und gab jedem eine Münze. »Dann ist eure Arbeit jetzt beendet«, sagte er. »Morgen werde ich nicht mehr da sein. Alles, was in diesem Haus zurückbleibt, könnt ihr haben.« Er schüttelte den Kopf über ihre Verwirrung. »Geht nur«, beharrte er. »Ich muß alles für meinen Freund vorbereiten.«

Segalla ging ins Haus. Er zündete ein Feuer an; die Flammen loderten und beleuchteten das sorgfältig gerichtete Bett. Segalla aß das Brot und das getrocknete Fleisch, das er gekauft hatte, verschloß und verriegelte die Tür und setzte sich. Er ließ das dunkle Viereck des halb geöffneten Fensters nicht aus den Augen. Die Nacht kam. Er nickte kurz ein. Hin und wieder weckte ihn der Schrei eines Nachtvogels auf, der Jagd auf Beute machte. Immer wieder schaute er auf die Stundenkerze; die Flamme hatte inzwischen den zwölften roten Ring erreicht. Plötzlich hörte Segalla ein Geräusch und sah den dunklen Schatten des Raben auf leisen Sohlen durch das Fenster in den Raum gleiten.

Dreizehn

Segalla hob eine Pistole hoch und kniff die Augen zusammen, um in der Dunkelheit etwas zu erkennen. Ein Dolch blitzte auf, als die verhüllte Gestalt wild auf die Decken im Bett einstach. Mit der freien Hand spannte Segalla den Hahn. Das Klicken klang in der Stille des Raumes wie ein Donnerschlag.

»*Bienvenue*«, flüsterte Segalla. »Seid willkommen, Vogel der Nacht!«

Die Gestalt wirbelte herum.

»Bleibt, wo Ihr seid«, befahl Segalla. »Laßt den Dolch fallen.« Er schob sich in den Lichtschein des Kaminfeuers. »Ich habe zwei Pistolen schußbereit, also unternehmt nichts, was Ihr bereuen könntet. Wie habe ich mich auf diese Begegnung gefreut! Und jetzt streckt die Hände vor.«

Der Eindringling trug schwarze Handschuhe. Segalla wußte, daß sein Gegner nach einer Möglichkeit suchte, nach einem Schlupfloch, durch das er entwischen konnte, aber der Jesuit hatte den Raum gut abgesichert.

»Setzt Euch«, kommandierte Segalla. Er deutete auf den Kamin. »Wie Ihr seht, habe ich einen zweiten Stuhl für Euch bereitgestellt und einen Becher Wein. Kommt schon, Master Thomas Nelson. Ihr seid doch Master Nelson, oder nicht?«

Die Kapuze fiel nach hinten, und Segalla konnte im Licht der lodernden Flammen das lächelnde Gesicht von Darnleys Wächter und Diener erkennen: der so geschickte Thomas Nelson.

»Ich wußte, daß Ihr kommen würdet«, flüsterte Segalla. »Nun setzt Euch aber bitte.«

Nelsons Blick blieb starr; sein Lächeln reichte nicht über den Mund hinaus.

»Nun verflucht Ihr Euch selbst«, sagte Segalla. »Ich kann Eure Gedanken lesen, Thomas: Ich habe mich so viele Tage in Euch hineinversetzt. Nun kenne ich Euch fast so gut wie Ihr Euch selbst. Jetzt setzt Euch hin!«

Nelson gehorchte. Segalla deutete auf den Weinbecher, der auf dem Kamin warmgehalten wurde.

»Wie Ihr seht, habe ich Euch erwartet. Ich wußte, daß Ihr kommen würdet. Laßt uns also hier im Dunkeln sitzen. Schließlich sind wir beide Kreaturen der Nacht, Master Nelson.«

»Ihr seid Priester«, sagte Nelson und nahm den Weinbecher an sich.

»Trinkt, werft nicht damit«, drohte Segalla. »Bei Gott, Master Nelson, ich will Euch nicht töten, noch nicht. Ja, ich bin Priester, ein Jesuit, ein französischer Gesandter, aber ich bin mehr als das. In den fernen Tagen meines Lebens habe ich

Menschen wie Euch getroffen, Master Nelson. Männer, die sich unter die Großen eines Landes mischen und im Hintergrund die Fäden ziehen. Nun, worüber sollen wir uns unterhalten?«

Nelson entspannte sich auf seinem Stuhl. Segalla sah, daß er die Arme vor dem Bauch verschränkte und wußte, daß dort ein Messer versteckt sein mußte, den Wurfdolch, dessen Griff aus dem Reitstiefel des Mannes ragte, hatte er bereits gesehen.

»O ja«, sagte Segalla und legte die Pistole auf die Knie, »über die Vernichtung von Königen, den Sturz von Prinzen, Verrat, Treuebruch und blutigen Mord. Von der Vernichtung des Guten und der Macht des Bösen.«

»Ich führe nur Befehle aus«, erwiderte Nelson leise.

»O ja, Ihr führt Befehle aus. Doch gewiß die Anweisungen von Master Walsingham in London?« Segalla hielt den langen Lauf der schweren Pistole auf Nelsons Bauch gerichtet. »Ich will Euch eine Geschichte erzählen«, begann Segalla. »Von einer wunderschönen Prinzessin, der jetzigen Königin Maria. Eine Frau, die dazu auserkoren war, so behaupten zumindest einige, die Krone von Frankreich, England und Schottland zu tragen. Nun ist sie dank Eurer Machenschaften nicht einmal mehr Herrin im eigenen Hause. Maria ist unschuldig. Um den großen Aristoteles zu zitieren: Sie wollte das Gute, nichts weiter als Wohlstand und Frieden für ihre Untertanen. Gesetz und Ordnung sollten in ihrem Land herrschen. Sie kehrte nach Schottland zurück, wo sie sich gegen derbe, grausame Männer behaupten konnte und vom Volk angenommen wurde. Sie ist das, wonach sich dieses große Land so viele Jahre gesehnt hat. Seit der Herrschaft ihres Vaters hat Schottland keinen König mehr ersehnt oder gebraucht, der seine Wunden verbindet.«

»Maria war eine Bedrohung für England«, sagte Nelson.

»Nein, das ist eine Lüge, sie war sogar beliebt, bewundert: Maria nahm den Titel Königin von England an, aber damals war sie noch ein junges Mädchen und befolgte die Befehle ihres Schwiegervaters, Heinrich II.«

»Schottland ist Englands Hinterpforte«, sagte Nelson.

»Und Maria hätte dafür gesorgt, daß sie verschlossen bleibt«, erklärte Segalla. »Sie wollte Frieden. Sie ist als Katholikin geboren und erzogen worden, war aber trotzdem entschlossen, alle Glaubensrichtungen zu tolerieren, als sie zurückkam.« Segalla bemerkte das höhnische Lächeln auf Nelsons Gesicht. »Aber natürlich haben die Mächtigen südlich der Grenze ihre eigene verrückte Sichtweise der Welt; alle schottischen Lords – Bothwell ausgenommen – lassen sich von den Engländern bestechen. Immer wieder mußte Maria Walsinghams Gesandte zurück in den Süden jagen, weil sie sich in die Angelegenheiten ihres Königreichs einmischten.«

»Das ist nun einmal der Lauf der Welt«, erwiderte Nelson und nippte an seinem Becher, die Augen starr auf den Pistolenlauf gerichtet.

»Nein, das ist die Art Eures meisterhaften Intrigenspinner Walsingham. Er konnte das Gute nicht geschehen lassen. Die Bestechungen hatten nicht die gewünschte Wirkung. Deshalb saß er im verborgenen und studierte Marias Probleme. Unsere Königin ...« Der Ausdruck entschlüpfte Segalla, ehe er noch recht überlegen konnte. »Unsere Königin ist eine große Romantikerin. Sie ist für die Liebe wie geschaffen, und ihre Schwäche, die weder Ihr noch Euer Herr begreifen könnt, liegt darin, daß sie lieben und geliebt werden muß.«

Nelson beugte sich vor und stellte den Becher auf den Kamin.

»Keine schnellen Bewegungen«, warnte Segalla ihn.

Nelson lächelte. »Ich bin ganz Ohr für Eure Geschichte, Priester.«

»Dann hört gut zu. Walsingham erkannte Marias Schwäche und schickte den hübschen, langbeinigen Darnley nach Norden.« Segalla zuckte die Achseln. »Ein Grab aus weißem Marmor: schön anzusehen, aber innerlich verrottet. Korrupt, böse, schwach.« Er lächelte. »Maria liebte ihn dennoch leidenschaftlich. Darnley war der Prinz, den sie sich immer gewünscht hatte, und er betrog sie grausam. Und was tat Maria, die ewig Liebende? Sie reichte ihm dennoch die wunderschöne Hand zum Friedensschluß.« Segalla trank aus seinem Becher. »Was Maria natürlich nicht wissen konnte, war, daß Walsingham, als Darnley in den Norden kam, der Rose ein Krebsgeschwür mitgab, einen seiner hinterhältigsten und erfahrensten Agenten, den Raben; nicht nur ein Schauspieler von Beruf, sondern ein Naturtalent: Thomas Nelson. Ich frage mich nur, welche Rolle Ihr für Darnleys haltlose Seele gespielt habt. Habt Ihr heimtückisch seinen Groll vermehrt? Seine Größe hervorgehoben? Jede angebliche Verleumdung und Beleidigung betont? Wo wart Ihr, als Riccio ermordet wurde?«

Nelson blickte ihn stumm an.

»Eure Aufgabe war einfach«, fuhr Segalla fort. »Einen Keil zwischen Henry Darnley und Maria Stuart zu treiben: für Konflikte sorgen, Salz in alle noch so kleinen Wunden streuen.« Als Segalla seinen Becher absetzte, sah er das Flackern in Nelsons Augen. »Ich habe noch eine zweite Pistole«, sagte er. »In Euren Augen, Master Nelson, bin ich vielleicht ein Priester, aber zu meiner Zeit war ich ausgebildeter Soldat.«

»Zu Eurer Zeit«, sagte Nelson. »Wann war das, Monsieur?

Sir Francis Walsingham in London fragt sich das schon länger. Aber wie geht Eure Geschichte weiter?«

»Zunächst dachtet Ihr, Eure Bemühungen wären von Erfolg gekrönt«, sagte Segalla. »Maria und Darnley wurden Feinde, aber dann hat die Königin euch alle mit ihrer Großmut überrascht und Darnley verziehen. Sie wollte Einvernehmen, und die Tragödie von Kirk o'Field begann sich abzuzeichnen.« Segalla hielt inne. »Sie entstammt Walsinghams heimtückischem Verstand. Wahrscheinlich haben ihn Eure Berichte in Unruhe versetzt. Zum einen tat Maria, was sie nur konnte, um sich mit ihrem Gemahl zu versöhnen; zum anderen gab sich Darnley noch immer der Hoffnung hin, heimlich aus dem Königreich fliehen zu können. Geschichten mehrten sich von Schiffen, die im Clyde auf ihn warteten, oder von seinen Vorbereitungen, ins Ausland zu gehen. Walsingham witterte die Gefahr. Wenn die Königin Darnley wieder für sich gewinnen könnte und die Ehe harmonisch würde, wäre Maria so gefährlich wie eh und je. Sollte Darnley jedoch fliehen, dann konnte Maria zu Recht behaupten, ihr Gemahl habe sie verlassen, und möglicherweise in Rom eine Annullierung ihrer Ehe erreichen. Erst zu diesem Zeitpunkt hat Walsingham Euch wahrscheinlich den Befehl erteilt, einen Mord zu begehen und Maria als die Schuldige dastehen zu lassen.« Segalla schlug die Beine übereinander.

»Und Ihr wollt mir die ganze Sache anlasten?« fragte Nelson. »Aber woher sollte ich denn wissen, daß die Königin Kirk o'Field verlassen und nach Holyrood zu dem Bankett gehen würde? Wie sollte ich an Schießpulver herankommen? Und wie meinen Herrn dazu bringen, mitten in der Nacht zu fliehen? Und wie habe ich Eurer Meinung nach ihn und Taylor umgebracht?«

»Dazu komme ich noch.«

»Und das Schießpulver?« fragte Nelson. »Bin ich ans Kanonentor galoppiert und habe einfach das größte Faß erstanden?«

Segalla lächelte. »Habe ich behauptet, Ihr hättet allein gearbeitet? Ihr wart Walsinghams Verbindung zu Murray, Morton und den Lords der Kongregation. Sie wußten nicht, wer Ihr seid, und taten zweifellos alles, was Ihr von ihnen wolltet. Das Schießpulver war da das geringste Problem. Wo ist es gelagert worden?« Segalla sah sich um. »Hier? In einem der Außengebäude? Ich bin sicher, daß Murray und Morton es kaufen und an einem sicheren Ort unterbringen konnten, nachdem sie wußten, wo Darnley wohnen sollte.« Segalla rückte ein wenig vom Feuer ab. »Ich will mit der Reise der Königin nach Kirk o'Field beginnen. Wir wissen beide, daß Murray Kirk o'Field für sie ausgesucht hat, wahrscheinlich auf Euer Drängen hin. Eine gute Wahl, nahe genug bei Edinburgh, aber nicht zu nahe beim kleinen Jakob in Holyrood. Ihr habt Darnley dazu überredet zuzustimmen. Die Königin war rasch einverstanden: Sie reiste hierher, während Lord Murray, nachdem er geheime Anweisungen von Euch erhalten hatte, die Möglichkeiten prüfte, die die Alte Probstei bot, und das Schießpulver in der Nähe versteckte. Damit war die Bühne frei für Euer Stück.«

»Woher sollte ich wissen, daß Darnley allein sein würde?« fragte Nelson.

»Ach, das war doch nicht schwer. Sonntag, der neunte Februar, war Karnevalssonntag. Der letzte Tag vor Beginn der Fastenzeit, an dem gefeiert wird und alle Diener und Gefolgsleute frei haben. An jenem Abend heiratete eine der Lieblingszofen der Königin, und die Königin hatte versprochen, zur Feier zu kommen.« Segalla bemerkte Nelsons Lächeln. »Außerdem drängte die Zeit. Am Montag, dem zehnten Februar, war Darnleys Ruhepause vorüber. Er würde wieder bei der Königin sein oder, was noch wahrscheinlicher war, die Möglichkeit zur Flucht ergreifen. Aus diesem Grunde hatte er heimlich mit dem Vogelfreien Ker von Fawdonside verhandelt.« Segalla schob die Pistole auf seinem Schoß zurecht. »Deshalb war Sonntag, der neunte Februar, ideal. Kirk o'Field würde leer sein. Die Königin würde sich anderswo aufhalten, und es war die Nacht vor Darnleys Flucht. Er wollte doch fliehen, oder?«

Nelson spreizte die Hände. »Das konnte jedes Kind sehen.« Dann zuckte er die Achseln. »Oder vielleicht auch nicht. In Darnleys Kopf spukten dauernd irgendwelche Pläne herum. Möglicherweise wäre er geflohen, ich weiß es nicht. Vielleicht hätte er sich auch Ker von Fawdonside angeschlossen und versucht, die Königin zu entführen.«

Segalla blickte ihn verwundert an. Nelson lächelte grimmig.

»Daran habt Ihr nicht gedacht, Ihr kluger Priester, was? Darnley wäre vielleicht geflohen, aber ich glaube, er hat Andrew Ker von Fawdonside hierher geholt, um die Königin und den kleinen Jakob zu entführen.«

»Das konntet Ihr natürlich nicht zulassen«, erwiderte Segalla rasch. »Eine solche Tat hätte der Welt gezeigt, was für ein skrupelloser, verkommener Idiot Darnley war. Kein Mann, keine Frau und kein Kind in Schottland hätte etwas dagegen gehabt, wenn die Königin nach der Flucht entweder ihre Ehe hätte annullieren oder ihren verräterischen Gemahl hätte hinrichten lassen. Und eins von beiden hätte sie sicher getan.«

Nelson beugte sich vor und griff nach seinem Weinbecher, hielt ihn in beiden Händen. »Es ist erfrischend zu sehen«, flüsterte er und beugte sich zu Segalla vor, »daß Ihr nicht jeden Schritt dieses Tanzes kennt, Monsieur Segalla.«

»Oh, es war wirklich ein Tanz«, erwiderte der Jesuit. »Ein Totentanz, der begann, sobald die Königin Kirk o'Field am späten Sonntagabend verlassen hatte und zu den Festlichkeiten nach Holyrood aufgebrochen war. In der Alten Probstei wurde es still. Bonkle, der Koch, und die anderen Diener waren fort. Viele aus Darnleys Gefolge waren unterwegs, um seinen verrückten Plan vorzubereiten. Trotzdem fühlte er sich sicher, eingeschlossen in seinem Privatgemach mit Taylor, Symonds, Glen und natürlich Master Nelson, den er nie verdächtigte.«

Plötzlich knackte es laut im Kamin, und Nelson erschrak. Segalla packte die Pistole fester und hielt den Lauf auf ihn gerichtet.

»Da sind nur die Flammen«, sagte er. »In der Alten Probstei war es so still wie jetzt, nicht wahr, Master Nelson? Wein wird gereicht, und Darnley und seine Diener nehmen einen Becher, aber sie wissen nicht, daß Ihr etwas beigemischt habt. Nach Mitternacht...« Segalla legte den Kopf zur Seite. »Es war doch nach Mitternacht, oder? Ihr und Euer Handlanger Symonds steht auf. Die Türen sind verschlossen, alle sind fort. Ihr nehmt ein Kissen und drückt es dem betäubten Gefährten auf das Gesicht. Der Tod tritt schnell und lautlos ein. Es ist so einfach. Die Männer sind müde und betäubt: Der Mord an ihnen ist wie das Auslöschen einer Kerze.«

»Und Darnley?« fragte Nelson.

Segalla sah, daß der Mann ihm gegenüber blaß geworden war. Er schüttelte den Kopf. »Ich weiß es nicht. Habt Ihr ihn sofort umgebracht? Oder habt Ihr ihn noch verhört? Hat er geschrien, als er den Verrat bemerkte? Das weiß allein der Herr, denn mir werdet Ihr es sicher nicht sagen. Habt Ihr ihn nach den Beziehungen der Königin zu Lord Bothwell gefragt? Nun denn, die Nacht schreitet fort, es ist keine Zeit zu verlieren, deshalb drücken der Rabe und seine Handlanger dem Gemahl der Königin ein Kissen auf das Gesicht und schicken seine Seele unvorbereitet in die Ewigkeit.« Segalla hielt inne. »Habt Ihr Darnley gefesselt oder festgehalten, um keine Spur zu hinterlassen? Es wäre kein Problem gewesen: Er war noch schwach, während Ihr und Symonds kräftig und stark seid. Nachdem er tot war, habt Ihr schnell gehandelt. Ihr mußtet dafür sorgen, daß es aussah, als wäre Darnley auf seiner Flucht aus Kirk o'Field umgebracht worden. Ihr habt seine Leiche in einen Stuhl gesetzt. Ach nein.« Segalla hob eine Hand. »Zuerst durchsucht Ihr das Zimmer nach wichtigen Dokumenten und Briefen, nach allem, was für die weiteren Pläne Eures Herrn von Nutzen sein kann. Dann lauft ihr nach unten und schlagt die Tür zum Gemach der Königin ein. In aller Eile durchwühlt Ihr das Zimmer und nehmt die Kassette mit Briefen mit, dazu alle Dokumente, die Euch ins Auge fallen; dann kehrt Ihr zurück nach oben. Die Leichen von Darnley und Taylor liegen ohne eine Spur von Gewaltanwendung auf dem Bett. Ihr wollt das Rätsel aufrechterhalten, setzte deshalb Darnleys Leiche auf einen Stuhl und steckt ihn in ein Netz, das Ihr irgendwo versteckt habt.«

»Ein Netz?« rief Nelson.

»Ja, ein Netz, wie man es in Lagerhäusern verwendet, wenn Waren mit einem Seilzug be- und entladen werden. Dieses Netz trägt dagegen eine gräßliche Last: Darnley, an einen Stuhl gebunden. Ihr öffnet das Fenster und laßt mit Symonds

Hilfe Darnleys Leiche hinab.« Segalla entspannte die Handmuskeln. »Ich vermute, danach ließ Symonds sich hinab, befreite Darnleys Körper und schleppte ihn in den Obstgarten. Dann kehrte er zurück und kletterte an dem Seil hoch zurück zum Fenster. Nun war Taylor an der Reihe. Stuhl und Netz wurden eingeholt, die Leiche hineingepackt und heruntergelassen. Danach folgte Ihr mit Symonds. Das Netz wurde mitsamt Taylor und Stuhl in den Obstgarten getragen und neben Darnley gelegt.« Segalla hielt kurz inne. »Ihr habt die Leichen so transportiert, daß die Nachthemden verrutschten. Der Stuhl, der Mantel, das Tauwerk und ein Dolch wurden so ausgebreitet, daß es scheinen mußte, als wäre Darnley auf der Flucht gewesen.«

Nelson bewegte sich, und Segalla spürte seinen Haß.

»Seid Ihr wütend?« fragte er. »Habt Ihr gedacht, Euer geschickter Plan sei vor jeder Entdeckung sicher?« Segalla hob die Schultern. »Es war in der Tat nicht einfach: Ihr habt uns vor ein großes Rätsel gestellt. Wie wurde Kirk o'Field in die Luft gejagt? Wie ist der König entkommen? Und wenn er von seinen Mördern gefangen wurde, warum gab es keine Spur von Gewaltanwendung an den Leichen?«

»Es hätte funktioniert!« fauchte Nelson ihn an.

»O ja. Ihr habt die ganze Sache auf den Kopf gestellt. War es denkbar, daß jemand in Kirk o'Field eingebrochen war? Wenn ja, wie hätte derjenige Darnley wecken können, ohne den Schlaf seiner Gefährten zu stören? Wäre Darnley die Treppe hinuntergegangen, wäre er seinen Mördern begegnet. Wenn er im Nachthemd aus dem Fenster gestiegen oder gesprungen wäre, hätte man an seinem Körper Spuren entdecken müssen. Falls er das Netz und den Stuhl benutzt hatte, warum hat er seine Gefährten nicht geweckt, damit sie ihm folgten? Und wenn er tatsächlich die Flucht ergriff – angeblich sollte er ja vor seinen Mördern in die Nacht hinaus fliehen –, warum belastete er sich mit einem Stuhl und einem Netz?« Segalla nahm die Pistole in die andere Hand und wischte die verschwitzte Hand an seinem Umhang ab.

Nelson bemerkte die Bewegung und spannte alle Muskeln an.

»Ich tappte im dunkeln, wie alle anderen auch«, erklärte Segalla. »Doch dann dachte ich mir: Warum nicht ganz von vorn anfangen? Was, wenn Darnley bereits im Haus umgebracht wurde? Und als ich begriff, daß ein Netz verwendet worden war, begannen sich die Puzzlestücke zusammenzufügen.« Er lächelte Nelson an. »Das Netz konnte nur jemandem nützen, der bereits in Kirk o'Field war, und es erklärte außerdem, warum der Stuhl dort zurückgelassen wurde. Schließlich stellte ich mir die Frage: Wenn die anderen umkamen, warum Thomas Nelson nicht? Da gibt es eine Explosion, die das Haus in Schutt und Asche legt, aber Ihr und Symonds kriecht mit nur ein paar Kratzern und Schrammen aus den Trümmern. Ihr seid sogar in der Lage, auf die Mauer zu klettern und um Hilfe zu rufen. Master Nelson, Ihr hättet einen guten Jesuiten abgegeben. Ihr habt Eure Rolle so klug gespielt. An dem Tag, als Ihr vor Lord Argyll im Tolbooth ausgesagt habt, spieltet Ihr immer noch die Rolle des unschuldigen Verwundeten und habt laut verkündet, daß nur jemand aus dem Hofstaat der Königin Zutritt zur Alten Probstei hatte.«

»Greift Ihr Euch nicht selbst vor?« knurrte Nelson. »Was ist denn mit der Explosion?«

»Ach, das war nicht schwer. Nachdem Ihr die Leichen in den Obstgarten gebracht hattet, seid Ihr nach Kirk o'Field zurückgeschlichen. Nicht durch das Fenster, sondern durch die Kellertür in die Küche, die Sandy Durham ganz zufällig für Euch offengelassen hatte. In einem der Außengebäude hatten Murray oder seinesgleichen Schwarzpulver versteckt.«

»Also wußten Master Durham und der Graf von Murray, wer ich war?«

»Seid nicht albern«, sagte Segalla. »Eure Anweisungen waren heimlich und anonym.« Segalla hielt inne, als er draußen ein Geräusch vernahm, aber es war nur das Heulen des Windes. »Ihr und Symonds habt schnell gehandelt: Das Schießpulver wurde um das Fundament verteilt, die Lunte ausgelegt, und Kirk o'Field flog mit mörderischem Krach in die Luft.«

»Aber wenn Darnley schon tot war?« spottete Nelson. »Wozu dann noch die Alte Probstei hochgehen lassen?«

»Zunächst«, erwiderte Segalla, »dachte ich, es habe dazu gedient, die ganze Sache noch komplizierter aussehen zu lassen. Das hat ja auch gewirkt. Doch der wahre Grund für diese Explosion, noch dazu eine so gewaltige, war, die Verbrechen zu vertuschen, die Ihr im Haus begangen hattet: die Morde an den anderen Dienern, der Einbruch in das Gemach der Königin und der Diebstahl der Briefe. Nachdem das Haus in die Luft geflogen war und der Staub sich zu legen begann, seid Ihr mit Symonds zurückgerannt. Ich habt Euch ausgezogen, mit Staub eingerieben, ein paar Kratzer und Schrammen zugefügt, und schon war das Bild perfekt: Aus den Trümmern wurden zwei unschuldige, verstörte, hilflose Diener geborgen. Diese Rolle habt Ihr so lange wie möglich gespielt.« Segalla schwieg und zeigte auf sein Gegenüber. »Niemand wird Euch verdächtigen. Auch Eure Komplizen, die großen

Lords, scheinen schuldlos: Murray ist in Fife, Morton in St. Andrews und Lethington in der Burg von Edinburgh. Nichtsdestotrotz nutzen sie die Gelegenheit, die Ihr geschaffen habt, und setzten in Edinburgh eine Flüsterkampagne in Gang. Flugschriften machen die Runde, die die Königin und Bothwell als ehebrecherisches Liebespaar zeigen, das bereit ist, einen Mord zu begehen.«

Segalla trank aus seinem Weinbecher, ohne den Blick abzuwenden.

Nelson lehnte sich zurück und klatschte langsam Beifall.

»Schlau, schlau, der Priester. Wozu einen schönen Wandteppich zerstören?«

»Was wollt Ihr damit sagen?« fragte Segalla.

»Ihr wart also verwirrt?« höhnte Nelson. »Wieso wurde Kirk o'Field gesprengt, und Darnley lag tot in einem Obstgarten in der Nähe?«

Segallas Miene blieb ungerührt. Nelson, der sogar im Angesicht des Todes noch stolz auf seine Leistung war, wollte seinen großartigen Plan nicht mißverstanden wissen.

»Wenn Darnley bei der Explosion ums Leben gekommen wäre«, sagte Nelson selbstzufrieden, »hätten manche behaupten können, es sei ein Unfall gewesen, oder Darnley selbst habe seine Gemahlin umbringen wollen, der Versuch sei jedoch fehlgeschlagen. Oder auch, ein Dritter habe das Schießpulver gezündet, weil er der Meinung war, die Königin sei zurückgekehrt.« Nelson rieb sich den Oberschenkel. »Darnley war verhaßt«, er spuckte die Worte förmlich aus, »deshalb mußte er auf eine Art und Weise sterben, die offensichtlich Mord war, aber tragisch genug, um die Sympathien auf ihn zu lenken und den Verdacht auf seine Frau.«

»Natürlich!« sagte Segalla. »Der Prinz, der aus Angst vor

den Mördern, die seine Gemahlin geschickt hat, halbnackt durch die Nacht flieht.«

»Genau. Trotzdem wurde er ohne jede Spur von Gewaltanwendung umgebracht und so der Verdacht noch erhärtet. Wie konnte das in einem schlammigen Obstgarten mitten in der Nacht geschehen?« Er grinste hämisch. »Oh, ich habe gesehen, wie Ihr Euch darüber den Kopf zerbrochen habt, bis er förmlich rauchte. Wahrhaft große Rätsel, Priester, sind jene, die ebenso viele Lösungen haben, wie sie Fragen aufwerfen. Die Explosion sollte als Grund für Darnleys Flucht erscheinen und zugleich unseren Raubzug durch das Gemach der Königin vertuschen. Es durfte kein Zweifel darüber bestehen, daß Darnley auf der Flucht ermordet wurde.« Nelsons Grinsen wurde breiter. »So viele Geheimnisse hinter einer Explosion, die auch noch anderen Zwecken diente.«

»Die da wären?«

»Dem feigen Ker Angst einzujagen. Er floh wie ein Vogel durch die Nacht. Hinter dem Gerücht, er treibe sich in der Nähe von Edinburgh herum, stecke ich. Daß Bothwell daraufhin die Straßen von Edinburgh auf der Suche nach Ker durchkämmte, war eine unerwartete Freude. Aber fahrt fort, Priester, erzählt Eure Geschichte zu Ende.«

Nelsons Augen sagten Segalla, daß der Mörder Zeit gewinnen wollte und auf einen Fehler oder eine Schwäche seinerseits wartete. Er packte die Pistole um so fester.

»Nachdem Darnley tot und Kirk o'Field zerstört war«, fuhr Segalla fort, »hattet Ihr noch zwei Dinge zu erledigen. Zunächst übergabt Ihr die Kassette mit den Briefen, die aus dem Gemach der Königin stammten: Murray und die anderen könnten sie benutzen, um Fälschungen daraus anzufertigen, die beweisen, daß die Königin und Bothwell Ehebrecher waren und den Mord geplant hatten.«

»Und das zweite?« fragte Nelson ruhig.

»Tja, da war noch Symonds: Er war nützlich gewesen, aber ein Meisterspion traut niemandem. Deshalb habt Ihr ihn umgebracht. Er hatte seinen Zweck erfüllt. Ihr habt das Fenster geöffnet, ehe Ihr das Wirtshaus verlassen habt, seid von außen an der Mauer hinaufgeklettert, habt Symonds die Kehle durchgeschnitten und seine magere Habe durchstöbert. Es sollte so aussehen, als machten Darnleys Mörder Jagd auf Euch, damit hattet Ihr natürlich einen Vorwand, in meiner Nähe zu bleiben und mich in die Irre zu führen.«

Nelson blickte ihn schweigend an.

»Der arme kleine Thomas«, fuhr Segalla fort, »der unschuldige Unglücksrabe, der mich mit Leckerbissen fütterte, stets hilfsbereit war, stets in meiner Nähe, immer die Augen offenhielt. Schließlich wart Ihr überzeugt, daß Euer großer Plan gute Fortschritte machte, und seid in den Süden zu Marschall Drury geflohen, dem Gouverneur von Berwick, Walsinghams Lauscher an Schottlands Grenze.«

Nelson bewegte sich, die Augen starr auf die Pistole gerichtet.

»Walsingham sagte, Ihr seid klug«, erwiderte der Rabe. »Wenn es nach mir gegangen wäre, hätte ich Euch umgebracht. Aber dann wiederum dachte ich, wir könnten Euch noch gebrauchen. Wenn sogar Beatons Gesandter, ein heimlicher Jesuitenpater, Maria für schuldig halten würde …«

»Und als ich das nicht tat«, unterbrach Segalla ihn, »sondern durchblicken ließ, daß ich wußte, wer der Rabe war und welche Rolle er beim Mord an Darnley gespielt hatte, mußtet Ihr zurückkommen und mich umbringen.«

Nelson begegnete seinem Blick.

»Ihr brauchtet mich nicht umzubringen«, sagte Segalla. »Wozu, wenn ich doch zwei Spione im eigenen Lager hatte? Master Vartlett und Mistress Lindsay: Sie arbeiten doch auch für Walsingham, oder?«

»Wie kommt Ihr darauf?«

»Nur sie und Beaton wußten, daß ich Jesuit bin, trotzdem haben Murray und die anderen mich deswegen verspottet. Natürlich hätte auch ein französischer Spion diese Botschaft schicken können, sogar Walsingham selbst, aber die anderen schienen meine Gedanken und Taten mit unglaublicher Geschwindigkeit zu kennen. Der Königin vertraute ich. Wer blieb also übrig?«

Nelson machte sich nicht die Mühe zu antworten.

»Mistress Lindsay«, fuhr Segalla fort, »wußte erstaunlich viel über Darnleys Tod. Oh, nicht von Euch: Nur Walsingham kannte den Raben, und Ihr beschränktet Euch auf geheime Botschaften. Die Lindsay muß mit Maria unter vier Augen gesprochen haben. Vielleicht wußten sie und Vartlett, daß Beaton ihnen mißtraute. Möglich, daß er sie deshalb mit mir geschickt hat: Wenn sie Verräter waren, würden sie sich selbst überführen. Mistress Lindsay und Vartlett sind meiner Meinung nach Berufsspione, die für den Meistbietenden arbeiten, und bei dieser Gelegenheit war es nicht anders. Sie haben Murray alles berichtet und, wie ich schon sagte, Ihr und der mörderische Lord habt einen geheimen Weg der Nachrichtenübermittlung.«

»Aber sie wußten nicht, wer ich war.«

»Nein, aber das, was ich ihnen erzählte, beunruhigte sie, und sie änderten ihre Pläne. Sie fuhren nicht mit dem Schiff nach Frankreich, sondern beeilten sich, Drury in Berwick alles zu berichten. Natürlich hat der allgegenwärtige Thomas Nelson, der vollendete Schauspieler, ihnen dabei zugehört.« Segalla erhob sich, die Pistole mit festem Griff umschließend. »Ihr habt gemerkt, daß Euer Kartenhaus zusammenfiel. Deshalb kamt Ihr zurück, um mich beiseite zu schaffen. Damit habe ich gerechnet; die Aufgabe war zu wichtig, um sie anderen zu überlassen.«

»Und nun bin ich statt dessen in eine Falle geraten«, höhnte Nelson. »Ihr könnt mich nicht umbringen, Ihr doch nicht, Ihr, ein Priester!«

Segalla trat einen Schritt zurück. »Ich habe die Vollmacht der Königin«, sagte er. »Ich habe ihr einen Eid geschworen, das Urteil zu vollstrecken gegen jene, die Henry Darnley, den Gemahl der Königin von Schottland, hinterrücks ermordet haben.«

»Niemand würde Euch Glauben schenken«, preßte Nelson hervor.

»Na und?« antwortete Segalla. »Ihr habt Eure Saat der Zerstörung gesät: Bothwell wird für Darnleys Tod verantwortlich gemacht. Aus seinem unschuldigen Ritt durch Edinburgh und seiner Suche nach Ker von Fawdonside wird im Laufe der Zeit der grausame Todesmarsch werden, an dessen Ende Darnley ermordet ist. Seine Gefolgsleute wird man gefangennehmen. Man wird sie foltern, ihren Willen brechen und sie zwingen, alles zu gestehen, was ihr Häscher wollen.« Segalla packte das Gewehr noch fester. »Ihr habt sogar die Frechheit besessen, mich zu ködern, mir Botschaften im Wirtshaus zu hinterlassen, um mich nervös zu machen und mich zu erschrecken. Hochmut kommt vor dem Fall, Master Nelson. Ich wurde wie ein Bulle am Nasenring herumgeführt. Murray und die anderen dachten sogar, sie könnten mich benutzen:

Man führte mir die Geständnisse eines Gefolterten vor und zeigte mir ein paar schlaue Fälschungen. Ich sollte nach Frankreich zurückkehren und Beaton berichten, die Königin sei auf irgendeine Weise am Tod ihres Gemahls mitschuldig. Vartlett und Lindsay würden meine Worte einfach bestätigen.«

Nelson zwang sich zu einem Lächeln. »Die Launen des Schicksals«, sagte er. »Vartlett und Lindsay sind Söldner. Sie arbeiten für beide Seiten, allerdings mehr für Walsingham als für Euren knauserigen Erzbischof.«

»Die beiden haben Euer Todesurteil unterzeichnet«, entgegnete Segalla. »Lindsay war zu gewitzt, zu rasch mit ihren Schlüssen bei der Hand und hat mich mit der vereinbarten Version gefüttert. Für sie stand von Anfang an fest, daß Darnley umgebracht worden war von jemand, der nicht in Kirk o'Field lebte. Als ich wußte, daß sie eine Verräterin ist, zog ich den Schluß, daß alles, was sie mir berichtet hatte, eine einzige Lüge gewesen sein könnte. Mir fiel außerdem auf, daß Eure Aussagen haargenau mit denen von Mistress Lindsay übereinstimmten. Eure Aura der Unschuld und Verstörtheit wurde verdächtig, ebenso Eure ungewöhnliche Eile, Edinburgh zu verlassen. Eine Frage der Logik, Master Nelson: Niemand ist in Kirk o'Field eingebrochen, warum sollte Darnley fliehen? Der Mörder war jemand aus seinem eigenen Haus und steht jetzt vor mir, schuldig wie Judas.«

Im flackernden Schein des Feuers wurde Nelson erneut blaß; seine Augen verloren einiges von ihrer arroganten Sicherheit.

»Ihr ... Ihr könnt es nicht tun«, stammelte er. »Ihr werdet mich nicht umbringen.«

»Ich werde Gerechtigkeit vollstrecken«, sagte Segalla. »Ich

schwöre vor Gott: All jenen, die die Hand im Spiel hatten bei dem Mord an Darnley und der Verleumdung der Königin, wird in dieser wie in der nächsten Welt ein blutiges Ende widerfahren. Seht mich an, Thomas Nelson, und denkt an das, was Euer Herr zu Euch gesagt hat.«

Nelson ließ ihn nicht aus den Augen.

»Ich bin Nicholas Segalla, Jesuitenpater. Aber Ihr habt gehört, was Euer Herr hinter vorgehaltener Hand geflüstert hat! Woher ich komme und wer ich bin, ist ein Rätsel. In meinem langen Leben mußte ich einer Wahrheit ins Auge sehen. Ich konnte ihr nicht ausweichen: Der größte Schmerz von allen ist der Verrat, nicht der Tod.«

»Wer seid Ihr?« flüsterte Nelson.

»Fragt Euren Herrn in der Hölle.«

»Und was ist mit Vartlett und Lindsay?« knurrte der Engländer. »Wird das Urteil an ihnen auch vollstreckt?«

Segalla lächelte. »Walsingham wird in London mit den Zähnen knirschen und vor Wut zittern, wenn er erfährt, wie diese beiden Narren sich einspannen ließen und eine Botschaft beförderten, die seinen geliebten Raben in den Tod schickte. Sie werden zu gegebener Zeit für ihren Verrat bezahlen. Nun ...« Segalla wandte Nelson absichtlich den Rücken zu und spannte den Hahn der Pistole noch fester. »Ich muß gehen«, sagte er.

Er vernahm hinter sich ein Geräusch und drehte sich genau in dem Augenblick um, als Nelson den Dolch aus dem Stiefelschaft zog.

»Ihr hattet Eure Chance«, sagte Segalla.

Nelson hob rasch die Hand, um den Dolch zu werfen. Gleichzeitig drückte Segalla ab. Ein Schuß krachte, und die Kate füllte sich mit Rauch. Die Kugel traf Nelson mitten ins

Herz; die Hand, die den Dolch hielt, sank herab. Als der Rauch sich lichtete, stolperte Nelson vorwärts. Blut sickerte aus einem Mundwinkel. Aus glasigen Augen starrte er Segalla an und stürzte zu Boden.

Segalla legte die Pistole auf den Tisch.

»Das Urteil ist vollstreckt«, flüsterte er. »Jene, die durch das Schwert leben, sollen durch das Schwert umkommen. Ihr habt mit Schießpulver mitten in der Nacht gemordet, also sterbt Ihr auch durch Schwarzpulver mitten in der Nacht.«

Segalla schauderte. Er griff nach seinem Umhang und zog ihn fest um sich. Dann nahm er ein brennendes Holzscheit aus dem Kamin und warf es auf das Stroh, das den Boden der Kate bedeckte. Die Flammen fraßen sich gierig in den trockenen Zunder. Segalla hob seine Satteltaschen auf und ging hinaus in die Nacht.

Eine Zeitlang betrachtete er die Ruinen von Kirk o'Field. Auch als die Kate hinter ihm in Flammen aufging, stand er da und dachte an die Maria, die ihn am ersten Tag empfangen hatte: eine lebhafte, stets zu einem koketten Scherz aufgelegte Frau. Segalla bekreuzigte sich und ging durch die Dunkelheit zu seinem Pferd.

Schluß

Ann Dukthas saß in dem sehr kleinen, sehr gemütlichen Lokal »Goldenes Lamm« in der Nähe von Westminster. Durch das Fenster konnte sie die Spitzen und die verzierten Türme der Kathedrale von Westminster sehen. Immer wieder strich sie über den Umschlag, den der geheimnisvolle Segalla ihr vor zwei Wochen geschickt hatte. Am Abend zuvor hatte er sie angerufen und ihr in knappen Worten mitgeteilt, wohin sie kommen solle.

»Seien Sie bitte um ein Uhr dort«, hatte er gesagt. »Ihr Flugticket und andere Papiere liegen am Schalter der Aer Lingus auf dem Dubliner Flughafen für Sie bereit.«

Er hatte aufgelegt, noch ehe Ann eine der vielen Fragen stellen konnte, die sie beschäftigten, seit sie das Manuskript gelesen hatte. Eine große Standuhr in der Ecke des Raumes begann leise zu schlagen. Ann schaute zur Tür hinüber, konnte aber niemanden sehen. Sie wandte sich wieder ihren Gedanken zu. War der Segalla, der ihr das Manuskript gegeben hatte, derselbe Mann, der in jenen weit zurückliegenden, düsteren Februartagen in Schottland Maria Stuart so glühend verteidigt hatte? Wie war das möglich? Ann hatte sowohl in der Stadtbücherei als auch in der Universitätsbibliothek alle Unterlagen dazu studiert. Sie hatte viel über Magie gelesen. Immer wieder war sie dabei auf die Legende eines Mannes gestoßen, der nie gestorben und dessen Existenz in verschiedenen Epochen überliefert war.

»Unmöglich!« murmelte sie vor sich hin.

»Nichts ist unmöglich auf dieser Welt, Ann.«

Sie hob den Blick; Segalla stand vor ihr. Er trug einen eleganten schwarzen Mantel, um den Hals einen Wollschal und auf dem Kopf einen dicken Filzhut, den er abnahm und in der Hand hielt, während er sie anlächelte. Zur Begrüßung nahm er ihre Hand; sein Händedruck war warm und fest.

»Tut mir leid«, sagte er, als er ihr gegenüber Platz nahm, »aber der Verkehr wird immer schlimmer.« Er knöpfte den Mantel auf, zog den Schal herunter und warf ihn über die kleine Aktentasche, die er bei sich hatte. »Wollen Sie etwas essen?« fragte er. »Hier wird sehr gut gekocht.«

»Nein, danke.« Ann verfluchte im stillen ihre Nervosität. »Vielleicht einen Wodka Tonic?«

Segalla rief den Kellner. »Einen Wodka Tonic und« – er lächelte – »ja, ein Glas von Ihrem besten Rotwein.«

Dann schwieg Segalla und schaute auf das Päckchen, das vor Ann auf dem Tisch lag. Als die Getränke serviert worden waren, nahm sie den Umschlag und reichte ihn Segalla.

»Wollen Sie das hier wieder an sich nehmen?«

»Nein, nein.« Ein Lächeln erhellte Segallas dunkles Gesicht. »Es gehört Ihnen, und Sie können nach Belieben darüber verfügen: drucken, veröffentlichen, verbrennen oder als Aufzeichnungen eines Verrückten abtun.«

»Sind Sie *der* Segalla?« fragte Ann.

Der Mann spreizte die gepflegten Hände. Ann erhaschte einen flüchtigen Blick auf die silberne Uhr und die fein gravierten Manschettenknöpfe an den breiten Manschetten des Seidenhemdes.

»Ann, wie kann ein Mann vierhundert Jahre lang leben?« sagte er neckend.

»Sind Sie es?« wiederholte Anne.

»Würde sich etwas ändern, wenn ich es wäre?« fragte Segalla und nippte an seinem Wein. »Ich werde alle Fragen beantworten, nur diese eine nicht.«

»Aber Sie haben so etwas angedeutet«, beharrte Ann.

Segalla zuckte mit den Schultern. »Ich habe eine Geschichte für Sie geschrieben. Das, was die Amerikaner als ›Faction‹ bezeichnen: eine wahre Begebenheit in Form einer Parabel. Ich habe die Wahrheit niedergeschrieben, so wie ich sie sah, und versucht, mich an alles zu erinnern.«

»Ist es denn die Wahrheit?« fragte Ann. »Hat Nelson Darnley umgebracht?«

»Ja.«

Segallas Miene verfinsterte sich, und Ann machte sich nichts mehr vor. Egal, was alle anderen denken mochten: Der Mann, der vor ihr saß, hatte jene düstere Zeit im Jahre 1567 erlebt.

»Aber in den Geschichtsbüchern steht etwas anderes«, protestierte sie.

»Bis vor fünfhundert Jahren hielten die meisten Menschen die Welt für eine Scheibe«, erwiderte Segalla. »Die herrschende Meinung, auch die Weisheit der Gebildeten, stellt nicht immer die Wahrheit dar.«

»Aber alle Darstellungen«, beharrte Ann, »ausnahmslos alle Berichte, auch wissenschaftliche Arbeiten wie Antonia Frasers *Maria, Königin der Schotten,* behaupten, daß Bothwell und seine Männer Kirk o'Field gesprengt haben.« Sie nahm den Umschlag vom Tisch und legte ihn neben sich. »Sie machen ihn allerdings nicht unbedingt für Darnleys Tod verantwortlich und schreiben sogar, daß sich andere Gruppen in der Dunkelheit versteckt hielten und Darnley packten, als er floh.«

Segalla stützte die Ellbogen auf den Tisch und schüttelte den Kopf. »Sie haben meine Geschichte gelesen, Ann. Sehen Sie sich die Tatsachen an. Gehen Sie ins Archiv in der Chancery Lane: die Zeichnung, die ich in Kirk o'Field gemacht hab...« Er lächelte. »Jetzt habe ich Ihre erste Frage doch beantwortet; diese Zeichnung zeigt Darnley und Taylor im Obstgarten und neben ihnen ein Gewand, einen Stuhl, einen Dolch und ein Netz.«

»Ja, ja«, sagte Ann, »ich habe eine Kopie gesehen, aber das Netz sieht wie aufgerolltes Tauwerk aus.«

»So habe ich es gemalt«, sagte Segalla. »Aus dem Gedächtnis, das aber trügt. Sehen Sie sich das Tauwerk genau an. Legen Sie die Zeichnung unter ein Mikroskop. Bei näherem Hinsehen werden Sie feststellen, daß der Berg von Stricken in Wirklichkeit ein zusammengelegtes Netz ist.« Er öffnete seine Aktentasche und überreichte ihr ein in Leder gebundenes Buch. »Das ist eine Untersuchung zu Darnleys Tod, die 1930 von Generalmajor Mahon verfaßt und von der Cambridge University Press veröffentlicht wurde. Schlagen Sie bitte die Seite einhundertzehn auf.«

Auf der angegebenen Seite war ein Ausschnitt der Zeichnung von 1567 abgedruckt, der die persönlichen Dinge zeigte, die neben Darnleys Leiche gefunden worden waren. Die Zeichnung war vergrößert.

»Was sehen Sie?« fragte Segalla.

»Den Dolch, das Tau, den Stuhl.« Ann setzte ihre Brille auf. Überrascht sah sie hoch. »Was im Original wie ein Berg von Stricken aussieht, ist in Wirklichkeit ein Netz.«

»Genau. Mahons Buch ist wahrscheinlich die wissenschaftlich gründlichste Untersuchung zu Darnleys Tod, die je geschrieben wurde, aber auch er weiß den Mord nicht zu interpretieren und übersieht ein solches Beweisstück.«

»Die Kopie der Zeichnung im Archiv«, sagte Ann, »ist diejenige, die Sie Lindsay mitgegeben haben?«

Segalla nickte.

»Was ist aus ihr und Vartlett geworden?«

Segalla verzog keine Miene. »Sie sind verschwunden, ebenso wie Nelson.«

»Aber Sie haben doch behauptet, Nelson sei umgebracht worden...« Ann schüttelte den Kopf.

»Ich weiß, was Sie sagen wollen«, unterbrach Segalla. »Schottland versank nach Darnleys Tod tatsächlich in einen Bürgerkrieg. Im Mai 1568 wurde Maria bei Langside endgültig geschlagen. Bothwell war bereits ins Ausland geflohen. Maria überquerte den Solway nach England, wo sie in ehrenvolle Haft genommen wurde.«

»Ihr Todeswunsch?« unterbrach Ann.

»Damals ja. Maria war erschöpft, depressiv und hatte genug vom Regieren und von den politischen Intrigen, die rings um sie gesponnen wurden. Vielleicht wollte sie sich aus der aktiven Politik zurückziehen und hoffte, Elisabeth würde ihr das ermöglichen. Statt dessen wurde sie von Gefängnis zu Gefängnis transportiert. Elisabeth ließ zwei Untersuchungen über Darnleys Ende durchführen. Die Berichte über diese sogenannten Verfahren in York und Westminster liegen uns vor, und Nelsons Zeugenaussage spielt darin eine entscheidende Rolle. Aber wenn Sie sich die Dokumente genau ansehen, dann handelt es sich um Niederschriften von Thomas Nelsons Aussage, festgehalten und bestätigt durch Elisabeths Staatssekretär William Cecil.«

»Sie meinen . . .«

»Natürlich.« Segalla lachte. »Ist es nicht merkwürdig, daß weder Nelson noch Symonds, die beiden einzigen Überlebenden der Explosion, bei diesem sogenannten Verfahren in York und Westminster aufgerufen wurden? Nichts als Niederschriften in Nelsons Namen.« Segalla seufzte. »Und auch dann noch versuchten sie, die Wahrheit zu verdrehen: In diesen sogenannten Niederschriften der Aussage Nelsons wird Maria sogar beschuldigt, das schöne Bett, das sie Darnley gekauft hatte, vor der Explosion aus Kirk o'Field geschafft zu haben. Historiker haben das als eine Lüge entlarvt.«

»Und die allgemein als richtig anerkannte Geschichte?« fragte Ann. »In seinem Buch *Maria, Königin der Schotten* listet Herzog von Hamilton fünfzehn Mörder von Darnley auf.« Ann öffnete ihre Tasche, holte das Buch heraus und schlug den Anhang auf. »Alle bis auf zwei starben eines gewaltsamen Tod.«

Segalla nahm ihr das Buch aus der Hand und betrachtete die Namensliste. »Ja.« Dann schlug er das Buch zu und gab es ihr zurück. »Bothwell wurde später des Mordes angeklagt. Ein paar seiner Gefolgsleute sind gefoltert worden. Alle gestanden, bei dem Mord geholfen zu haben. Aber sagen Sie ehrlich, Ann, würden die Geständnisse von Männern, die gefoltert und dann gehängt wurden, vor irgendeinem europäischen Gericht gelten?«

Sie schüttelte den Kopf.

»Natürlich nicht!« Segalla nippte an seinem Wein. »Das war das Schönste an dem Komplott. Alles, was wir über Darnleys Ende wissen, stammt entweder aus dem Munde Gefolterter, denen man keine Zeit zum Widerruf ließ, oder aus Briefen, die angeblich von Maria geschrieben wurden, den sogenannten Kassettenbriefen. Ist es nicht merkwürdig, daß die Originale der Kassettenbriefe nicht mehr existieren? Außerdem gibt es neben den Geständnissen Gefolterter weder einen Beweis dafür, daß Maria und Bothwell ein Liebespaar waren, noch dafür, daß sie Darnleys Tod angezettelt haben!« Er lehnte sich zurück und zeigte auf das Buch in Anns Hand. »Schlagen Sie es noch einmal auf. Was geschah mit Patrick Wilson?«

»Dazu brauche ich das Buch nicht aufzuschlagen«, sagte Ann. »Neben seinem Namen steht nur ein Fragezeichen; das heißt, er ist verschwunden.«

»Natürlich«, sagte Segalla. »Gestreckt, gefoltert und ermordet. Wilsons Leiche wurde wahrscheinlich in irgendein Loch geworfen, nachdem Morton, Murray und Lethington mit ihm fertig waren.«

»Und haben Sie Rache geübt?« fragte Ann.

»Warum fragen Sie?«

Ann nippte an ihrem Wodka, um ihre Nervosität zu verbergen. »Es ist nur, weil...«

Segalla beugte sich über den Tisch und ergriff ihre Hand.

»Das war nicht nett von mir«, sagte er. »Warum sollte ich

Sie so etwas nicht fragen lassen? Erinnern Sie sich, Ann, daß Segalla in dem Manuskript, das Sie gelesen haben, von seiner Königin persönlich den Auftrag erhielt? Nelson wurde hingerichtet; im Jahre 1570 wurde Graf von Murray von einem Unbekannten erschossen; im Jahr darauf ereilte Darnleys Vater dasselbe Schicksal; zwei Jahre später beging Lethington Selbstmord – er trank Gift in der Burg zu Edinburgh. Acht Jahre danach schickte man Morton auf die Guillotine.«

»Und Sandy Durham?« fragte Ann.

»Oh, lesen Sie Miss Stricklands *Life of Mary Queen of Scots*; eine gewisse Leibwache namens Durham erhielt eine rasche Beförderung von Lord Murray.«

»Aber im Sommer 1567 verschwand Durham«, sagte Ann.

Segalla blickte sie schweigend an.

»Sind Sie für den Tod dieser Männer verantwortlich?« fragte Ann.

Segalla senkte den Blick. »Gott war es!« sagte er.

»Und Maria?«

Segalla stützte das Kinn in die Faust. »Oh, ich hatte bei einigen der vielen Verschwörungen zu ihrer Befreiung meine Hand im Spiel, aber es war unmöglich. Walsingham war fest entschlossen, sie sterben zu lassen.«

»Und Bothwell?«

»Er floh nach Dragsholm in Dänemark. Ich konnte nicht viel für ihn tun; ein guter Soldat, aber ein schlechter Ratgeber.«

»Hat er Maria Medikamente verabreicht?«

Segalla schaute sie an. »Ja, ich glaube schon. Auch er hat die Königin benutzt: Er war loyal, aber kein kluger Mann.«

»Und Walsingham hätte eigentlich auch bestraft werden sollen«, sagte Ann.

»Oh, den habe ich jahrelang im Auge behalten«, sagte Segalla. »Wußten Sie, daß er persönlich an Marias Hinrichtung in Fotheringay beteiligt war? Einer seiner Agenten hat einen Taugenichts namens Bull angeheuert und ihm zehn Pfund versprochen, wenn er die Königin hinrichtet.«

»Danach habe ich nicht gefragt«, sagte Ann. »Ich kenne Lady Frasers Biographie; Walsinghams Boshaftigkeit ist nicht zu übersehen. Trotzdem starb er im Bett!«

Segallas Blick wurde hart. »Lesen Sie Ihre Bücher noch einmal, Ann«, sagte er. »Manche sagen, Walsingham sei an Wassersucht gestorben, sein Körper sei angeschwollen und verfault. Manche behaupten, es sei das Werk Gottes gewesen. Andere wiederum sagen, er sei an Altersschwäche gestorben.« Er wandte den Blick wieder ab. »Walsingham gelang es, Marias schwarze Perlen zu stehlen. Vielleicht haben die ihm Unglück gebracht.« Segalla blickte Ann grimmig an. »Ein paar Leute, die sich mit diesen Dingen auskennen, sagen, Walsingham sei eines qualvollen Todes gestorben, über Jahre hinweg langsam vergiftet.« Er beugte sich vor und legte kurz die Hand auf das braune Päckchen. »Das gehört Ihnen«, sagte er. »Alles, was darin steht, beruht auf der Wahrheit. Veröffentlichen Sie es, wenn Sie wollen, und wenn die Leute Sie fragen, dann stellen Sie folgende Gegenfrage: Wie kann es angehen, daß Kirk o'Field vollkommen zerstört wurde und Thomas Nelson (den ich als den Raben kenne) nach eigenem Bekunden fast unverletzt aus den Trümmern klettern konnte? Wenn man mit dieser Frage beginnt, erschließt sich das Rätsel.« Er zeigte durch das Fenster auf Westminster Abbey. »Gehen Sie einmal dort hinein«, sagte er. »König Jakob hat späterhin die Leiche seiner Mutter aus Peterborough hierher überführen und in aller Pracht beisetzen lassen. Maria, geboren, um Königin von England zu werden, ist nun begraben neben den anderen Monarchen des Königreichs. Sehen Sie sich die Türme an, Ann, schauen Sie nur!«

Ann warf einen Blick über die Schulter auf das Dach und die Türme des größten englischen Mausoleums. Ihr fielen die Worte ein, die Maria während ihrer Gefangenschaft in Sheffield gestickt hatte: »IM ENDE LIEGT MEIN ANFANG.« Ann flüsterte diese Worte vor sich hin: Als sie sich umdrehte, war der Platz ihr gegenüber leer, das Weinglas ausgetrunken. Segalla war verschwunden. Ann nahm das Päckchen an sich und schaute zum Ausgang.

»Gnädige Frau?« Der Kellner trat auf sie zu. »Gnädige Frau, der Herr läßt sich entschuldigen, aber Sie sollen sich keine Sorgen machen. Sie werden ihn bestimmt wiedersehen.«

Anmerkungen der Autorin

Ich möchte nicht wiederholen, was hier geschrieben steht: Alle Personen dieser Handlung haben einmal gelebt, geatmet, geliebt und gehaßt. Das, was ich geschrieben habe, beruht zu fünfundneunzig Prozent auf historischen Fakten.

Zu der Tatsache, daß Nelson der Mörder ist:

1. Im Frühling des Jahres 1567 schrieb Drury in Berwick an Cecil:

»Darnley ist sehr langsam gestorben und hat immer wieder um sein Leben gefleht.« Woher wußte Drury das? Nelson war, kurz bevor dieser Brief geschrieben wurde, in Berwick angekommen, ist aber nie wieder lebend gesehen worden. Alle späteren Zeugenaussagen Nelsons sind von Cecil und Walsingham angefertigte Niederschriften.

2. Am Montag, dem 10. Februar 1567, schrieb Maria an Beaton in Paris, Kirk o'Field sei in die Luft gesprengt worden, »mit solcher Gewalt, daß von dem gesamten Gebäude mitsamt seinen Wänden nichts mehr übriggeblieben ist, nein, nicht ein Stein blieb auf dem anderen«. Aber wie paßt das zu Nelsons Bericht, den Lang im Jahre 1819 veröffentlicht hat:

»Er wußte von nichts, bis das Haus, in dem sie schliefen,

über ihnen zusammenbrach. Dieser eidesstattliche Zeuge (Nelson) entkam daraus und stand auf den Trümmern der Mauer...«

Was schließlich den Mann betrifft, der nie gestorben ist: Viele Menschen haben von dem Grafen von St. Germain gehört, der in den Jahren 1620, 1730, 1789 in Frankreich auftauchte. (Marie Antoinette schrieb, sie habe ihn nicht nur kennengelernt, sondern hätte auch besser seine Warnungen beachten sollen.) Er traf den Herzog von Berry, bevor dieser im Jahre 1820 ermordet wurde: Kaiser Napoleon III. hat sogar eine Kaiserliche Untersuchungskommission eingesetzt, die das Phänomen untersuchen sollte. Die Berichte dieser Kommission wurden jedoch bei einem mysteriösen Brand zerstört.

Auch in den USA ist er gesehen worden: Vor Ausbruch des Zweiten Weltkriegs suchten Wissenschaftler und der Geheimdienst nach einem Mann, der von Plutonium sprach, als es diesen Begriff noch gar nicht gab. Das mag Segalla gewesen sein oder ein Mitglied eines Geheimbundes von Menschen, die nie sterben.

Econ & List

Elizabeth Peters
Die Hüter von Luxor
Historischer Kriminalroman
488 Seiten
TB 27444-9
Deutsche Erstausgabe

Ägypten 1907. Amelia Peabody begleitet ihren Mann Emerson zu eher unspektakulären Ausgrabungen ins Tal der Könige. Sie stellt sich bereits auf einige langweilige Wochen ein, doch dann überstürzen sich die Ereignisse:
Amelias Sohn Ramses und dessen Freunde erstehen in Kairo Teile des berühmten »Buch des Todes«, einer Sammlung von Sprüchen und Gebeten, die die Gefahren der Unterwelt bannen sollen. Ein tödliches Abenteuer für Amelia und ihre Familie beginnt, denn es gibt einige skrupellose Grabräuber, die in den Besitz des Buches kommen wollen – um jeden Preis.

Erneut ein atemberaubender Ägypten-Roman um die clevere Amelia Peabody.

Margaret Frazer
Die Dame
Historischer Kriminalroman
280 Seiten
TB 27463-5
Deutsche Erstausgabe

England im 15. Jahrhundert: Eigentlich sollte Schwester Frevisse nur ihre neue Priorin in London treffen. Doch dann wird sie von ihrer Cousine Alice, der Frau des Grafen von Suffolk, um Hilfe gebeten. Ein Bote, der für Alice geheime Nachrichten weiterleiten sollte, wurde unter mysteriösen Umständen ermordet. Alice scheint in ein gefährliches Intrigenspiel verwickelt. Wird Schwester Frevisse, die ungewöhnlichste Detektivin des Mittelalters, den Mörder finden, bevor er ein zweites Mal zuschlägt?

»Präzise historische Details, wundervoll anschauliche Charaktere und lebendige Dialoge machen Margaret Frazers Romane zu einem Hochgenuß.«

Publishers Weekly